매머드와 얼음땡

버뮤다 양은빛

윤정현, 신솔비 외

대산청소년문학상
수상 작품집
33

민음사

작품집을 펴내며

 2025년 대산청소년문예캠프에 참가한 청소년들이 뜨거운 열정으로 써 내려간 작품들을 모아 제33회 대산청소년문학상 수상작품집 『매머드와 얼음땡』을 발간합니다. 대산문화재단은 문학의 꿈을 키워 가는 청소년들이 각자의 재능과 상상력을 펼칠 수 있도록 해마다 대산청소년문학상을 개최하고, 그 성과를 작품집으로 엮고 있습니다. 『매머드와 얼음땡』이 참가자들에게는 잊지 못할 추억이자 성장의 기록이 되고, 문학을 사랑하는 이들에게는 새로운 영감의 원천이 되기를 바랍니다.
 올해 대산청소년문학상에는 총 1,033명의 청소년이 응모해 예년에 비해 응모자가 크게 증가했습니다. 우리 문학에 대한 관심과 애정이 커진 만큼 놀라울 정도로 인상적인 작품도 많았습니다. 응모작들을 세심히 살핀 심사위원회는 중고등부에서 70명의 수상 후보를 선정했고, 이들은 교보생명 계성원에서 열린 2박 3일의 문예캠프에서 서로의 문학을 나누었습니다. 이 작품집에는 올여름의 한가운데서 펼쳐진 이들의 이야기가 담겼습니다.

수록된 작품들을 살펴보면 청소년 창작자들이 이제 풋풋한 감성을 넘어 작가로서의 자각과 시선을 갖추고 있음이 엿보입니다. 개인의 내면 혹은 타인과의 관계뿐만 아니라 사회의 모순과 부조리를 직시하는 작품, 오늘의 시대상까지 섬세하게 포착한 작품이 여럿 눈에 띕니다. 청소년 작가들의 맑고 섬세한 감수성, 그리고 자신만의 시선이 담긴 작품들은 세대를 넘어 독자들의 마음을 움직이고 새로운 생각의 문을 엽니다. 그들이 펼쳐 보이는 세계를 통해 한국문학의 미래를 가늠해 보시기 바랍니다.

이번 문예캠프에는 박형준, 양안다, 유진목 시인과 김병운, 박서련, 이신조, 해이수 소설가가 참여해 청소년들에게 뜻깊은 문학적 경험을 나누어 주셨습니다. 또한 대산청소년문학상 출신 선배들의 동인 모임인 '절정문학회'도 함께하며 모든 순간에 진심을 더해 주었습니다. 이번 캠프가 참가자 모두에게 즐겁고 의미 있는 성장의 시간이 되었기를 바라며, 무엇보다 함께한 청소년들이 앞으로도 문학의 손을 놓지 않고 자신만의 길을 꾸준히 걸어가기를 진심으로 응원합니다.

대산문화재단은 여러분과의 문학적 여정을 지속하기 위해 '대산대학문학상', '대산창작기금' 사업을 통해 한국문학의 새로운 목소리를 발굴하고 있습니다. 또한 우리 문학이 세계로 뻗어 나갈 수 있도록 '한국문학 번역·연구·출판 지원' 사업 등을 통해 한국문학 세계화 사업을 추진하고 있으며 '교보인문학석강', '젊은작가포럼'과 같은 프로그램을 통해서는 문학과 대중 간의 문턱을 낮추고 있습니다. 대산문화재단은 앞으로도 독자들이 세상을 만나고 이해하는 데 문학이 그 역할을 다할 수 있도록 노력을 지속하겠습니다.

  마지막으로 긴 시간 공들인 작품으로 대산청소년문학상에 참여해 주신 청소년 여러분, 감사합니다. 그리고 그 작품들을 빠짐없이 읽고 문예캠프에 함께해 주신 심사위원 선생님들께도 감사드립니다. 청소년들의 작품을 세상에 선보이기 위해 아낌없는 노력을 기울여 주신 민음사에도 감사의 말씀을 전합니다.

대산문화재단 이사장
신창재

차례

작품집을 펴내며 5

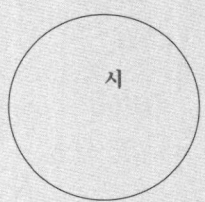

시 부문 심사평   박형준·양안다·유진목   13

고등부

금상   떠난 자리·윤정현   17   슈게이징·윤정현(백일장)   21
은상   봄밤의 무화과·강예은   24   대학 병원에서·구나은   28   아침 식사·심은지   30
동상   양말들의 심리 상담가·권민정   33   너랑 나 탱고를 추고 있다·김하몬   36
       양면·서지민   37   아보카도 해변·이윤종   41   이곳은 띄어쓰기·이준서   44
       얼룩말은 가축화에 실패한 동물이다·이현교   47   송현동·하채현   50

중등부

금상   훔친 반지·송아인   54   물고기와 개구리 사이·송아인(백일장)   57
은상   여름의 무게·김정은   59
동상   이성 있는 원숭이·전민서   61

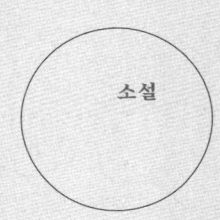

소설

소설 부문 심사평 김병운·박서련·이신조·해이수 67

고등부

금상	상자 밖으로·신솔비 72	찾은 인생·신솔비(백일장) 85
은상	케이·정채민 90	바야흐로 호질의 시대·최현석 105
	지구보다 일찍 죽고 싶지 않아·홍유운 119	
동상	지구력 관찰 일지·강혜원 134	매머드와 얼음땡·박시은 148
	장인정신론·신올레시아 166	스프링 오퍼레이션·양지민 183
	검은 산·오지윤 202	해삼·정희원 215 Linked·최아원 232

중등부

금상	미치광이들의 나라·신은수 249	청춘 강요·신은수(백일장) 266
은상	해상도를 기부합니다·김효은 271	
동상	살인 예고편을 본 소감이 어떠십니까·성민진 287	

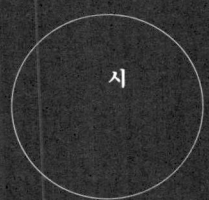

떠난 자리 · 윤정현　　슈게이징 · 윤정현(백일장)

봄밤의 무화과 · 강예은　　대학 병원에서 · 구나은

아침 식사 · 심은지　　양말들의 심리 상담가 · 권민정

너랑 나 탱고를 추고 있다 · 김하몬　　양면 · 서지민

아보카도 해변 · 이윤종　　이곳은 띄어쓰기 · 이준서

얼룩말은 가축화에 실패한 동물이다 · 이현교　　송현동 · 하채현

훔친 반지 · 송아인　　물고기와 개구리 사이 · 송아인(백일장)

여름의 무게 · 김정은　　이성 있는 원숭이 · 전민서

시 부문 심사평

　　제33회 대산청소년문학상 시 부문 응모자는 총 573명(중등부 161명, 고등부 412명)으로 작년보다 많은 응모자가 참여했습니다. 현시대가 문학을 필요로 하는 건지, 혹은 문학이 미래에 필요한 방향으로 나아가고 있는지 명확히 가늠하기 어렵습니다. 예심을 통과한 작품들은 훈련을 통해 다듬어진 시부터 투박하지만 진솔한 목소리를 가진 시까지 다양한 시편들이 포함되어 있었습니다. 세 명의 심사위원에게 공통된 심사 기준이 있다면, 본 문학상의 명칭처럼 '청소년'이라는 키워드였습니다. 텍스트로 이루어진 세계에서 무엇이 '청소년'다운 것인지, 무엇이 그렇지 않은지 명확한 잣대를 세우기는 어려운 일이겠으나 심사위원 모두의 눈길을 멈추게 한 작품은 적어도 '청소년'다움이 존재한다는 데에 동의할 수 있었습니다.

　　그렇기에 백일장 시제를 선정할 때 가장 먼저 고려한 건 '학생'의 목소리였습니다. 창작자인 '나'와 가까운 인물을 매개로 세계와의 거리감을 어떻게 유지하고, 무엇을 사유할 수 있는지를 중점에 두었습니다. 또한, '건너가고 있다'와 '망원경'이라는 서로 연결성이 뚜렷하지 않은 제시어를 풀어내는 독창적인 상상력을 기대했으며, 예심작을 포함해 최근 시의 경향에서 반복적으로 등장하는 단어들을 배제했을 때 개성 있고 밀도 높은 작품이 만들어질 수 있는지를 확인하고자 했습니다. 일부 작품은 시제를 억지로 맞추려 하거나 시제의 핵심에 접근하지 못한 채 주변부에서 맴돈다는 인상을 주었고, '두 그루 나무가 있는 언덕'이라는 비교적 단순한 시적 공간을 앞세워 자연 체험을 시로 형상화하는 데에 힘겨워 보이는 느낌이 없지 않아 있었습니다. 반면 입상한 작품들은 자연스럽고 정직하게 흘러갔으며, 시제를 독자적인 시선으로 응시한 결과물이었습니다. 세 심사위원은 중등부 시 부문으로 금상 송아인(서울 목운중 2) 등 세 명, 고등부 시 부문으로 금상 윤정현(경기 안양예고 2) 등 열한 명을 선정하게 되었습니다.

  중등부 금상 수상작인 송아인의 「물고기와 개구리 사이」는 문장과 문장 사이의 침묵이 매력적인 시였습니다. 멋 부리지 않고 솔직한 문장들이 심사위원의 눈길을 끌었습니다. 비교적 단순해 보일 수 있으나, 화려하지 않은 풍경들이 선명하게 인상에 남았습니다. "시선을 어느 쪽으로 돌려도 내가 보이지 않는" 것처럼 앞으로도 화자에 대해 자유롭게 상상하며 시를 쓰길 바랍니다.

  고등부 금상 수상작인 윤정현의 「슈게이징」은 동명의 음악 장르처럼 몽환적인 분위기가 눈에 띄었습니다. 시적 상황을 다듬고 변형하기보다 화자가 느끼는 외로움을 '두 그루 나무가 있는 언덕'과 결부시켜 개성적으로 표현했습니다. 화자의 내면을 외부에서 발견할 줄 아는 관찰력이 있었으며, 평범한 일상의 풍경을 시로 구축할 줄 아는 힘이 돋보였습니다. 작고 사소한 장면을 포착하고 내면을 솔직하게 풀어내는 이 작품을 고등부 금상 수상작으로 정하는 데에 어려움이 없었습니다. "우는 법을 배운 적 없는 아이"를 헤아리는 마음을 오래도록 지켜 나가길 바랍니다.

중등부 은상 김정은(강원 용전중 3), 그리고 고등부 은상 강예은(경기 고양예고 3), 구나은(경기 안양예고 3), 심은지(서울 진명여고 3)를 비롯하여 동상 수상작까지 모두 상상과 체험이 개성적이었으므로 괄목할 만한 작품이라 할 수 있습니다. 제한된 조건임에도 다채로운 작품들을 읽을 수 있어 예상 밖의 기쁨을 마주할 수 있었습니다.

문예캠프 동안 자신의 언어를 되돌아볼 수 있는 시간이 되었기를 바랍니다. 심사위원으로서 여러분의 언어가 어디까지 가닿을 수 있을지 기대하고 있습니다. 머지않은 미래에 작품을 통해 다시 마주할 수 있기를 바랍니다.

심사위원 박형준·양안다·유진목

고등부 시 부문 금상

떠난 자리

안양예술고등학교 2
윤정현

뵌 적 없는 분의 장례식에 간다.

아빠가 누런 돈을
조금 꺼내
조의금 봉투에 넣는다.

마른 지갑을 접어
뒷주머니에 구겨 넣는다.

처음 뵌 분이
터진 잉크처럼 부은 눈을 들고
조그맣던 놈이 잘 컸네.
아빠를 더 닮았네.

볼펜 촉에서 잉크가 새어 나온다.
상주는 묫자리를 보러 나갔다고 한다.

> 상주 자리는 다른 사람이 서 있고
　일찍 온 가족들은
　그 모르는 사람에게 인사한다.
　좋은 자리를 찾아
　앉는다.

　상주는 늦고 가족들은
　밥 좀 잡수세요.
　요새 일하는 건 좀 어때.
　옆방에선 고인이 듣고 있고
　안부를 물으며 밥에 입을 가져다 댄다.
　배는 부르지만
　부러진 안경처럼 국그릇에 얼굴을 넣는다.

　묫자리를 보고 온 상주가
　우리 가족

식사 자리로 온다.

상주
미소 짓는다.
지워진 지우개처럼.

상주를 따라가서
절을 한다 절을 한다 목례.
상주를 보고
절을 한다 목례.

절대 먼저 안 가신다더니 편하게도 가셨네.

절을 했을 때 무릎이 아팠다.
나오는 길에 아빠에게 용돈 좀 더 달라고 했다.

장례식장 직원은 비닐 식탁보를
통째로 들어 한 번에 상을 지운다.

고등부 시 부문 금상(백일장)

슈게이징

안양예술고등학교 2
윤정현

일어나 보니 동네 뒤편 낮은 언덕이었다. 고목과 마른 관목이 있는 언덕이었다. 해진 교복을 정리하고 먼지를 털었다. 관목 옆에 앉아 해체된 밴드의 음악을 틀었다. 휴대폰은 꺼지기 직전이었다. 소리는 거의 들리지 않았다. 작게 들리는 멜로디를 따라 흥얼거리며 가만히
　앉아
낡은 동네를 내려다봤다.

관목은 거칠고 고목은 내려다볼 수 없었다. 건물 옥상엔 나뭇잎 더미 같은 방수 페인트가 칠해져 있고 고목은 온몸으로
　천천히 물을 흡수했다.
　하늘엔 현관에서 나올 법한 주황빛이 스몄다.

동네에선 사람들이 하나둘 현관으로 들어오고 하나둘 방 불을 껐다.
　망원경처럼 선명하다가도 초점이 나간다. 우리 집은

아직 비어 있다 내 집.

관목이 다 자란 나무인지 자라지 못한 나무인지 알지 못했다. 고목의 아래서
몸을 움츠리고 있었다. 비를 피해 햇빛을 맞았다, 마른
다른 풀들처럼 방수 페인트처럼 비 맞고도 마시지 않았다.

관목처럼 고목에
지워진 그림자를 환영하면서도 자꾸만 동네를 내려봤다. 재생되고 있던 노래가 끊어졌다. 내려가는 길
보이지 않았다. 끊어진 노래를 계속해서 흥얼거렸다.
죽은 보컬리스트의 목소리,
흐릿한 초점이,
가족들 다 같이,
먹었던 식사
사인용 식탁

> 우는 법을 배운 적 없는 아이처럼 앉아 있다. 관목 쓰다듬다가 손바닥이 긁혔다. 집에 가야겠다. 몸을 일으켜 세웠다. 허밍을 멈췄다. 멍하니 신발만 바라봤다. 발등을 덮은 몸의 그림자, 색은 더 진해 보이고 발가락에 빛이 닿으려 한다. 신발 끈은 반쯤 풀려 있고 오른쪽은 잘못 묶었다. 흰 양말이 거뭇하고 집에 가야겠다. 멍하니 신발을 보고 있다.

유독 밝은 달빛은 고목 위를 건너가고 있다.
고목의 그림자도 보이지 않고 얼핏 보이는 동네는 어둡다.
집에 가야지
집에 가야지

언젠가 본 교복을 입고 술에 취해 균형을 잃은 친구처럼,
어디에나 있는 바람 빠진 축구공처럼,
정신을 잃고 창틀에 몸을 밀어 넣는 친구처럼

고등부 시 부문 은상

봄밤의 무화과

고양예술고등학교 3
강예은

무화과 말이야
반으로 갈라진 머리 같아

            응? 뭐라고?

아무것도 아니야

      *

우리는 십자 모양으로 포개져 있다
나는 바닥에 떨어져 터진 무화과를 바라본다

현아
저기 무화과가 우리를 보고 있어
서로의 머리카락을 뜯어 먹으며 씨가 흘러내리는 무화과를 바라본다
무화과는 우리에게 손가락질하고
굳게 닫은 화장실 문틈 사이로 들리는 1990년대 재즈팝

두두루두두 현이는 정겹게 노래 부른다

　　그러니까 무화과는 봄에 열린다는 말이지?
　　봄에……
　　여름이 되어서야 먹을 수 있겠네 그때까지 살자

　　현이는 무엇이든 붙잡고 서 있을 게 필요하다고 했다
　　그런 건 우리의 그림자밖에 없는데도
　　자꾸 그림자 밖으로 걸어 나간다
　　현이는 자주 봄이 싫다고 했다. 봄밤은 누구든 미치게 하는 감옥 같다며 조금 울었고, 너무 밝은 오전 일곱 시는 도대체 누구의 세계냐고 묻곤 했다.

　　현이는 익지 않은 무화과에 뭉텅뭉텅 잘린 내 머리카락을 말며
　　밖이 밝네
　　그래 밝네 현아

> 나는 팔을 긁으며 여름이 오고 있는 걸 느꼈다
　붉게 올라오는 살
　두어 번만 더 긁으면 꽃이 피어날걸
　현이는 내 팔을 바라보다가 핏빛 꽃을 핥아 먹으며
　이래서 여름이랑 봄이 싫어 우리를 아프게 하잖아

　봄밤은 자주 고여 흐르지 않고
　우리는 늦은 여름에 먹을 무화과를 생각하고
　아무도 모르게 무화과는 익어 가고
　여름의 무화과는 어떤 맛일까 가을의 무화과는 어떤 모양으로
썩어 갈까
　또 겨울에는
　어떻게 쓰러져 있을까

　그러니까

우리 다음 겨울까지 이렇게 살자
나는 중얼거리며 터진 무화과를 핥아 먹었다

고등부 시부문 은상

대학 병원에서

안양예술고등학교 3
구나은

    2층 에스컬레이터로 내려가는 곳 앞엔 나무에 앉아 피리를 부는 사내아이 동상이 있다. 맞은편 소아청소년과에서는 어린아이들이 우는 소리가 중첩되고 소리로부터 새어 나오는 부산물을 닦아 내는 사람이 있다. 무채색 카트를 끌고 다니는 사람은 그런 일을 하는 사람. 회색 쓰레기통을 비워 내는 사람. 그것은 소아청소년과에서 흰색으로부터 시작했지만, 암 병동 근처로 가면 노란색과 가까워지는 사람들로부터 비워진 것들을 닦아 낸다.

    저는 2미터 조금 안 돼요. 키가 큰 개그우먼이 이야기했었다. 친구는 1미터 조금 넘어요. 갓 태어난 아이들과 함께 앉아 있는다는 것. 2미터 조금 되지 못하는 학생과 우주복에 싸여 품에 안긴 아기가 대기 순서를 함께 기다린다. 내년에는 내분비 내과로 옮기자, 아마 그곳에 가면 나는 가장 어린 사람일 것이고, 이곳에 있어야 한다면 다 큰 사람이겠지. 협진하는 과를 옮기는 방법에 대해 검색한다. 협진 의뢰서를 받는 일. 성인이 되어 과를 옮기는 일. 빨간 수치가 파란색으로 올랐다. 나는 오르고 있었다.

곧 피리 부는 사내아이 동상과 작별해야 한다.

끝없이 불어나는 숫자들을 쥐고 한없이 작아지는 사람들. 때를 기다리는 사람들은 철제 의자에 앉아 휴대전화만을 들여다보고, 흰옷을 입고 벗어야 하는 순간들을 지켜보는 사람들. 혼이 흩어지는 장소에는 혼이 모인다. 창밖에선 눈이 내린다. 첫눈이 내리는 하늘은 뿌옇다. 누군가 창에 숨을 몰아쉬어 김이 서린 것처럼. 하늘에선 찬 송이들이 떨어지고. 순번이 다가온다. 이름을 이야기하고 태어난 생년월일을 알려 주면 끝나는 일. 눈송이들이 쌓인 것처럼 불어난 숫자들을 보는 일. 왼팔에서 빠져나간 바늘이 아직도 꽂혀 있는 듯한 느낌이 든다. 붉은 자국이 선명한 반창고를 매만진다. 십오 분 뒤에 떼어 내세요. 아까 몇 시였더라,

고등부 시 부문 은상

아침 식사

진명여자고등학교 3
심은지

학교 앞 편의점에서 컵 시리얼을 집으면 아침이 시작된다

우리는 빛을 처음 본 신생아처럼
반쯤 뜬 눈으로 책가방에서 영어 단어장을 꺼낸다
시리얼을 씹으면서

시리얼 킬러는 연쇄살인마라는 뜻이래 serial은 연쇄적인 cereal은 옥수수로 만든 인스턴트식품 cereal serial cereal serial…… 네가 계속해서 발음하면 길가에 쓰러진 몸을 상상하게 된다 잘린 신체는 봉합하기 전까지 우유 속에 넣어 두어야 하지 우유를 삼킬 때마다 누군가의 비명이 목을 넘어오는 것 같다 입을 우물거리면 뼈 으스러지는 소리가 나 손바닥 위에 뱉어 놓은 시리얼은 상한 이빨처럼 형체를 알아볼 수 없었어

더 자세히 보려고 머리를 모은다

밤늦게까지 자습실에 남은 우리가
이마를 맞대고 불었던 촛불을 기억해
케이크 위에서 입김과 입김이 섞이면 웃음을 참을 수 없었지

무표정한 얼굴이 유리 벽에 비친다
어제가 너의 생일이었다는 게 믿기지 않아

우리는 알파벳 모양 시리얼을 서로 입에 넣어 주며 전생에 대해 얘기했다 너는 외국 사람을 사랑했고 나는 외국에 무언가를 두고 왔다고 그래서 수많은 이국의 말을 배우게 되는 것이라고 우리를 위로했다
내일도 형편없는 식사로 아침을 열어야 한다
우린 더 이상 웃을 수 없었지
서로의 생일을 서서히 까먹었으니까
어쩌면 영원히 기억상실증에 걸려 있을지 모른다는 고백
우리가 모국어를 완전히 잊어버린다면

방랑자가 되어
시리얼처럼 이곳저곳을 둥둥 떠다닐 거야

새로운 영어 단어를 중얼거리며 편의점을 빠져나온다

고등부 시 부문 동상

양말들의 심리 상담가

안법고등학교 2
권민정

새로운 사람을 만나기 위해서
반나절 된 새 양말을 길바닥에 벗어 던졌다

소개팅을 나갔는데 발을 보여 달라고 했다
핏줄이 잘 보인다는 칭찬을 받았다
심장에서 가장 먼 부위가 좋다는 이유랬다

취미가 클라이밍이라는 사람
클라이밍을 하면 발끝이 견뎌야 할 게 많아진다지
발가락을 모으고 바닥을 견뎌 내는 운동
우린 사실 감정보다 바닥을 먼저 견뎌 내고 있을지 몰라

발끝에 모든 집중을 쏟으면
양말은 화를 어떻게 푸는지 궁금해진다고

양말 심리 상담가는

나에게 맞는 양말을 추천해 주었다

수면 양말, 새가 그려진 양말, 짝짝이 양말, 혹은 버려 둔 혼잣말

더 좋은 말이 떠오르지 않을 때까지
손에 양말을 쥐고 있었다
양말은 손에 씌어져도 양말이라 부를 수 있는지

노숙자들은 버려진 양말을 줍고
허름한 수레엔 박스 대신 양말이 차 있다
헌 양말 수거함 앞엔 사람들이 줄을 서 있고
양말 컨설팅해 드립니다 소리치는 가게들

사람들은 오천 원짜리 티셔츠를 입고 명품 양말을 신고 그런 사람은 그런 사람에게 참 예쁘네요 말하고 발을 맞추며 서로가 서로가 되어 가는 그런 곳에서

> 더 솔직해질 수 있는 부위를 찾고 있다
　발은 조용하고 혼자 양말을 신을 수도 없어서
　함께여야만 채워지는 곳이지

　신겨진 양말 속 발가락을 까딱이는 걸 대화라고 부르는 동안

　보도블록 위는 사람들의 결핍으로 가득했다

고등부 시 부문 동상

너랑 나 탱고를 추고 있다

안양예술고등학교 3
김하몬

　다리 없는 새의 꿈은 아일랜드에 가는 것 커튼 같은 원피스를 입고 그곳에서 춤을 추는 감자와 함께 자라나는 것 대형 선박은 무대가 되어 주지 못한다 그곳에서 큰물을 만났다 그는 날개 없는 새와 다리 없는 새 중 어떤 삶이 더 불행한 것인지에 대해 알려 주었고 오래된 기름 냄새는 우리에게로 온다 가끔 날개와 다리를 헷갈리면서 배는 자주 흔들리고 우리는 몇 번 넘어질 뻔한 위기를 맞이하다 친구가 되었네 날개 없는 새의 꿈은 물 위에 둥지를 트는 것 그들은 서로 친구가 되었네 서로의 가장 굵고 끔찍한 머리카락을 골라 주면서 그러나 우리는 선박 지하에서 가장 욕망 없는 새들 배를 관통하는 철 기둥을 사이에 두고 나는 법과 날지 않는 법을 가르쳐 주네 욕망은 혀를 깨물게 하고 맞닿은 것을 갈라놓지 선박은 커튼처럼 흔들리고 나와 죽은 새는 빛을 관통하는 계단에 있다 그는 나에게 탱고에 대해 알려 주었네 선박은 태풍을 만나 흔들리고 탱고를 멈추지 않으면

고등부 시 부문 동상

양면

백석고등학교 3
서지민

   매연이 떠오르는 동안에도 새파란 여름, 수만 번의 입김을 받아 낸 겨울
   아름다운 풍경을 그려 둔 종이의 뒷면에 가까워질수록 일찍 너를 만날 수 있을 줄 알았지
   굳은 시멘트처럼 거칠거리는 그림자의 질감

   톱니 사이에 걸음을 빼앗기고 빛 뒤로 숨어 버린 너는 여전히 잃어버린 다리를 찾아다니고 있니 빼앗긴 봉급과 남은 일만큼 멎지 못하는 맥박과
   멀리 가기를 멈추지 못하는 다리
   컨베이어 벨트에 실린 채 덜컹거리며 육중한 기계의 울음소리를 내며
   너는 어디로 가고 있니

   슬리브를 씌운 완제품처럼 실수로 함께 포장된 머리카락처럼
   어두운 용기 안에 갇힌 너를 어디에서 살 수 있겠니

너를 개봉하기 위해 나는 칼날같이 날카로워져 분쇄된 계절을 토해 내며 매일 조금씩 마모되며

어둠 속으로 손을 푹 담글 때 검게 물드는 것은 손의 양면이겠지만
너의 얼굴처럼 갈라진 손금에 유독 새카만 밤이 고여 있어 손등은 뒤집힌 채 타르 같은 여름을 뚝뚝 떨구고 물류 창고에 몰래 숨어 숨을 쉬듯

우리가 일하던 공장에는 쉬는 시간마다 곰보빵을 먹는 사람이 있지 나는 그 사람의 곰보 같은 살가죽과 부르튼 입술을 오래 바라보았어
그러다 문득 하얀 작약 향이 나기 시작할 때 누군가
너를 애도하고 있을 때
이상하지 않니? 창밖에는 폭설이 쏟아지고

공장화를 신고 아스팔트를 밟고
너를 밟고
미끄러지지 않고, 씹으면 씹을수록 비린내가 나는 도시락을
구겨진 플라스틱을 벗겨 내고 가열된 옷을 벗지 않고 뒷덜미를 간질이는 죄책감은 떼어 버리면서

둥둥 떠오른
얼굴 위에
밥을 담아 먹고 있는
울퉁불퉁한 사람들이
이상하지 않니?

매일 밤 지하철과 선로 사이에 발이 빠진 기분으로 안전모를 벗고 침대에 누우면
네가 반드시 달려오리라고 믿었어 등에서 발이 돋아난 채
보이지 않는 빛의 뒷면에서부터 멍든 손톱 밑으로부터

> 우리가 미끄러지는 마음을 가졌을 때, 있잖아
　서로의 아토피 난 등을 긁어 주었을 때
　장마가 시작되던 날 꽃집에서 작약 한 다발을 내놓았을 때, 흰 꽃이라면 모든 게
　국화꽃 같던 그때

　톱니와 톱니 사이에
　먼지 쌓인 입술 끝에 나쁜 거짓말 밑에
　절뚝거리는 마음속에
　얼룩진 벽 뒤에
　거기에 있니
　노래 부르고 있니

고등부 시 부문 동상

아보카도 해변

고양예술고등학교 3
이윤종

그들은 모두 지구에 사는 사람들이라
가슴 안에 둥근 씨앗을 품고 살았다

해변에 앉아서
초록색깔의 빈 유리병을 통해 보는 세상은 둥글었다

네트 하나를 몸 앞에 두고 비치 발리볼을
우스꽝스럽게 주고받는 사람

우스꽝스러운 모습을 계속 바라보면
해변 한복판에서 누군가
내가 입고 있던 수영복을 갈기갈기
찢어 버리는 기분이었다
그래서 눈물이 났다

와인 잔을 하늘 높이 들어 올려 건배하는 바람에

다음 날 아침 하늘에 해를 다섯 개나 띄워 버린 사람과
아직 덜 익은 아보카도를 반으로 갈라
사과처럼 아삭아삭 씹어 먹는 사람

전부 헐벗고 수영하는 사람들은
숲의 버터라는 아보카도를 닮아서
모두 기름지고 부드러운 사람
그들은 모두 해변에서 으깨지고 있다

헤엄칠 때는 모두 가면을 써서
서로를 알아볼 수 없다
바다에서 흘러내리는 몸과 몸

그들의 눈이 내 눈과 마주쳤을 때
그 둥근 눈동자는 전부 초록색으로 물들었고
모래 속에 파묻혀 부드러워질 준비를 했다

> 그러다 나는 문득
이 지구를 모조리 마셔 버리고 싶다는 생각에
바닷물을 유리병에 가득 담았다

녹슨 뚜껑을 덮어 세게 흔든 뒤
입안에 머금었더니
덜 익은 아보카도를 씹던 여자가 혀 위에서
자신의 치아가 부러졌을지도 모른다며
치과에 가 봐야 한다고 소리쳤다

바람이 불었고
초록색 껍질을 닮은 천을 두른 남자가
해변 위에 서 있다

고등부 시부문 동상

이곳은 띄어쓰기

인천마전고등학교 3
이준서

    소피아는 버려진 문장을 주머니에 넣고 다닌다 선원들이 웅얼거린다 쟤는 쓰레기를 모으는 병이 있나 봐 전함을 타고 초록색으로 가는 중 갑판 위에는 도무지 주워 먹지 못할 언어가 다양했다 극지의 손톱 끝에서 자주 길을 잃어버리곤 했었지 이 배에 오르기 전엔 개 썰매를 타고 나침반의 눈동자를 쫓고 있는 기분이랄까 그런 걸 자주 느꼈을 것이다

    펭귄은 스스로 총구를 머리에 가져다 대는 놀이를 즐겨 한다 불행한 미소를 짓고 길을 걷고 있었던 소피아는 눈 위에 난 발자국을 따라 걸으며 집으로 찾아가곤 했었다 지금은 다정한 언어를 찾아 떠나는 중이다 금곡동 마을에선 철저하게 버려졌던 자음과 모음의 결합들을 찾아서

    선원들이 말했다 저기 TV를 좀 봐
    9시 뉴스 대럿 기자입니다 늪지에서는 할퀴어진 상처들을 진흙으로 덮어 주는 문화가 있다고 하는데요

차가운 단어들을 녹여서 나눠 먹는 풍습도 몹시 예뻐 보입니다

자주 벽돌을 쌓아 두고 서로에게 침을 뱉는 극지에선 저건 버려진 문장의 일종이다 이 배에 오르기 전 소피아는 펭귄 한 마리가 놀이의 룰을 어기고 총을 발사해 버렸다는 기사를 보았다 평소에 펭귄의 놀이를 해 보고 싶었던 소피아는 생각했다 모종의 삐침 정도였다면 함께 동승한 펭귄들의 장례를 갑판 위에서 치르고 있지는 않았겠지 초록색 초록색으로 가면 뾰족한 눈덩이를 던질 필요가 없다 하얀색 배경 위에서 길 잃은 채로 피부가 썩어 가는 고통을 느끼지 않을 수 있다 그곳은 버려진 사람들의 문장을 서로서로 나누어 갖는 곳이니까 지겨운 지금을 벗을 것이다

문장의 세계에는 틈 없는 곳을 발견할 수 없었다 버려지지 않은 단어가 없었다 그들은 초록색으로 가고 있었다 여긴 어딘가요 백야 현상이 일어나고 있나요 이불보처럼 꿈을 밀쳐 내고 눈을 뜨면 극지처럼 바닥과 천장의 사이에선 찬 공기만 흩날린다 꿈속의

선원들의 표정은 열차에서도 둥둥 떠다니는데 슬픈 표정을 억누르고 애써 웃는 사람들 우리는 극에 달한 단어들 서로의 조그마한 간격에서는 썩어 버린 문장으로 인해 악취가 나고 있고 다가가지 못해서 그 틈은 더 벌어지고 있다

  우리 오늘 실없는 농담을 건네고 평화로운 날을 보내자 소피아처럼 서로가 서로에게서 멀어지는 곳에서 가까워지는 곳으로 여러 마리의 펭귄이 스스로 생을 끊지 않아도 되는 곳으로 그런 평화로운 곳으로 가자 희망의 문장을 주머니에 넣고서 서로의 지겨운 지금을 버리고 싶었으니까

고등부 시 부문 동상

얼룩말은 가축화에 실패한 동물이다

안양예술고등학교 2
이현교

얼룩말의 고약한 성질머리에 관해 생각한다.

어느 날 얼룩말은 자기 몸에 잔뜩 묻은 얼룩을 강가에서 발견했을 것이다. 부끄러웠을 것이다. 그의 친구들은 그가 아주 오래전부터 그런 모습이었다고 말했지만, 얼룩말은 믿지 않았을 것이다. 줄무늬가 생겼는데도 달라지지 않은 친구들 때문에 지금은 사라진 과거의 자신을 동정했을 것이다. 자작나무에 패인 얼룩을 어루만지다 어둠 속으로 도망쳤을 것이다.

떼를 지어 다니는 얼룩말들, 진흙이 묻어도 티가 잘 나지 않는 마음에 대해 생각한다. 텔레비전 속 뿌연 흙먼지 사이에서 카메라를 죽일 듯이 노려보는 얼룩말 한 마리, 눈을 피하지 않는다. 햇빛이 거실 한가운데까지 빗금을 그은 한낮, 나는 라면 면발을 빨아 올리다 끊어 낸다. 꺾인 왼쪽 팔 안쪽에 그어진 바코드 같은 얼룩. 얼룩말은 뿌연 모래바람 속으로 사라졌다.

새벽마다 참을 수 없는 가려움, 얼룩말의 발목에 대해 생각한다. 점점 두꺼워지는 각질과 새어 나오는 진물 위에 연고를 바르고, 반창고를 붙여 봤을 것이다. 혹시나 하고 화장실에서 줄무늬를 박박 문질러 보았을 것이다. 그럴수록 줄무늬는 선명해졌을 것이다. 진해지는 얼룩을 바라보며 무용한 꼬리를 쥐어뜯었을 것이다. 아무리 빨리 달려도 따라잡히는 막막함에 머리를 박으며 얼룩말은 고약해졌을 것이다.

가장 앞에서 달리려면 얼룩말은 한 발짝의 의심도 남기지 않고 달리는 방법을 알아야 한다. 실수로 발굽이 친구의 얼굴을 차 버려도 멈추지 않는다. 돌아보지 않는 얼룩말, 땀이 잔뜩 묻은 마음에 흙먼지가 달라붙어도 티를 내지 않는다.

거울 앞에 서서 팔목을 바라본다. 이미 새겨진 줄무늬들, 아주 오래전부터 내 얼룩을 바라보고 있었던 친구들은 이게 얼룩인지도 모를 수도 있다. 자기 얼룩을 힐끔거리면서 친구에게 줄무늬가 멋있다는 칭찬을 하는 얼룩말 떼의 웃음소리를 생각한다. 얼룩말의 울음소리는 개와 비슷하다. 이따금 파상풍을 걱정하게 만드는 딱지는 얼룩말이 자정에 외출하는 이유

    흐려지지만 사라지지 않는 얼룩에 대해 생각한다.
    얼룩말은 까만 바탕에 하얀 얼룩일까
    하얀 바탕에 까만 얼룩일까

    생각한다.

    방바닥에서
    네 발로 생각한다.

고등부 시 부문 동상

송현동

안양예술고등학교 2
하채현

초등학교 옆 낡은 이층짜리 빌라에는
바퀴벌레들이 기어다녔고
우리가 살았다
우편함엔 성범죄자 알림 우편이 꽂혀 있었다

아빠는 해가 지면 밖에 나가지 못하게 했다
나는 방범창이 쳐진 창문 앞에서
감옥에 갇힌 죄수처럼 밖을 쳐다보았다

송현동에는 좀도둑이 많았다
자동차 본네트 위 올려 둔 빵 봉투는
오 분이 채 안 되어 사라졌고
아빠는 나라에 도둑이 많다며
자기 돈을 가져가는 도둑들을 욕했다

걸어서 십오 분 거리에는 신시가지 개발이 끝나 가고 있었다

브랜드 아파트가 여럿 들어섰고
　　학부모들은 송현동 사는 아이들과 같은 학교를 보낼 수 없다고 했다
　　그것은 항의가 아닌 폭동 같았고 항의는 이뤄지지 않았다

　　학교에서는 내가 전세에 사는 거지라는 소문이 퍼졌고
　　그 소문은 거짓이 아니었기에 할 수 있는 게 없었다
　　잘사는 아이들의 놀림 섞인 우유 팩을 난 웃으며 가져갈 뿐이었다

　　버려진 의자에 앉아 담배를 피우던 할아버지는
　　신시가지는 산밖에 없었는데 이젠 부자들만 사는 동네라고 말했다

　　바퀴벌레는 줄어들 줄 몰랐다
　　바퀴벌레가 무서워 옆 아파트 놀이터 그네를 타고 있으면

경비원은 나를 쫓아냈고
밤이 되면 바퀴벌레보다 송현동이 더 무서워 집으로 들어갔다

옆집 부부는 항상 싸웠고 무언가 깨지는 소리가 들렸다
바퀴벌레들은 시끄러울 때를 틈타 움직였고
나는 도둑처럼 시간을 훔치며 밤을 보냈다

초등학교를 졸업할 때였다
외제 차를 타고 온 친구 아빠는
우릴 다 불러 자장면을 사 주었고
그때 고급스러운 외관의 중국집을 잊지 못한다

목소리가 변하고
아빠보다 키가 커질 때즈음
누나가 야자를 끝내고 집에 올 때
우편에서 보았던 사람이 자길 따라왔고
두려움에 떨며 뛰어오곤 거실에 주저앉아 울었다

> 그 일 이후 나는 복싱장에 다녔고
누나의 야자가 끝날 때면
누나의 남자 친구가 되어 집을 같이 갔다

송현동에 재개발 추진 사업이 진행되고
아빠의 사업이 잘되어 우린 옆 신시가지로 이사를 갔다

송현동에 바퀴벌레가 사라지고
좀도둑들이 사라지고
내가 살았던 이층 빌라도 사라졌는데

아직도 송현동에 가면
방범창 사이로 밖을 내다보던
터진 우유가 흐르는 가방을 들고 가던
누나의 옆에서 같이 집을 오던 내가 있다

중등부 시 부문 금상

훔친 반지

목운중학교 2
송아인

지나가던 누군가 믿거나 말거나
은반지는 뭐든 덜 하게 해 준다고 했다

길가 가판대에 멈춰 서
울던 날들을 골라내 본다

엄마가 잃어버린 내 돌 반지 나는 그립지도 않은데
뭐가 그리 미안한지

숨기고 싶은 비밀이 많아서
오늘도 닫힌 안방 문

잃어버린 건 반지가 아닐 텐데
애초에 없었을 내 반지를
엄마는 잠결에도 앓는다

우리 반 애가 가진 탯줄 도장이나 선명한 사진
나 그런 거 하나도 안 부러워
자전거 뒤를 잡아 주는 큰 손
치기 어린 날들을 받아줄 품
그런 건 갖고 있어 본 적도 없어서

그리워할 틈도 없이
안방 문을 긁어 댄 기억만 있지

기억의 흐름은 끝이 없고
가판대는 여전히 멈춰 있어서

은반지를 골라낸다
그냥 한번 껴 보라는 주인의 말에
손가락에 맞지 않는 반지라도 움켜쥐어 본다

이거 진짜 은이에요?
물어보려는데 바깥이 고요해진다

중등부 시 부문 금상(백일장)

물고기와 개구리 사이

목운중학교 2
송아인

나는 나무였던가
그 옆의 사람이었던가
두 그루 나무 사이에 앉아
망원경으로 세상을 남 일처럼 바라본다

멀리서부터 헤엄쳐 온 물고기
수면에 비친 햇빛을 쫓아
첨벙대는 기억이 돌다리를 건너가고 있다

개구리 하나가 물속으로 뛰어든다
잠수하는 법을 잊어 허우적거리는 팔다리
그 옆으로 올챙이 떼가 지나간다

시선을 어느 쪽으로 돌려도 내가 보이지 않는다
중간 지점을 찾아 초점을 맞추고 있는데

아 깨어났다
언덕을 내려오는 내 그림자는
두 그루 나무 사이에

중등부 시 부문 은상

여름의 무게

용전중학교 3
김정은

어젯밤에 흐린 하늘을 조금
다그쳤어요 창문에 자꾸 물기가
서리길래
기껏 날아갈 준비를 마친 민들레가 축축해지는 게 서러워서요
비가 많이도 오네요 그칠 생각을 않네요
몸이 자꾸 늘어지네요 습한 공기가 아래로,
아래의 나에게 가라앉는 것만 같네요

그러고 보니 이맘때쯤 누군가 잠겨 죽었다는 소식을 들은 적이 있는 것 같네요 비 때문이었는지 더위 때문이었는지는 아무도 말해 주지 않았는데요
사실은 알고 있어요 그 사람의 몸에선 눈물 젖은 냄새가
났던 걸요 물은 비밀을 자주 만들어 내지요
내가 사는 이곳은 참 간사하군요

올해도 누군가가 아래로 흐르는 물을 손으로 겨우 막아 내다가

몰려오는 더위를 손부채질로 버텨 내다가
손으로, 이 계절을 모두 버텨 내다가
아무도 모르게 잠겨 죽어 버리면 어떡하나요
손은 비밀을 자주 덮어 놓지요
내가 사는 이곳은 참 서글프군요

여름은 자주 솜을 먹어요
입안에서 오래 굴렸다
우울의 침, 은유의 침……
잔뜩 적신 채로 도로 뱉어 비밀을 이불처럼
덮어 둔다고요 우울과 은유의 침은 눈물과 빗물과
웅덩이가 된다고요 누군가 빠져 버릴 것 같다고요
비밀이 자주 잠겨 죽었다지요

중등부 시 부문 동상

이성 있는 원숭이

전민서

하롱베이에는 원숭이가 많았다

조각배를 운전하는 가이드가 내게 바나나를 줬다
청명한 강물이 가득한 원형 앞에서
사람들은 멀리 던졌다

몇 개는 물에 수직으로 떨어졌고
드문드문 섬 안 나무에 떨어졌다

원숭이가 바나나를 집었다
까서 입 안에 넣었다

환호가 들려온다
영장류는 지능이 참 좋네

누구를 말하는 걸까

﹀ 부모 사이에 앉은 아이가 원숭이 흉내를 냈다
진짜 못생겼어!

원숭이는 다 먹은 바나나 껍질을 강에 던졌다. 각기 하나씩
몰매 맞은 원숭이는 입맛을 다시며 가까이 온다

이제 배 안에 가진 사람은 나밖에 없었고
강은 푸르지도 맑지도 않았다 페트병과 고철들이 낭자했다

나는 바나나를 먹었다 껍질을 강에 버렸다

세계가 무엇을 중심으로 회전하는지 나는 모른다 알았다 나는
사람이었고, 사람들 사이에서 사람이었고, 원숭이 앞에서는 원숭
이였다

배고팠냐고 생각하는 눈치였다

웃음이 왁자지껄했다

눈을 게슴츠레하게 떠 본다 하늘을 올려다본다 원숭이 팔에는 털이 가득하다 내 팔에 닭살이 돋았다

동물원에서 보았던
철창의 문양, 이국 원숭이의 가슴팍에는
그을려 녹슨 태생이

열기에 빛을 받고 있다 배는 다시 돌아온다 원숭이는 나무로 올라간다

한철을 위한 휴식은 이곳으로
다시 돌아오지 않을 것이고

배는 평면을 가르며 나아갔다 아이의 눈이 검붉게 보였다

> 나는 일렁이는 강물을 내려다본다. 같은 가죽들……

외피를 들춰 내고 싶었다

바나나 맛이 났다

상자 밖으로 · 신솔비   찾은 인생 · 신솔비(백일장)

케이 · 정채민   바야흐로 호질의 시대 · 최현석

지구보다 일찍 죽고 싶지 않아 · 홍유운

지구력 관찰 일지 · 강혜원   매머드와 얼음땡 · 박시은

장인정신론 · 신올레시아   스프링 오퍼레이션 · 양지민

검은 산 · 오지윤   해삼 · 정희원   Linked · 최아원

미치광이들의 나라 · 신은수   청춘 강요 · 신은수(백일장)

해상도를 기부합니다 · 김효은

살인 예고편을 본 소감이 어떠십니까 · 성민진

소설 부문 심사평

　제33회 대산청소년문학상 소설 부문에는 총 460명(중등부 82명, 고등부 378명)이 응모했다. 4명의 심사위원은 전체 응모작 200자 원고지 60매 내외의 단편소설 460편을 정독하며 본격적인 심사에 돌입했다. 한 달여 간 그중 중등부 19명, 고등부 59명의 작품을 추려 내 한자리에 모인 심사위원들은 다시 긴 시간 열띤 분위기 속에 숙고와 토론을 거듭했다. 그처럼 지난한 예심의 과정을 거쳐 최종 중등부 8명, 고등부 27명이 문예캠프 참가자로 선발되었다. 문예캠프에 참가한 35명의 학생 모두는 의심의 여지 없이 뛰어난 문학적 잠재력을 씨앗처럼 품고 있는 존재들이다. 수상 여부와 무관하게 꾸준한 독서와 습작으로, 세계와 인간을 향한 핍진한 시선으로 자신만의 씨앗을 발아시켜 소중히 가꿔 나가길 바란다.
　유난한 폭염이 지속되던 7월 말, 천안 계성원에서 2박 3일간의 대산청소년문학상 문예캠프가 시작되었다. 설렘과 긴장이 교차하는 것은 참가 학생들뿐 아니라 심사위원들도 마찬가지였다. 문학을 꿈꾸는 청소년 시절의 어느 여름날, 어쩌면 누군가 평생 기억할 순간에 동참한다는 것은 흔쾌하고 기꺼운 일인 동시에 무거운 책임감을 느끼게 하는 일이었다.

　심사위원들의 심층 회의를 통해 본심 백일장의 시제는 '낯선 사람과 인생네컷을 찍게 되는 이야기'로 정해졌다. 작품 속 '낯선 사람'이 가족이나 친구여서는 안 된다는 조건과 사진을 혼자 찍어서는 안 된다는 조건을 추가로 제시했다. '인생네컷' 사진 촬영을 시대의 분위기를 방증하는 유행인 동시에 관계와 존재의 본질적 찰나를 포착할 수 있는 도구로 규정한 후, 익숙한 조건을 배제하고도 자연스러운 서사를 구성할 수 있는지 살피고자 했다. 또한 문학적 사유의 부피와 정교한 문장력을 측정해야 했고, 예심 작품에서 드러났던 각각의 고유한 작가적 개성을 본심 작품에서도 재확인할 수 있는지가 평가의 지침이 되었다. 이윽고 한여름 무더위에 진지한 열정을 더한 작품들이 완성되었고, 심사위원들은 한 작품 한 작품 꼼꼼히 톺아 보며 입체적인 의견 수렴을 통해 수상자(중등부 3명, 고등부 11명)을 선정하기에 이르렀다.

　중등부 금상을 수상한 신은수(대전 충남여중 3)의 「청춘 강요」는 낯설고 이질적인 존재를 능숙하고 선명하게 형상화하는 생동감이 큰 장점이었다. 나아가 주류적 질서에 무력감을 느끼던 인물이 강력한 주체성을 갈구해 끝내 서사적 당위성을 획득하는 마무리가 특히 인상적이었다. 이는 예심 작품 「미치광이들의 나라」에서도 작가의 인증처럼 포착되는 지점이었다. 낯선 시대를 배경으로 발랄한 감성을 더해 자신의 미감을 표현하는 동시에 묵직한 철학적 태도를 견지하려는 접근이 돋보였다.

은상 김효은(서울 목운중 2)의 「필터를 선택하시겠어요?」는 모든 대상과 현상에 다층적 차원이 존재함을 직관적으로 인식하고 있는 작가의 시선이 미덕인 작품이었다. 불안과 상처가 일시적인 공감과 연대로 해소될 수는 없겠으나, 예심 작품 「해상도를 기부합니다」에서도 확인할 수 있듯 다층적 차원에 대한 작가의 진지한 탐구가 앞으로의 창작을 기대하게 했다. 이는 동상을 수상한 성민진(대구 새론중 3)의 예심 작품 「살인 예고편을 본 소감이 어떠십니까」도 마찬가지였다. 특히 두 사람은 참신한 발상과 중학생이라 믿기 어려운 필력으로 예심 때부터 심사위원들의 높은 지지를 받았다. 아직 중학생이기에 수상자 모두의 무궁무진한 가능성이 더욱 반갑기만 하다.

고등부 심사는 예상대로 다시 한번 열띤 분위기 속에 진행되었다. 거듭된 논의 끝에 금상 수상자로 결정된 신솔비(서울 송곡여고 3)는 유폐된 청춘이라는 시의성이 담긴 소재에 가족 서사를 녹여 정서적 감흥을 이끌어 내는 재능과 열의를 보여 줬다. 「찾은 인생」은 관계의 양가적 측면을 부각시키는 한편 내적 갈등을 생생히 묘사한 점이 고루 좋은 평가를 받았다. 이는 예심 작품 「상자 밖으로」와 맥을 같이하고 있으며, 사랑으로부터 비롯되는 안간힘과 그 안간힘의 슬픈 한계로부터 다시 비롯되는 사랑을 사유하게 한다. 나아가 그 과정에서 결코 포기할 수 없는 온전한 주체성에의 희구는 작가의 섬세한 감성과 곡진한 태도에 신뢰를 부여한다. 본연의 개성을 바탕으로 나날이 문학적 넓이와 깊이를 더해 가기 바란다.

「사람 구합니다」의 정채민(경기 고양예고 2), 「간단하고도 간편한」의 최현석(충북 세명고 3), 「히키코모리와 안녕을」의 홍유운(경기 고양예고 2)은 은상 수상자들로 결정되었다. 세 사람 모두 남다른 관점으로 인물을 형상화하고 전환적 발상으로 주제에 접근해 뛰어난 완성도를 보여 줬다. 각각의 예심 작품에서 정채민은 예민하면서도 날카로운 내면의 풍경으로 소설 전체를 견인했고, 최현석은 과감하고 거침 없는 상상력으로 선이 굵은 스토리텔러의 등장을 예감하게 했으며, 홍유운은 디스토피아 서사에 애틋한 감수성을 접목해 정서적 공명을 불러일으켰다. 모두 열린 마음으로 새로운 거듭나기를 반복하며 문학적 성장을 이루리라 믿어 의심치 않는다.

동상을 수상한 강혜원(경남 효암고 3), 박시은(경기 안양예고 2), 신올레시아(인천 초은고 3), 양지민(경기 안양예고 3), 오지윤(경기 안양예고 3), 정희원(경기 이산고 3), 최아원(경기 안양예고 2)의 작품도 많은 독자에게 일독을 권하고 싶을 만큼 새로운 시각과 목소리를 발견할 수 있었다. 이들의 작품 속 행간에 깃든 고민과 열정, 갈등과 용기는 깊은 울림을 주며 진실되게 다가왔다. 긴 호흡으로 창작과 예술을 통해 찬찬히 자신을 완성해 나간다면, 훗날 각자의 책의 저자로 모두를 다시 만나게 될 것 같은 예감이 들었다.

어둠 속에 빛이 있듯, 빛 속에도 어둠이 있다. 우리에게 한국 작가 최초의 노벨문학상 수상이라는 역사적 낭보가 들려온 것은 AI의 등장으로 창작자의 위치가 재설정될 것이란 우려 섞인 전망이 들려온 것과 거의 동시였다. 작가는 인간다움과 인간답지 않음을 함께 고찰하고 탐색해 나간다. 무서울 정도의 적막과 고독 속에서 자신이 쓴 한 줄의 문장을 차갑게 마주하는 행위의 본질이 무엇인지 알고 있다면 당신은 이미 작가다. 민감하고 예리한 지성의 촉수로 시대를 감각했던 버지니아 울프는 100여 년 전 "미래는 어둠고, 미래로서는 그것이 최선이다."라고 썼다. 예의 어둠이 비관이나 절망 그 자체를 의미하는 것은 물론 아니다. 비정형의 무한한 어둠을 감당할 작고 소중한 한줄기 빛을 당신은 가지고 있는가. 뜨거운 여름날의 2박 3일, 전통과 권위를 자랑하는 대산청소년문학상 문예캠프에 참가한 모든 학생은 스스로가 깨닫지 못했을지언정 내내 자신이 놀랍도록 아름답게 빛나고 있었음을 기억하기 바란다.

심사위원 김병운·박서련·이신조·해이수

고등부 소설 부문 금상

상자 밖으로

송곡여자고등학교 3
신솔비

　좁은 문틈 사이로 칼 소리가 들린다. 그 방은 집 구조 안에서도 주택가 뒤편의 야산과 가장 가까운 자리에 있었다. 들리는 칼 소리는 예민하면서도 섬세했다. 은비는 캄캄한 새벽에 오빠 해진의 방 문틈에서 들려오는 칼 소리에 귀를 기울이고 있다. 띠링. 문틈에서 날렵한 소리가 들리다가도 가끔씩 경쾌한 캐시 음이 들린다. 그건 해진이 또 아이템을 구매했음을 뜻했다. 은비는 캐시 음이 들리면 졸린 눈을 다시 뜨고 문틈에서 들려오는 소리에 집중했다. 이사를 준비하고 있는 과정에서도 해진은 방 안에서 자신의 아이템만을 구매하고 있었다. 은비는 어쩌면 새벽에는 해진이 짐을 정리하지 않을까 하고 매일 방문 앞에서 해진을 기다렸다.

　이사하기 한 달 전, 부모님과 은비는 계속해서 짐을 정리했다. 해진의 방과 제일 멀리 있는 안방부터 짐을 옮겨 갔다. 전자제품부터 시작해서 침구류도 정리했고 집에는 점점 상자가 쌓여 가고 있었다. 곳곳에서 날리는 먼지가 입에 들어오기도 하고 상자의 꿉꿉한 냄새가 코를 스치기도 했다. 하지만 해진의 방만은 먼지 하나 날리지 않고 깨끗했다. 해진에게 이사해야 한다는 것도 알렸지만 해진은 아무런 짐도 싸지 않았다. 아무래도 집이 문제인 거 같아. 아빠는 TV에서 머리가 벗겨져 빛이 반사되는 한 박사의 풍수지리 프로그램을 보더니 말했다. 처음에는 집 안에 밝은 기운을 부르는 해바라기 액자를 해진의 방 앞에 두었다. 하지만 여전히 똑같은 해진을 보고 아빠는 이제 부동산까지 다니기 시작했다.

"해진이 사주는 동쪽 방향이 좋다고 하더라."

아빠는 동쪽에 있는 집들을 이리저리 한참 찾아다녔다. 그러다 발견한 곳이 이곳, 2층짜리 건물이었다. 주변에 가게 하나 없이 조용했지만, 어딘가 밝은 느낌의 집이었다. 특히 이 집에서 가장 햇빛이 잘 드는 방이 있었는데 아빠는 그 방의 문에 해바라기 액자를 걸어 두었다.

은비의 방을 정리할 차례가 되었다. 은비의 방에는 고등학교 시절 대학에 가려고 풀었던 문제집들이 쌓여 있었다. 먼지가 잔뜩 쌓여 있는 문제집들은 모서리가 다 바래서 말려 들어가 있었다. 은비는 조심히 문제집의 먼지를 털어 펼쳐 보았다. 펼친 문제집에는 형형색색의 복잡한 필기가 되어 있었다. 대학을 잘 가려면 필기를 잘하면 된다는 수학 선생님의 말씀이 떠올랐다. 은비는 형광펜을 칠한 자리를 손으로 만졌다. 이미 다 말라 버린 형광펜은 손끝에 아무런 감각도 주지 않았다. 은비는 계속해서 문제집을 넘기다가 맨 뒷장에 지우개 자국이 남은 낙서를 보았다.

"꼭 대학에 갈 거야."

꾹꾹 눌러쓴 것 같은 낙서는 지우개로 지웠는데도 아직 흔적이 남아 있었다. 은비는 지워지지 않은 낙서를, 화이트를 가져와서 그었다. 그리고 다시 정리를 하는데 옷장 깊은 곳에서 복싱 글러브를 발견했다. 오래되었지만 사용 흔적이 많지 않은 글러브였다. 글러브의 손목 부분에는 살짝 흐릿해진 채로 김해진이라고 적혀 있었다. 은비는 해진의 이름을 만지다가 펜을 가져와 흐릿해진 해진에 이름을 다시 적었다.

해진이 아직 중학교 2학년일 때, 해진의 방문은 매번 활짝 열려 있었다. 훤히 들여다보이는 방 안에서 해진은 아기자기한 도트 캐릭터를 꾸미고 있었다. 빛나는 효과가 해진의 캐릭터를 감쌌다. 해진의 캐릭터는 어두운 다크서클을 가진 해골 괴물이 있는 맵에 들어가서 자신의 팀원들과 괴물을 순식간에 해치웠다. 은비는 매일 학교가 끝나 집에 돌아올 때면 해진의 방에 제일 먼저 들어갔다. 힘겹게 거실 식탁의 의자를 끌고 온 은비는 해진의 옆에 앉아 게임을 구경했다. 해진은 가녀린 손목을 빠르게 움직이며 괴물을 칼로 베고 있었다. 화면에서는 번쩍하는 불빛이 계속해서 나왔고 바람 소리가 들렸다. 은비의 다리 밑에 있는 컴퓨터 본체에서는 바람 소리가 들릴 때마다 뜨거운 바람이 나왔다. 뜨거운 바람은 꼭 해진의 열정 같았고, 본체에서 나는 소리는 해진의 숨소리처럼 느껴졌다. 은비는 항상 게임을 하는 해진의 손을 구경하곤 했는데, 빠르게 움직이는 해진의 손에 꼭 진짜 칼을 쥐고 싸우는 것 같기도 했다. 복싱을 다니기 시작한 지 1년이 넘어가는 해진의 손은 깨끗해 보였다.

"오빠 손은 왜 이렇게 깨끗해?"

은비가 물으면 해진은 침대에 걸려 있는 자신의 복싱 글러브를 보여 줬다.

"이걸로 보호해서 그런 거야."

해진은 그렇게 말했지만, 은비가 보기에 글러브는 해진의 손처럼 반질거리고 깨끗해 보였다. 은비는 계속해서 해진이 게임하는 것을 구경했다. 모니터 속 해진의 캐릭터는 반짝거렸다. 하지만 그것도 잠시 모니터의 오른쪽 밑에 메시지가 뜨자 해진의 캐릭터는 빛을 잃었다.

"내일은 흰 우유 10개 먹어라."

메시지를 본 해진은 마우스를 잠시 멈췄다. 모니터에는 해진의 캐릭터가 죽어서 게임 종료 메시지가 떴다.

"이제 일을 구해야 하지 않겠니? 공부보다는 실전이 중요한 거야."

성인이 되자마자 부모님은 은비에게 말했다. 하지만 직장은 무조건 집 가까운 곳으로, 그것이 조건이었다. 은비는 처음에는 알바로만 전전하다가 이번에 막 새로운 직장을 얻게 되었다. 집에서 대중교통으로 15분 거리에 있는 복합 쇼핑몰. 쇼핑을 잘 안 하는 은비였지만 조건에 맞으면서도 대학을 안 간 은비가 갈 수 있는 곳은 이곳뿐이었다. 은비의 업무는 간단한 것 위주였다. 보통은 11층에 자리한 사무실에 앉아, 온라인 판매와 반품을 도와주었다. 하지만 가끔 지하층에서 도와달라고 하면 하루 종일 상자만 옮기기도 했다. 이런 은비를 본 실장은 은비에게 쇼핑몰마다 제품을 보충하고 배송 및 재고 정리를 하는 것까지 맡겼다. 깔끔했던 은비의 손은 점점 베인 상처가 생기고 꿉꿉한 냄새가 올라왔다. 은비의 손이 변할수록 사무실의 팀원들이 은비를 보는 눈도 달라졌다. 힘든 일을 시켜도 바로 해내고 밝은 웃음을 주는 은비에게 사람들은 편하게 말을 걸어왔다. 그중 가장 일을 많이 시키는 정 실장은 은비 같은 동생이 있으면 정말 좋을 것 같다는 말을 해 오곤 했다. 정 실장은 집에서 첫째인데 동생들이 자신의 말을 잘 듣지 않는다며 불평을 보였다. 그러면서 정 실장은 은비에게 물었다.

"너는 오빠한테 잘하지?"

은비는 이런 질문이 올 때면 손을 코로 가져와 꿉꿉한 상자 냄새를 맡았다. 상자의 꿉꿉한 냄새를 맡다 보면 혀끝에서 씁쓸한 맛이 느껴지는 것 같기도 했다.

정 실장은 다른 사람들은 믿음직하지 않다며 매일 자신의 매장 상품을 택배사로 전달하는 일을 은비에게 맡겼다. 은비는 오늘도 정 실장에게 일을 받아 트럭이 있는 주차장으로 물품들을 가지고 갔다. 거기에는 맨날 오던 상하차 아저씨와 처음 보는 젊은 남자가 있었다. 남자는 은비를 보자마자 밝게 웃으며 은비가 가지고 온 물품들을 하나하나 체크했다. 남자는 가녀린 두 팔로 체크를 한 상자를 들어 올렸다. 남자의 손목은 상자를 들자 위태로워 보일 정도로 후들거렸다. 상자에서는 푸석한 먼지들이 떨어져 나왔고 은비는 그 먼지들이 남자의 몸에서 떨어진 것이 아닐지 생각했다. 남자는 상자를 빨리 옮기려고 손과 몸을 빠르게 움직였다. 빠르게 움직이는 남자의 손목은 해진의 손목과 닮아 있었다. 은비는 해진과 닮은 남자의 가냘픈 손목을 뚫어져라 쳐다보았다. 그러자 상자를 옮기던 얇은 손은 어느샌가 은비의 앞으로 와서 악수를 청하고 있었다. 은비는 악수를 청해 오는 그 손이 부서질까 잡을 수 없었다. 남자는 머쓱한지 손을 옷에 닦았다. 남자와 은비 사이에 느껴지는 어색한 공기를 느꼈는지 짐 정리를 모두 마친 중년 남자가 끼어들어 남자를 소개하기 시작했다.

"안녕하세요."

남자는 은비에게 머쓱한 듯 인사를 건넸다. 남자는 군대에서 제대하자마자 상하차 알바를 시작했다고 했다. 군대에서 생긴 근육을 최대한 사용해야겠다고 생각했다고. 아저씨의 소개에 머쓱함이 풀렸는지 은비에게 계속해서 말을 걸었다. 남자는 소심해 보이는 외관과 달리, 재치 있는 말을 잘 꺼내곤 했다. 그래서 그런지 매일 상하차가 오는 날, 남자는 은비와 팀원들에게 말을 곧잘 걸었다. 상하차 남자는 상품 전달을 할 때마다 은비와 마주쳤는데 남자는 그때마다 은비에게 잘도 말을 걸었다. 은비는 상하차 남자가 자신에게 말을 걸어올 때마다 조금씩 혼란을 겪었다. 상하차 남자의 얼굴을 볼 때마다 은비는 해진이 떠올랐다. 하지만 해진과는 전혀 다른 성격을 가진 상하차 남자와 은비는 계속해서 이야기하고 싶어 했다. 남자는 찾아오는 날마다 은비에게 자주 자신의 군대 시절 이야기를 하곤 했다.

"군대 진짜 재밌었는데."

은비는 그날에 해진의 허리를 떠올리며 퇴근을 했다. 집으로 돌아온 은비는 집에서 나는 또 다른 상자 냄새를 맡았다. 반듯하게 접혀 있는 상자는 은비의 방에 채워져 있었다. 은비는 이 상자들이 해진의 것임을 바로 알 수 있었다. 다른 상자들과 달리 이 상자는 한 번도 쓰지 않은 듯 깨끗했다. 엄마는 곧 있다가 은비에게 해진의 짐을 치우라고 말했다. 은비는 방에서 자신의 손과 똑같은 냄새가 나는 것 같았다. 집에서도 상자, 회사에서도 상자. 은비의 세상은 상자로 가득 차 있었다. 엄마는 이제 해진과 관련된 일이면 전부 은비에게 시켰다. 돈을 벌어 오는 것조차도 어쩌면 해진이 게임에서 구매할 아이템 때문인가 싶었다.

상자를 가만히 보고 있던 은비에게 엄마가 말을 걸었다. "슬슬 직장도 옮기지 그래? 이사한 집에 맞춰야지."

은비는 엄마의 말에 대답하지 않고 방문 틈으로 보이는 해진의 방문을 보았다. 아직까지도 굳게 닫혀 있는 문은 해진이 들어 있는 거대한 상자처럼 보였다.

"나보다는 저 상자부터 옮기지 그래?"

엄마는 짐을 치울 상자를 보고 상자를 접어 짐들을 정리하기 시작했다. 은비는 상자를 접으며 해진의 방문을 계속 보고 있었다. 해진의 방에서는 작은 캐시 음이 들려올 뿐이었다.

은비는 평소와 똑같이 출근했다. 마치 아무 일도 없다는 듯이. 엄마에게 들었던 말을 생각하며 은비는 사무실 자리에 앉아 반품과 판매를 반복하며 컴퓨터 자판을 두들겼다. 탁. 탁. 일정하게 들리는 자판 소리는 해진의 방에서 들린 캐시 음을 떠올리게 했다. 오빠는 뭘 그렇게 사는 걸까. 컴퓨터를 보며 생각하다가 모니터에 메시지 알림이 떴다.

"오늘 회식인 거 알지?"

정 실장이었다. 한 달에 한 번 팀원들과 하는 회식. 원래였다면 딱히 갈 필요는 없었지만 이번 회식은 달랐다. 정 실장이 이번 회식에 부장님이 오신다는 이야기를 꺼냈기 때문이었다. 부장님은 매일 블랙, 브라운, 그레이 색의 정장을 번갈아 입는 남자였다. 자신이 정한 틀 안에서 살고 있는 남자. 그런 부장님이 온다는 건 곧, 잘만 보이면 승진이 가능할 수도 있다는 소리였다. 은비는 자판을 두들기던 손을 멈췄다. 그리고 컴퓨터 모니터 아래에서는 알람이 하나 더 울렸다.

─오늘은 일찍 와서 짐 정리 좀 더 해 둬라.

아빠에게 온 메시지였다. 은비의 손은 자동으로 아빠의 메시지에 답을 보내고 있었다.

─응 알았어.

커다란 상자가 은비를 덮고 있는 것 같았다.

퇴근 시간이 되고, 분주하게 움직이는 팀원들 사이로 상자의 먼지가 떠다녔다. 팀원들은 회식에 갈 준비를 했다. 은비는 그런 팀원들을 보며 집에 갈 준비를 했다. 정 실장은 혼자 나가려는 은비에게 눈빛을 보냈다.

"잠깐이라도 있다 가."

따라간다면 그곳은 상자 밖일까? 은비는 스스로 의문을 품으며 잠깐 회식 자리에 따라나섰다.

회사 앞, 작은 술집이었다. 은비는 그곳에 앉자마자 술을 받고 마시기 시작했다. 아빠의 메시지를 무시하려고 온 회식이었지만, 머릿속에는 아빠의 말이 맴돌았다. 회식의 분위기는 시작과 함께 점점 나빠졌고, 결국 팀원들은 은비를 밖으로 내보냈다.

"은비 씨, 그런데 좀 심한 거 아니야?"

작게 흘러나오는 말들이 은비의 귓가에 들려왔다. 팀원 한 명이 은비를 부축해 택시를 잡으려 할 때였다. 은비는 비틀거리며 고개를 돌렸다. 바로 그때, 회사 앞 도로 한쪽에 멈춰 서 있는 택배 트럭이 보였다. 낯익은 손목, 약하게 흔들리는 얇은 팔. 순간적으로 은비는 몸을 뿌리치듯 택배 트럭 쪽으로 달려갔다.

"은비 씨!"

팀원들의 외침이 들렸지만 멈출 수 없었다. 은비는 그대로 트럭 안으로 뛰어올랐고 상자 하나를 끄집어냈다.

"이딴 거…… 왜 자꾸 이딴 거만 쌓아!"

 은비는 상자를 힘껏 바닥에 내던졌다. 툭, 소리를 내며 상자가 터졌고 안에 담긴 상품이 도로 위로 흩어졌다. 사람들의 놀라며 소리 지르는 외침이 들려왔다. 하지만 은비는 멈추지 않았다. 두 번째 상자, 세 번째 상자. 트럭 안에 있는 상자들을 하나하나 끄집어내서 밖으로 던지기 시작했다. 팀원들은 달려와 은비를 붙잡았고, 트럭 기사도 놀란 얼굴로 소리를 질렀다. 하지만 그보다 더 무겁게 은비의 등을 짓누른 건 회식 자리에 뒤늦게 나타난 부장의 시선이었다. 정 실장이 부장에게 뭐라 설명하려 했지만, 부장은 아무 말 없이 고개를 돌렸다. 그리고 들리는 단 한마디.

"쯧."

 혀를 차는 그 소리 하나에, 은비는 갑자기 온몸의 힘이 풀렸다. 사람들의 말, 상자에서 튀어나온 물건들, 자신을 붙잡는 팔들. 그 모든 것이 눈앞에서 아득히 멀어져만 갔다. 은비는 그대로 혼자 택시를 타고 집으로 돌아왔다. 택시 안에서 고개를 숙인 채 어지러운 속을 달래던 은비는, 집에 도착하자 한동안 현관에 웅크리고 앉아 있었다. 아빠는 혼자 상자를 정리하다가 잠든 것 같았다. 은비는 조금씩 술이 깨기 시작하자 머릿속에는 또다시 해진의 방이 떠올랐다. 그 방에서 들리는 캐시 음, 칼 소리, 닫힌 문틈 사이의 고요함이. 은비는 문득 자리에서 일어나 컴퓨터를 켰다. 해진이 늘 하던 그 게임. 마치 해진을 따라가듯, 어릴 적을 떠올리며 검색창에 게임 이름을 입력하고 접속을 시도했다. 익숙하지 않은 조작을 따라가며 캐릭터를 생성했다. 그리고 로그인하자마자 보이는 수많은 사람들 사이, 눈에 띄는 하나의 닉네임이 있었다. '꿈의 전차.' 어릴 적 봤던 익숙한 닉네임이었다. 그의 캐릭터는 다른 플레이어들을 이끌고 있었다. 활기찬 채팅, 친절한 설명, 웃으며 건네는 이모티콘들. 모두가 그에게 인사를 하고, 도움을 요청하고 있었다.

"꿈의 전차 님 오늘도 정말 감사합니다!", "꿈의 전차 님 다음에는 저랑 던전 같이 해 주세요!" 수없이 올라오는 채팅창을 보며 은비는 멍하니 화면을 바라보았다. 게임 속 해진은 살아 움직이는 사람이었다. 조용하고 무기력한 방 안의 해진과는 전혀 다른 모습. 해진은 팀원들과 활발하게 소통했고, 모두의 중심에 서 있었다. 은비는 키보드를 두드려 말을 걸까 하다가 손을 멈췄다. 대신 천천히 화면 속 캐릭터의 움직임을 따라갔다. 해진은 지금도 어딘가에서, 누군가와 함께 싸우고 있었다. 작은 칼 소리가 게임 안에서 울려 퍼졌다.

"띠링."

어느새 또 하나의 아이템을 구매한 해진의 캐릭터. 은비는 캐릭터를 움직이며 화면 한편에 뜬 메시지를 읽었다.

─다음에는 꼭 같이 해요 :)

문득, 은비의 눈에 눈물이 맺혔다. 진짜 칼은 아니지만, 진짜로 싸우는 해진의 순간들. 깨끗한 손, 닫힌 방, 상자, 그리고 다시 캐릭터를 따라 움직이는 지금. 은비는 게임 속에서 처음으로 '상자 바깥'을 경험했다.

해진의 캐릭터는 눈앞에서 총알을 맞았다. 화면 속에서 해진의 캐릭터는 무릎을 꿇고 있었다. 은비는 망설임 없이 해진에게 달려갔다. 그리고는 회복 아이템을 써서 해진을 살렸다.

─고마워요.

채팅창에서 '꿈의 전차'가 말을 걸었다. 은비는 잠시 멍하니 채팅창을 바라보다가, 조심스레 손을 올렸다.

─이렇게 게임 잘하면 현실에서도 되게 멋지고 근사한 사람이겠다…… 뭐가 됐든 다 잘할 거 같아요.

입력하고 나서 괜히 부끄러워졌다. 모니터 너머로 해진이 보고 있는 것도 아닌데, 손끝이 저릿했다. 잠시 후, 해진의 답장이 왔다.

─그렇게 대단한 건 아닌데…… 지금은 그냥 취직 준비하고 있어요.

그 말에 은비는 손을 멈췄고, 더는 아무 말도 하지 못했다. 생각보다 평범한, 그러나 한없이 멀게 느껴지는 말이었다. '취직 준비.' 해진이 스스로 그런 말을 한다는 게 이상했다. 몇 년 동안 자신의 방에서 캐시 음만 들려오던 사람이, 게임 속에서는 이제 와서 현실의 어딘가로 나가려고 하고 있었다. 그 후로도 게임은 계속됐지만, 은비는 채팅을 하지 않았다. 해진의 캐릭터는 여전히 부지런했고, 모든 플레이어에게 친절했다. 그런데 게임이 끝나 갈 무렵, 해진이 먼저 말을 걸었다.

─사실 취직 준비한다는 거 거짓말이에요.

─가족들은 나한테 신경 안 써요. 예전엔 동생이랑도 잘 놀았는데…… 내가 이렇게 되고 나서, 그 애도 나한테 관심이 없어요.

은비는 갑자기 손이 멈췄다. 멍하니 모니터를 바라보다가, 천천히 고개를 숙였다. 게임 속 대화지만, 현실보다 더 진실한 말. 해진은 그렇게 생각하고 있었던 것이다. 동생마저도, 자신에게 등을 돌렸다고. 게임 속 배경에서는 천천히 눈이 내리기 시작했다.

은비가 고등학교 1학년 때, 은비는 집에서 그나마 제일 가까운 편의점에서 알바를 하고 있었다. 라디오에서는 대폭설이라는 일기예보가 흘러나오고 있었고 점장님은 은비에게 편의점 앞에 쌓인 눈을 치우라고 시켰다. 은비가 빗자루를 들고 밖을 나갔을 때, 밖에는 온통 새하얀 풍경이 은비를 마주하고 있었다. 은비가 내리는 눈을 잠깐 구경하고 있는데 은비의 눈앞에 군대에 있어야 할 해진이 군복을 입고 지나가고 있었다. 은비는 오랜만에 보는 해진의 모습에 놀라서 몸을 숨겼는데 해진은 해진보다 덩치가 큰 남자에게 어깨동무를 당하며 길을 가고 있었다. 얇게 많이 내리던 눈은 해진이 지나가자 굵고 큰 입자를 띠며 내리기 시작했다. 은비는 다시 나와 해진을 보았지만, 내리는 눈에 해진은 은비의 시야에서 사라져 갔다. 은비는 해진을 자세히 보지는 못했지만, 해진의 굽은 등만은 여전히 끊어질 것같이 얇다고 생각했다. 은비는 그때 자신이 아무것도 하지 않았음을 떠올렸다. 그리고 동시에 은비는 문틈에서 소리만 엿듣던 자신의 모습이 떠올랐다. 한 번도 문을 열지 않았던 자신. 한 번도 먼저 말을 건 적 없던 자신이. 은비는 자신이 던진 말 한마디조차, 해진의 마음엔 아무 의미가 닿지 못했음을 깨달았다.

 이사를 가기 일주일 전. 집은 점점 비워지고 있었다. 남아 있는 방은 단 한 개. 해진의 방. 여전히 해진의 방은 깨끗했고, 먼지조차 없었다. 바깥에는 상자들이 가득 쌓여 있었고, 해바라기 액자만이 바닥에 기대어 있었다. 은비는 오늘도 조용히 방문 앞에 섰다. 하지만 오늘은 단지 관찰만 하지 않았다.
 "똑똑."
 가볍게 방문을 두드렸다.

"그 게임…… 오빠가 하던 거. 팝업 이벤트 뜬다는데?"

은비는 평소처럼 말투를 낮추지 않았다. 말을 건네는 은비조차도 너무나 어색했지만 괜찮았다. 문 너머로는 아무 말도 들리지 않았다. 은비는 조금 더 기다리다가 결국 문을 등지고 돌아섰다. 자신의 방으로 들어온 은비는, 자리 앞에 앉아 조용히 해진이 하던 게임에 접속했다. 화면이 켜지고 로딩이 끝났을 때였다. 채팅창에는 낯익은 이름이 은비를 향해 메시지를 남긴 게 보였다.

―팝업 언제 열린다고 했지?

순간, 은비는 키보드 위에 손을 올렸다. 은비는 미소도 짓지 않았고, 눈물도 흘리지 않았다. 그저 조용히, 그 짧은 메시지를 바라보며 생각했다. 해진은 닫혀 있던 방을 완전히 열지는 않았지만, 조금씩 문틈 너머로 말을 건네고 있었다. 작지만 분명한 답이었다. 그리고 은비는 그 메시지에 답장을 쓰기 시작했다.

고등부 소설 부문 금상(백일장)

찾은 인생

송곡여자고등학교 3
신솔비

　주걱이 아닌 연필을 잡았습니다. 현대백화점 지하 2층 메인홀에 걸린 현수막이 펄럭였다. 평균 나이가 40대 이상 되어 보이는 아줌마들은 현수막에 적힌 문구를 보고 아이돌 콘서트를 온 소녀들처럼 설레어 하고 있었다. 현수막 아래에는 『엄마라는 인간』에세이집 1주년 팝업 스토어가 진행되고 있었고 나는 대기 번호를 받고 기다리다가 차례가 되었을 때, 팝업 스토어 안으로 들어갔다. 안에는 『엄마라는 인간』을 쓴 작가 나정혜가 직접 참여 제작한 굿즈가 진열되어 있었다. 주변 아줌마들은 쉴 새 없이 굿즈를 집어 들었고, 자기들끼리 책에 대해 대화를 나누고 있었다. 난 이 부분이 제일 공감 가더라. 어머, 나도 그랬어. 그녀들은 시장에서 바구니를 들고 떠드는 것처럼 굿즈를 집으며 이야기하고 있었다. 나는 그 사이에서 시장에 따라온 어린아이처럼 기웃거리며, 엄마가 적어 준 리스트에 있는 굿즈를 바구니에 담았다.
　『엄마라는 인간』. 이것은 엄마가 가장 좋아하는 에세이집이었다. 평생을 주부로만 살다가 남편과 이혼하고 혼자 딸을 키우게 된 여자. 딸을 혼자 키우면서도 명문대를 보내고 끝내, 자신의 꿈인 작가까지 된 여자의 이야기. 나정혜 작가의 인생이 담긴 이 책은 금방 베스트셀러에 올랐고, 엄마의 눈에까지 들어왔다. 엄마는 자신이 나정혜 작가와 비슷한 인생을 살았다고 이야기했다. 『엄마라는 인간』을 한 장씩 넘길 때마다 자신의 과거를 돌아보는 것 같다고. 하지만 엄마는 나정혜 작가와 다르게 몸을 움직이지 못했다.

내가 초등학교 6학년이 되던 해에 엄마는 옷 공장에서 큰 박스를 옮기다 사고가 났다. 오른쪽 무릎의 파열이 심해 더 이상 누군가의 도움 없이 걸을 수 없다는 진단을 받고, 엄마는 집 밖을 한동안 나가지 못했다. 나는 그때부터 엄마를 집에서 케어하고, 엄마가 조금이라도 활력을 찾을 수 있도록 노력했다. 학원을 가는 대신, 학교가 끝나면 바로 집으로 와서 엄마와 함께 뜨개질을 하고, 그와 동시에 학업에는 지장이 없도록 밤에는 혼자 공부를 했다. 좋은 성적을 받아 올 때면 엄마의 얼굴에는 조금의 활기가 생겼다. 같이 뜨개질할 때도 집중한 엄마는 잠깐이라도 사고 때의 생각을 하지 않는 것 같았다. 그렇게 나는 나를 엄마에게 맞췄다.

나의 시간이라는, 인생이라는 퍼즐 조각들을 엄마에게 맞췄다. 언젠가 엄마가 나를 보고 밝게 웃어 줬으면 해서. 하지만 엄마를 웃게 만든 건 내가 아닌 나정혜 작가의 책이었다. 정혜 작가님도 나처럼 이혼하고 딸을 혼자 키우셨나 봐. 많이 힘드셨을 텐데 대단하시기도 하지. 엄마는 나정혜 작가의 책을 보고 웃기만 할 뿐만 아니라, 울고 공감도 했다. 내가 우연히 엄마에게 사다 준 『엄마라는 인간』은 엄마의 또 다른 인생을 만들어 냈다. 그 책을 읽고 난 엄마는 내게 부탁하는 일도 많아졌다. 혜성아, 팝업스토어가 열린대. 근데 엄마는 정기검진 때문에 입원을 해야 하네……

대신 가서 굿즈 좀 사다 줄래? 엄마가 처음으로 내게 웃으며 부탁한 일이었다. 물론 그 웃음이 나를 향하지는 않았다는 걸 알았다. 굿즈 사서 추첨을 해서 작가님과 인생네컷을 찍을 수 있대. 엄마는 나정혜 작가를 말하며 더 환하게 웃었다. 책을 넘기며 밝게 말하는 엄마의 표정이 책장에 베인 것처럼 날카롭고 따갑게 느껴졌다.

팝업 스토어가 열리고 가져온 굿즈를 엄마의 침대에 올려 두었다. 바스락거리는 병원 이불 위에 올라간 엘자 파일과 포토 카드들이 어쩐지 엄마를 해치는 바이러스 같았다. 엄마는 조심스럽게 굿즈를 모아 하나하나 감상했다. 울상이 되다가도 또 해맑게 웃는 엄마의 표정을 병원에서 보니, 엄마가 또 다른 병일지도 모르겠다 생각했다. 엄마는 내 생각도 모른 채 계속 웃었다.

다음 날이 되고 엄마 휴대폰으로 문자가 왔다. 당첨을 축하드립니다! 나정혜 작가님과 인생을 찍어 보세요! 문자를 봄과 동시에 엄마는 병실에서 환호성을 쳤다. 됐대! 주변 다른 환자와 보호자들은 엄마를 이상하게 쳐다보았지만 엄마는 계속해서 기뻐하며 내게 말했다. 혜성아, 네가 찍고 와라. 나는 고개를 저었다. 그 사람을 마주할 자신이 없었다. 하지만 엄마는 이런 자신의 모습을 작가님께 보여 드리고 싶지 않다고 말하며 나에게 부탁했다. 엄마 모습 알잖아······. 또다시 나를 쳐다보는 엄마의 표정에 우울함만이 남겨졌다. 나는 주머니에 든 팝업 스토어에서 산 굿즈 영수증을 구기며 가겠다고 답했다. 영수증이 구겨질수록 내 대답을 들은 엄마의 표정은 점점 펴졌다.

사진 찍는 날, 나는 엄마가 골라 준 옷을 입고 엄마가 원하는 화장을 하고 인생네컷 부스로 갔다. 나의 인생을 네 컷 안에! 부스 앞에 쓰여 있는 문구에 추첨에 뽑혀서 온 몇몇 아줌마들이 웃으며 작게 말했다. 나의 인생을 작가님과 함께! 아줌마들이 키득대는 사이에 부스 쪽으로 『엄마라는 인간』 표지에 그려진 여자, 나정혜 작가가 걸어왔다. 안녕하세요. 우아하면서도 깊은 목소리. 아줌마들은 부스 앞에서 환호성을 질렀다. 작가님은 깊은 미소를 지으며 부스 안으로 들어갔다. 부스 앞에는 나정혜 작가 뒤에서 조용히 작가님을 따라오던 내 또래 여자애 한 명이 서서 사람들을 차례대로 들여보냈다. 나는 차례를 기다리며 거울을 봤다. 거울 속에는 머리부터 발끝까지 엄마가 만들어 낸 내가 서 있었다. 단정한 옷차림, 차분한 머리카락, 분홍색 립까지. 모두 나정혜 작가 인터뷰에서 작가가 좋아한다고 했던 스타일이었다. 엄마는 자신의 인생을 나정혜 작가가 좋아하는 모습으로 꾸며 냈다. 그리고 그 꾸며 냄을 자신의 딸인 나에게 덮었다. 나는 거울을 보며 부드러운 머리칼을 만졌다. 머리에서는 은은한 소독약 냄새가 났다.

　부스 차례가 나로 다가오고 나는 내 또래 여자애 앞에 섰다. 여자애 역시 차분한 머리카락과 분홍 립을 하고 있었다. 여자애를 보고 있는데 뒤에서 아줌마들이 수군대는 게 들려왔다. 저 애지? 작가님 딸. 그 말을 듣자 『엄마라는 인간』 속 딸의 묘사가 생각났다. 부드러운 머리를 만져 줬었다. 분홍색 입술이 참 귀여웠다. 명문대를 간 그 딸이 내 눈앞에 서 있었다. 그녀는 나를 보고 싱긋 웃었고, 나는 계속해서 그녀의 머리와 입술만 쳐다보았다. 내가 살아 보고 싶은 인생, 엄마가 딸의 칭찬을 써 둔 책이 있는 인생. 그 인생이 지금 내 눈앞에 있다. 내 차례가 되어서 여자애는 나를 부스 안으로 이동시켰다. 하지만 나는 작가님이 있는 부스가 아닌 옆 부스로 들어갔다. 여자애는 당황해하며 나를 보았고, 나는 정중한 목소리로 말했다. 팬입니다. 여자애는 여전히 얼굴에 물음표가 있었지만 이를 본 작가님이 같이 찍어 주라고 말하자, 여자애는 다시 싱긋 웃으며 내 앞에서 포즈를 취했다. 인생네컷의 촬영음이 들리고 짧은 네 컷의 사진이 사진기 밑으로 나왔다. 그 사진 속에 나는 엄마가 꾸민 모습이 아닌, 내가 찾은 내 인생이 담겨 있었다. 네 컷이면 충분했다. 이제 내 인생을 찾아갈 시작으로. 나는 부스 밖으로 나왔고, 부스 앞 문구가 다시 한번 내 눈에 들어왔다. 나의 인생을 네 컷 안에!

고등부 소설 부문 은상

케이

고양예술고등학교 2
정채민

　케이의 가른 배에선 비닐이 여러 개 나왔다고 했다. 비닐이 나온 건 놀랍지 않았지만, 케이가 부검을 당했다는 걸 들었을 땐 놀랄 수밖에 없었다.
　경찰은 학원까지 날 찾아왔다. 네가 케이와 가장 친했지, 경찰 옆에 앉은 선생님이 물었다. 옆의 경찰을 의식하는 듯, 몸은 경찰 쪽으로 쏠린 채였다. 네, 대답하자 경찰은 수첩에 무언가 끄적이며 물었다.
　실종된 그 친구가 어디로 간다고 얘기는 안 해 줬어요? 사라지기 전에 이상한 조짐이 있었다든가.
　모르겠어요.
　친한 친구였다면서요. 아무 말 없었어요?
　네, 딱히······.
　경찰이 내 쪽으로 몸을 기울이며 질문했다.
　혹시 그 애가 평소 집 얘기는 많이 했나요? 다른 친구들 얘기는?
　케이가 평소에 무슨 이야기를······ 모르겠어요.

경찰이 미간을 찌푸렸다. 선생님은 나와 경찰을 번갈아 보다가 입을 열었다.

정말 기억나는 거 없니?

떠난다고 했는데, 장난인 줄 알았어요.

난 마지못해 이야기했다.

너도 상심이 크겠지.

선생님은 끝까지 다정하게 내 어깨를 토닥였다. 이 말투를 듣기 위해 노력한 적도 있었는데. 평소보다 부드러운 목소리로 말하는 모습에 화가 났다. 선생님의 얼굴에 주먹을 꽂고 싶었다. 평소에 선생님이 눈빛으로 흘리던 말들을 그곳에서 다 쏟길 바랐다. 관심 못 받고 자란 애들이야. 다 똑같아. 케이가 담배를 피우고 가출한 것처럼. 수업 시간에 드라마나 보면서 같이 다니던 너도 똑같잖아. 코피를 쏟으며 말하는 선생님의 모습을 상상했다. 다정한 얼굴이 일그러지는 것을. 난 어떤 행동도 하지 못하고 고개를 저었다. 그대로 교실을 빠져나와 화장실에서 문을 잠그고 생각했다. 난 한 번도 케이의 말을 장난으로 안 적 없다고.

그날부터 계속 케이에게 연락했다. 당연히 답은 없었지만, 딱 한 번 읽음 표시가 뜬 적이 있었으므로 난 희망에 차 있었다. 그러던 무렵, 케이가 한강에서 죽은 채 발견됐다는 것과 자살이라기엔 수상하다며 부모가 부검을 요청한 것이 알려졌다. 부검했을 때 비닐이 여러 개 나왔단 건 케이의 옆집 여자아이가 말하고 다녔다. 자살이 아닐 수 있단 거야, 하며. 자살이 아닐 순 있지만, 비닐이 그 증거는 아닐 거라고 반박하듯 생각했다. 보험금을 받아야 했던 부모가 자살을 사고사로 만들기 위해 한 부검이라는 말이 여기저기서 소문으로 들렸다. 케이를 알지 못하던 아이들도 그 소문은 알았다. 케이는 어느새 '배에서 비닐이 나왔다는 애'로 통했다. 내가 경찰과 이야기했던 것도 함께 알려져, 누군가 찾아와 케이는 어떤 애였냐고 묻는 일도 잦아졌다. 대답할 수 있는 건 없었다. 내가 아는 건 전부 비밀뿐이었다.

심심할 땐 케이와 비밀을 나눴다. 규칙은 두 개였는데, 비밀에 대해 묻지 않기와 어떤 말을 해도 이상하다는 눈빛으로 쳐다보지 않기. 우린 각자의 이야기를 하면서도 서로에게 가장 집중하던 그 시간을 좋아했다. 케이는 전 남자 친구와 사귀면서 옆 반 아이를 좋아했던 것, 부모님에게 거짓말한 것, 지난번 중간고사 점수 같은 것들을 말했고, 난 학원 선생님을 짝사랑하는 것과 아버지가 일찍 돌아가신 것을 이야기했다. 그 시간을 좋아했던 만큼 너무 많은 비밀을 이야기해서, 우린 언젠가 비밀이 동나 버리는 것을 무서워했다. 서로가 무서워하는 것을 알았고, 같은 비밀을 두 번 말해도 그저 고개를 끄덕였다. 묻지 않는 게 규칙이니까. 질문을 입 밖으로 꺼내는 순간 그 시간은 끝나 버릴 것 같았다.

그게 익숙해졌을 때 케이가 말한 것이다. 고개를 살짝 숙이고, 날 올려다보며 평소보다 조금 더 심각한 비밀을 말하겠다는 눈빛으로.

사실, 비닐을 먹어.

난 뒤이어 돈이 부족할 때 친구에게 받은 선물을 중고로 팔아 버린 적 있다고 했다. 케이의 비밀에 질문도, 이상하다는 눈빛도 보내지 않았다. 케이도 마찬가지였다.

비닐을 먹을 수 있다는 말을 곱씹다가 날 곯리려 한 게 아닐까, 하는 결론을 낼 때쯤 케이가 말을 꺼냈다.

나, 비닐을 먹어.

케이에게 말할 비밀을 생각하고 있을 때, 케이는 이거 비밀 얘기하잔 거 아냐, 했다. 자신에게 의문을 가져도 된다는 뜻이었다. 너한테 하고 싶은 말이 있어, 그런 뜻이었다. 먹는 거 보여 줘, 말하자 케이는 주머니에서 사탕 하나를 꺼냈다. 그러고는 껍질째로 입에 넣어 오래 그것을 녹였다. 1분 정도가 지났을까. 아, 하고 보여 준 케이의 입속엔 아무것도 남아 있지 않았다.

마술 같은 거 아냐. 정말 삼켰어.

그렇게 말하는 케이에게, 그때의 난 케이의 말이라면 무엇이든 믿을 수 있었으므로 그래도 건강에 좋진 않을 테니 많이 먹진 말라고 했다. 케이는 고맙다고 말하며 웃었다.

케이는 내가 선생님을 좋아한다는 걸 가장 먼저 알아챈 사람이었다. 케이와 나는 항상 반에 가장 늦게 들어오는 학생이었고, 자연스레 같이 앉는 일이 많았다. 날 바라보다가 너 저 선생 좋아하는구나, 종이에 쓰던 케이를 잊은 적 없다. 고민하며 펜을 돌리다가 어떻게 알았어, 쓴 나도. 케이는 선생님을 좋아하는 일이 대수롭지 않다는 듯, 난 전 남자 친구랑 사귀면서 옆 반 남자애를 좋아했었어, 작게 말했다. 시선을 어디에 둘지 몰라 바라본 케이의 교복 치마는 내 것과 같았다. 그때부터 우리는 비밀을 이야기했다. 마지막까지 케이는 선생님을 못생긴 월급루팡이라 부르며 나를 이해하지 못했다.

케이와 나의 교복 치마는 언제나 자글자글했다. 구겨진 종이처럼, 버려진 비닐처럼 멋대로 주름져 있었다. 월요일이면 빳빳한 교복 치마들 사이에서 우리의 치마는 불량품 같았다. 부끄럽다기보다 우리가 함께 있으면 그게 더 눈에 띄잖아. 폐기 직전 모아 놓은 불량품처럼 보이는 게 무서워. 그렇게 말했을 때 케이는 바닥을 바라보며 두어 번 고개를 끄덕였다. 동의하진 않지만, 내 의견에 따르겠다는 의미였다.

그때부터 케이는 학교에서 내 눈을 피했다. 나를 가만히 바라보다가도 눈이 마주치면 바로 시선을 돌렸다. 그게 내 의견을 따라 주는 건지 불만의 표시인지 몰라 불안하기도 했다. 그런 불안은 간판이 녹슬고 벽면에 금이 간 학원 상가에 들어갈 때 사라졌다. 엘리베이터 앞에서 마주칠 때마다 케이는 밝은 표정으로 내게 인사했다. 그 웃음은 정말 밝다는 말로밖에 표현되지 않아서 이런 웃음이라면 아무리 주름진 교복을 입어도 불량품 같지 않다고, 케이를 보며 생각했다.

선생님은 정해진 노선이라도 있다는 듯 기계적으로 책상 사이를 움직였다. 그렇게 적당히 아이들을 보다가 자리로 돌아가서 책을 보는 척 눈을 붙이곤 했다. 힘들이지 않고 돈을 버는 것 같아 얄밉다가도 여유로운 모습이나 가끔 주는 젤리 같은 것을 좋아했다. 그가 처음 학원에 왔을 때, 맛별로 사 온 젤리를 하나씩 나눠 줬던 걸 떠올렸다. 아이들은 자주 잠을 자거나 장난을 쳤다. 공부하는 아이들이 거의 없었던 이곳에서 선생님은 정말 아이를 가르치고 싶어 했다. 지금은 아니지만. 우리가 선생님의 시야에서 벗어날 때마다 케이는 내 귀에 이어폰을 꽂고서 휴대폰으로 드라마를 틀었다. 케이가 보는 건 항상 비슷한 스타일의 수사물이었다. 연이은 고등학생의 죽음, 범인을 쫓는 형사, 혹은 부모. 조금 뻔하긴 한데 배우들이 잘생겼으니 좋은 작품이라며 입꼬리를 올렸다. 그러다가도 피해자가 부검되는 장면에선 웃음기를 거두고 말했다.

부검 당하는 게 불쌍해. 다 끝나고 나서 관심 있었던 척하는 게 제일 싫어.

그러니, 케이가 부검 당한 걸 믿지 못한 건 당연한 일이었다. 케이의 말엔 언제나 고개를 끄덕이게 되었다. 케이는 자주 제일 싫은 것과 제일 좋은 것에 관해 이야기했다. 내가 그녀를 다 안다고 착각하게 할 만큼.

그 착각은 학원 뒤편에서 깨졌다. 학원엔 담배 냄새가 흘러 들어왔다. 창문을 닫으려 해도 헐렁한 창틀이 크게 덜컹거려 열어 놓을 수밖에 없었다. 어차피 이 건물 사람들 관심 없겠지만, 몰래 피우기 제격인 장소이긴 하지. 케이는 학원 뒤편을 두고 그렇게 말했다. 그리고 정말로 케이는 그곳에서 나에게도 숨겨 가며 담배를 피웠다. 원래 관심도 두지 않던 곳을 처음으로 자세히 바라본 날이었다. 케이인 게 확실해지자마자 달려가 어깨를 때리다가 너도 냄새 나게 왜 그런 거야, 외쳤다. 너한텐 그런 냄새가 나지 않았으면 좋겠단 말이야. 소리쳤다. 울먹거리는 걸 들키기 싫어 점점 목소리를 키웠다. 케이는 투덜거리며 대답했다. 이거 전자담배야. 냄새 안 나는 거라고. 그게 문제가 아니었는데. 해명하듯 한 말에 더 화가 났다. 케이가 들고 있던 전자담배를 빼앗아 바닥에 내리쳤다. 케이는 아무 말 하지 않았다. 조용히 망가진 걸 들어 올렸다. 케이는 내 말에 따라 담배를 버렸고, 다음 날 이야기했다.

사실 그 담배 엄마 거였거든. 덕분에 엄마가 진짜 오랜만에 나한테 말 걸었어. 혹시 여기 있던 담배 봤니? 하고. 모른다고 대답했어. 내가 버렸다고 하면 어떤 반응일까 궁금했는데, 나도 화내는 모습을 보긴 싫었나 봐.

그 골목에서, 케이는 나에게 처음으로 물었다. 넌 도대체 그 선생이 왜 좋냐, 못생겼잖아, 하고. 그것은 질문보다 어떤 불만처럼 들리기도 했다. 확실히 그는 잘생긴 것과 거리가 있었다. 작은 눈과 통통한 몸. 그렇다고 말을 예쁘게 하지도, 목소리가 좋지도 않았다. 이젠 학생들을 가르치겠다는 열의마저 사라졌다. 그를 볼 때 속으로 못생긴 월급루팡, 케이를 따라 되뇐 적도 있다. 그렇지만 난 여전히 그의 관심을 끌려 노력했다. 그러니까, 왜? 케이가 다시 물었다. 보기보다 듬직한 면이 있지. 덩치 큰 사람이 좋거든. 별거 아니라는 듯 대답했다. 케이는 바닥을 보고 고개를 저었다.

케이와 내가 다닌 학원은 전구도 중고로 구하는지, 전구가 나가는 일이 잦았다. 낮엔 햇빛으로 버텨도 저녁에 전구가 나가면 도저히 방법이 없었다. 그래서 그가 처음 학원에 왔을 때, 원장은 전구 갈 사람이 생겼다며 좋아했다. 원장이 그것을 위해 젊고 비교적 덩치가 큰 그를 뽑았다는 생각을 하기도 했다. 그는 자주 전구를 갈았다. 팔을 걷고 전구를 만지작거리는 그를 보며 몇 달 전부터 불이 들어오지 않는 우리 집 부엌 전구도 그가 갈아 주면 좋겠다고 생각했다. 지긋지긋하던 부엌이 좋아진 건 그때부터였다. 들어오지 않는 전구나 잔뜩 때가 낀 가스레인지가 좋은 건 절대 아니었고, 전구를 가는 그가 상상될 때마다 웃음이 났다. 그게 첫사랑이라고 난 금방 결론 내렸다. 엄마는 언제나 불 켤 일 없는 밤에 들어와 잠만 잤으므로 집이 이런 꼴이라곤 상상도 하지 않았다. 이 집엔 누구도 들어온 적이 없었다. 전구가 나갔다는 건 케이에게 말할 비밀이 완전히 없어질까 봐 비장의 무기처럼 남겨 둔 것이었다. 케이에게도 남겨 둔 비밀이 있을까? 그런 집에서 난 종일 선생님 생각을 했다.

케이는 특이한 것을 좋아했다. 무선보단 유선 이어폰을 쓴다든가, 와이투케이 감성의 열쇠고리를 사고 노래는 꼭 시부야케이만 들었다. 엄마가 쓰던 거야, 하며 디지털카메라나 엠피스리를 들고 올 때도 있었다. 그래서 난 그녀를 생각할 때 이름보다 케이란 글자를 먼저 떠올리곤 했다. 이건 엄마가 우리 나이 때 듣던 노래야. 그게 정말 케이의 취향이었는지, 엄마의 것을 따라 한 건지 아직도 알 수 없다. 가끔 취향이 맞는 누군가를 만나면 열을 올리며 대화하면서도 그렇게 달가워하지 않았다. 오히려 너 특이하다, 왜 이런 걸 좋아해?라는 말을 더 좋아했던 것 같다.

케이가 나에게 들려줬던 노래를 아직 부를 수 있다. 노래를 부른 가수나 제목 같은 것은 기억나지 않았다. 기억의 문제 이전에 케이가 알려 주지 않았을지도 몰랐다. 그러나 그게 시부야케이인 것, 취향을 잘 공유하지 않던 케이가 들려준 노래라는 것 때문에 노래만은 끈질기게 기억하고 있다. 자다가 일어나서도 흥얼거릴 수 있을 정도로. 케이는 그 노래를 부른 가수가 흥미롭다고 했다.

정말로 시부야케이가 유행할 때의 가수인지, 현재 가수가 시부야케이 스타일 노래를 발매한 건지 아무도 몰라. 그만이 알겠지.

나도 그런 사람이 되고 싶어. 그렇게 말을 마무리하며 케이는 짓궂게 웃었다. 그 주 주말, 난 케이의 손에 이끌려 사진관에 갔다. 90년대 스타일로요. 두 명이 하나, 저 혼자서 하나 찍을게요. 두 명이 찍는 건 교복 대여하고요. 혼자 찍는 건 민소매 원피스로요. 결제는 이 카드로 부탁드려요. 케이는 연습이라도 했는지 빠르게 말을 쏟아 냈다. 난 바보같이 서서 건네 주는 옷을 입고 어정쩡한 표정을 지었다. 90년대 교복이 불편하게 허리 모양을 잡았다. 케이는 한쪽 손을 불편한 내 허리 위에 올리고 다른 손으론 무난한 브이를 만들었다. 케이 혼자 찍을 사진은 콘셉트 포토라고 사진기사가 설명했다. 케이는 고전 드라마에나 나올 법한 민소매 원피스를 입고 카메라 앞에 섰다. 그날 이후로 케이를 볼 때면 90년대 드라마의 한 장면이 떠올랐다. 분명 그 드라마를 본 적은 없어도 기억엔 남아 있는 어떤 장면이. 그 순간, 케이는 완벽히 과거의 사람 같았다.

이 사진이 영정이 된다면, 내 장례식에 온 사람 말고 모두가 날 90년대 사람으로 알겠지. 누구는 궁금해할 거야. 저런 사진으로 영정을 해 놓을 수도 있나? 사실 90년대 사람이 아닐지도 몰라, 하고. 그 시부야케이를 듣는 사람들처럼.

네 표정 봐. 당황한 거 다 티 나. 내 표정도 웃겨. 진짜 90년대 서울 사람 같지 않아? 안녕하세요, 열여덟 살이거든요. 이런 말투를 쓸 것 같아. 어떤 예능에서 본 말투를 따라 하는 케이. 아무렇지 않게 사진을 나누며 웃는 케이를 보다가, 케이가 떠날 수 있다고 어렴풋이 생각했던 것도 같다.

그날 함께 백화점에 갔다. 생각해 보면 학교나 학원이 아닌 곳에서 케이를 본 건 그게 처음이자 마지막이었다. 우린 한참 백화점을 떠돌았다. 마음에 드는 옷을 열 벌 넘게 입어 보곤 한 벌도 사지 않았다. 직원이 다른 사람을 응대하는 틈을 타 화장하는 법도 모르면서 테스터로 온 얼굴을 칠했다. 남들이 보기에 우리 얼마나 민폐일까. 그런 소리를 하면서도 멈추지 않았다. 4층 반려동물 코너에서 우린 가장 오래 머물렀다. 난 케이에게 토끼와 햄스터가 귀엽다고 했고 케이는 거북이를 오래 바라봤다.

애도 비닐을 먹는대.

사실 케이가 바라보고 있던 건 거북이보다 그 옆의 설명이었을 것이다. 거북이들이 죽어 가요. 비닐을 해파리로 착각한 거북이가 그것을 먹어 버린다는 내용이었다. 매년 몇 마리의 거북이가 죽고, 몇 마리의 배 속에서 몇 개의 비닐이 나오고. 그러니 사람들은 관심을 가지고 환경을 지켜야 한다. 그런 말들을 케이는 반복해서 읽었다. 역시 세상엔 케이가 제일 싫어하는 것들투성이었다.

케이와의 좋은 기억은 그날이 마지막이다. 토요일이었으므로 지금껏 일요일에 케이에게 무슨 일이 있었을 것이라고 믿어 왔다. 이젠 그날을 기점으로 케이가 바뀐 것일 수도 있다고 생각한다. 시부야케이나 콘셉트 포토, 입어 보고 사지 못한 예쁜 옷들, 테스터를 바르는 우리를 바라보던 사람들의 눈빛들, 거북이와 거북이를 지켜야 한다는 문구, 어쩌면 모든 것이 케이를 바뀌게 했을지도 모른다고.

엄마가 케이에 관해 물었다. 어디를 가도 케이의 이야기가 들려 학교에서나 학원에서나 괴로운 참이었다.

너도 그 애 아니? 그 애 부모가 보험금 때문에 부검했대. 평소에도 담배 피우거나 수업 시간 내내 잤다더라고. 네가 누구와 다녀도 꿋꿋하게 잘할 거라고 믿어. 그래도 그런 애랑은 놀지 마.

엄마는 또 나를 믿는다고 말했다. 잘할 거라고 믿어. 미래에 좋은 사람이 될 거라고 믿어. 밤늦게 들어와 자니, 물으며 내 머리를 쓰다듬을 때 난 고개를 들지 않았다. 그녀가 잘할 거야, 중얼거렸기 때문이었다. 엄마는 자신이 나의 모든 것을 안다고 생각했다. 그 생각은 우리를 편리하게 만들어 주었다. 그녀가 걱정을 덜고 믿을 수 있도록. 내가 자유롭게 지낼 수 있도록. 그건 언제나 좋은 생각은 아니었다. 특히 지금 같은 때에, 그 생각은 내 신경을 긁었다. 케이는 언제나 엄마를 사랑하고 싶어 했다. 딸로서는 나보다 괜찮은 사람일 텐데. 엄마의 말을 끊고 일어섰다. 낡은 집을 빠져나왔다. 문이 시끄러운 소리를 내며 닫혔다. 모든 행동이 소란스럽고 컸다. 그 행동에 엄마는 당황했을까. 그것 하나로 지금까지의 믿음과 편리한 생각들이 전부 무너졌을지도 모르지만, 그다지 중요한 일은 아니었다.

왜 비닐을 먹게 된 거야?

그것은 내가 케이에게 처음으로 한 질문이었다. 분명 케이와는 학교에서 말하지 않는 게 규칙이었고, 내가 바란 것이었는데. 어느 날부터 갑자기 케이가 말이 없어졌고, 음식을 잘 먹지 않았으며, 자주 엎드린다는 이유로 어떤 말을 시켜야 할 것 같았다. 그걸로 케이가 나아질 수 있다면 규칙을 깨는 것도, 눈에 띄는 것도 상관없다는 생각이 들었다. 케이가 좋아하는 연예인에 관해 물을까, 생각하다가 케이의 휴대폰 배경화면이 더는 그 연예인이 아니란 걸 떠올려 그만두었다. 케이는 천천히 고개를 돌려 나를 보았다. 급식 시간에도 엎드려 잠만 잔 업보로 양 볼이 패여 있었다. 케이를 내내 바라본 날 케이는 알까. 케이만큼은 아니지만, 내 패인 볼을 봤을까.

엄마가 밖에 나갈 때면 사탕을 줬어.

그보다 내가 더 어릴 때, 도저히 날 혼자 두고 밖에 나갈 수 없을 땐 자주 친구랑 전화했고. "난 엄마이기 전에 여잔데. 배가 원래대로 안 돌아와. 그냥 내가 많이 먹어서 그런가. 배만 그런 것도 아냐. 팔뚝 종아리 얼굴 턱 다 살이 붙어서 빠지질 않아. 머리카락도, 피부도 푸석해."

케이가 머리를 앞뒤로 흔들며 소리 지르는 흉내를 냈다. 큰 행동과 반대로 케이는 속삭일 때처럼 말했다. 목을 무언가 막고 있단 듯이. 지금 할 수 있는 가장 크게 소리 지르는 것 같았다.

내가 혼자 집을 볼 수 있을 때쯤의 엄만 예뻤어. 공개수업을 하면 괜히 엄마가 자랑스러울 정도로. 물론 자주 오진 않았지만. 학교에서 돌아오자마자 사탕 서너 개를 쥐여 주곤, 엄마 없이도 잘 잘 수 있지? 엄마 없이도 잘 일어날 수 있지? 물었어. 최소한 내 얼굴은 보고 외출한 게 고맙기도 했어. 집 지킬 사람이 필요했던 걸까. 엄마가 준 사탕들은 녹아서 비닐에 붙어 있었어. 떨어지지도 않아, 그냥 비닐째로 삼키게 된 거야. 엄마가 내 옆에 그렇게 붙어 있었다면 좋았을 텐데. 그래서 내 방 쓰레기통엔 사탕 껍질이 있었던 적 없어. 엄만 몰랐겠지. 그 쓰레기통을 들여다본 적이 없거든.

그렇게 말하고 케이는 멍한 눈으로 얼마간 허공을 보다가 엎드렸다. 금방 다시 일어나 말을 걸어 주면 좋겠다. 그런 생각을 하며 케이의 곁에 있다가, 수업 종이 울리고 다시 내 자리로 돌아갔다. 케이가 일어나 말을 걸어 주는 일은 없었다.

그 대화를 마지막으로 케이는 사라졌다. 케이가 사라지기 전날 그녀를 만났었다. 그때 난 케이에게 무엇도 말하지 못했으니 대화로 칠 수 없다. 케이가 쥐여 준 사탕을 바라보았다. 딱딱한 사탕으로 유명한 그것은 설탕을 뭉쳐 둔 것마냥 달아서, 케이만이 좋아했다. 나도 몇 번 먹어 보긴 했지만 그뿐, 굳이 찾아 먹진 않았다. 그런 사탕을 주며 케이는 나 없이도 잘 있을 거지, 물었다. 대답하지 않고 사탕의 비닐에 잡힌 주름을 보았다. 관찰하는 것이 의무인 사람처럼. 난 별로 돌아오고 싶지 않아. 그러고는 케이가 떠났다. 요즘 자꾸 미워하는 사람을 닮아 가, 하던 케이가 떠올랐다.

케이가 앉았던 책상에 누군가 꽃을 올려 두었다. 책상 서랍 속에 비닐 쓰레기들을 전부 청소했다. 반장은 비닐 쓰레기를 꺼내며 뭐가 이렇게 많지, 바로 옆이 아니라면 들리지 않을 정도로 중얼거렸다. 텅 빈 케이의 책상이 어색했다. 보이지도 않는 부분이 비워졌을 뿐인데. 가끔 케이의 서랍 속이 무언가로 가득 찼을 거란 생각을 했다.

케이의 영정은 학생증 사진이었다. 케이는 못생기게 나왔다고 학생증을 꺼낼 때마다 엄지손가락으로 얼굴 부분을 가렸다. 나도 본 적 없었다. 못생기게 나왔다던 사진도 당연히 예뻤지만, 그때 찍은 콘셉트 포토가 더 예쁘게 나온 것은 사실이었다. 영정 사진 속 케이는 드라마에서 죽은 그 아이들과 다를 것 없어 보였다.

백화점에 갔던 날, 저녁으로 함께 떡볶이를 먹었다. 내가 가장 좋아하는 떡볶이집이야, 그렇게 말하며 케이는 낡은 분식집으로 들어갔다. 낡은 분식집에서 또 가장 좋아하는 메뉴라고 군만두와 국물떡볶이를 시켰다. 그러고는 군만두를 감싸고 있던 비닐을 입 속으로 넣었다. 메뉴를 받고 비닐을 먹는 게 당연한 순서라도 되는 듯, 케이의 행동은 자연스러웠다. 그 행동에 화가 났던 건 당연했다. 난 비닐을 먹는 행동이 어떤 징조나 기미라고 믿었다. 나로서는 그것이 없어지길 바랐다. 그럴 수 없다는 게 괴로워서, 화를 낼 수밖에 없었던 것이다. 난 케이의 어떤 것도 괜찮아지게 할 수 없었다.

비닐 먹지 말라고 했잖아.

생각한 것보다 훨씬 낮게 목소리가 튀어 나갔다. 케이는 눈을, 안 그래도 동그란 눈을 더 동그랗게 뜨며 날 바라봤다. 백화점에서 눈두덩이에 바른 것이 파랗게 반짝였다. 아, 미안. 습관적으로. 내 감정을 풀어 주고 싶다는 듯 웃었다. 케이를 변하게 만든 건 아무것도 모르고 화를 낸 나일지도 몰랐다.

케이는 녹아 눌어붙은 사탕을 싫어하지 않았다. 단단해서 절대 녹지 않을 것 같은 사탕만 고집했으면서 그 떡볶이집을 나올 때 오렌지 맛 사탕을 하나 쥐었다. 나에겐 녹기 전에 먹어, 하고 정작 케이는 주머니 깊숙한 곳에 사탕을 찔러 넣었다. 녹아 비닐에 붙은 사탕이 지긋지긋하다고 했지만, 아마 케이는 그 사탕을 좋아했을 것이다. 꼭 붙어 떨어지지 않는 비닐 같은 엄마를 갖고 싶었을까.

주머니에 손을 넣자 케이가 준 사탕이 집혔다. 케이가 마지막으로 남긴 것이라 생각하면 먹을 수 없었다. 단단해서인가, 주머니에 오래 뒀는데도 녹거나 비닐에 붙지 않고 온전했다. 그녀의 집 쪽으로 걸었다. 아마 그 집엔 케이의 어머니가 있겠지. 만나 본 적은커녕 생각해 둔 할 말도 없었다. 그런데도 케이가 없으니 어디로도 갈 수 없어서 그곳으로 걸었다. 케이의 가른 배에서 비닐이 나온 것은 당연한 것이었을지도 모른다. 비닐을 녹이는 능력을 가진 사람 따위 있을 리 없지.

처음 그녀를 케이라고 불렀을 때, 그녀는 누구도 그 이름에서 자신을 떠올리지 않을 거라고 했다. 생각해 봐, 내 이름엔 K가 한 자도 들어가지 않잖아. 그래서 케이인 거라고 난 대답했다. 그것조차 우리의 비밀인 거야.

이츠마데모…… 이츠마데모……

제목이 기억나지 않는 시부야케이를 흥얼거리다가 사탕을 입속에 넣었다. 비닐을 벗기지 않은 채였다.

고등부 소설 부문 은상

바야흐로 호질의 시대

세명고등학교 3
최현석

    이석원(53세), 이능룡(46세), 전대정(46세), 김명훈(41세), 박승일(44세), 최도원(40세)……. 바야흐로 호환의 시대. 오늘도 TV 화면 위로는 '금일의 호환 사상자 및 실종자'들의 이름이 천천히 부유한다. 아버지는 손톱을 딱딱 깨무시며 연신 엽총의 총구를 열심히 닦는다. 마치 먼지 한 톨 남아 있지 않기를 바라는 듯이. 망할 호랑이들. 빨리 정부에서 저 개 같은 호랑이들을 싸그리 다 죽여 버리든지, 아니면 다른 대책을 내놓든지 해야 할 텐데……. 불쌍한 우리 호섭이. 내 아들이 어쩌다 저런 것한테……. 빨갛게 충혈된 눈으로, 아버지는 말했다. 호랑이는 죽어서 가죽을 남기고 사람은 죽어서 이름을 남긴다던데. 아무래도 형의 이름은 우리 가족에게 꽤나 오래 남아 있을 모양새였다. 결국, 아버지는 엽총에서 광택이 나도록 닦으신 후, 그것을 바라보며 혀를 끌끌거렸다. 나는 그것이 나를 향해서 한 행동이 아니라는 것을 알고는 있었지만, 어쩐지 누군가 심장을 바늘로 찌르기라도 한 듯 아려 왔다. 나는 비틀, 비틀 내 방을 향해 걸어 들어갔다. 방 안은 캄캄했다. 얀의 죽음 이후로는 단 한 번도 암막 커튼을 친 적이 없었다. 나는 그 어둠이 마치 살아 있는 짐승처럼 내 위에 올라탄 것 같았다. 숨이 목 끝까지 차오르고, 그 숨결 속에선 오래된 방바닥 냄새, 먼지, 그리고 나의 땀 냄새가 뒤섞여 있었다. 나는 그대로 고꾸라지듯이 침대 위로 드러누웠다. 헉헉. 숨을 개처럼 몰아 헐떡이며, 그러한 것들을 한껏 들이마시고, 또 내쉬었다. 가슴이 조금은 진정되는 것 같았다. 나는 그대로 몸을 돌려서 천장을 바라보고 누웠다. 색색. 안정된 자세. 일정한 간격으로 들려오는 내 숨소리에, 나도 모르게 옛날 생각들이 머릿속을 비집고 올라왔다. 잊고 싶었던 기억들. 너무나도 잊고 싶었기에 되레 절대로 잊을 수 없었던 그 기억들. 마치 바로 어제 있었던 일인 양 하나같이 생생한 기억들. 이를테면 나의 영원한 8년 지기 친구이자 연인인 얀이 그러했고, 그것도 아니라면 보수적인 아빠로 인하여 팔자에도 없던 착호갑사가 되어 버린 형이 그러했다. 그런 것들이 내 머릿속을 마구잡이로 헤집어 놓기 시작했다.

2021년 4월 12일 12시 40분. 학교는 점심시간이라 아이들은 저마다 자신의 일로 분주히 움직였다. 누군가는 교실에서, 누군가는 운동장으로. 친구들이 나에게 축구공을 들고 오며 함께 운동장으로 가자고 권했지만, 나는 한사코 거절하고 친구들을 먼저 보냈다. 나는 외따로 갈 곳이, 외따로 가야만 하는 곳이 있었기 때문이었다. 나는 빠르게 달려서 교실과 가장 멀리 동떨어져 있는 나와 얀만의 비밀 아지트로 향했다. 과거에는 쓰레기 소각장으로 사용되었지만, 시대가 흐르면서 학부모와 인근 아파트 주민들의 항의로 지금은 사용하지 않는 공간이었다. 얀은 그곳을 좋아했다. 아무도 관심을 가져 주지 않는 곳. 쓰레기 소각장으로서도, 학교 안의 교육적인 공간으로서도 존재할 수 없지만, 그저 그대로인 채로 유지될 수 있는 곳! 아지트에는 얀이 없었다. 내가 먼저 도착한 듯 보였다. 나는 주변을 훑어본 후, 적당히 앉을 만한 장소를 찾았다. 적당한 돌멩이 하나가 눈에 들어왔다. 그 위에 앉은 후, 얀이 올 때까지 적당히 시간을 때울 만한 것이 없는지 핸드폰 전원 버튼을 눌렀다. 핸드폰 화면에 환하게 빛이 들어왔다. 핸드폰 속의 여러 앱들을 들어갔다 나오기를 반복하며 무언가 흥밋거리를 물색하던 도중, 핸드폰 알림이 울렸다. 혹여 얀인가 하는 생각에 빠르게 확인해 보았지만, 뉴스에서 라이브 방송을 시작했다는 내용의 유튜브 알림이었다. 그래, 뭐. 마침 할 것도 없었는데 이거나 봐야지. 나는 알림으로 온 영상을 클릭했다. 영상 속에는 호랑이 한 마리가 철창 우리에 갇힌 채로 포효하고 있었다. 주변 배경을 보아 하니, 산 같아 보였다. 이어, 기자가 상황을 설명하기 시작했다.

"현재 경상남도 합천군 매화산에서 백두산 호랑이가 발견되었다는 신고가 들어와, 신고를 받은 국립생태원이 장정 11시간 만에 포획에 성공했습니다. 백두산 호랑이는 일제강점기 시절 일제의 억압으로 인해 현재까지 남한에서는 완전히 멸종된 것으로 알려져 있었지만, 이번 매화산에서 발견된 호랑이 개체는 총 5마리로, 국립생태원은 이외의 다른 무리가 더 있을 가능성도 역시 배제할 수 없다고 입장을 밝혔습니다."

뉴스 화면은 다시 한번 철창 속 호랑이를 비추었다. 호랑이는 처음 몇 번은 앞발로 쇠창살을 강하게 내리쳤지만, 지금은 지쳤는지 숨을 헐떡이며 누워 있었다. 실시간 댓글들은 마치 희귀한 전설 속 보물을 발견이라도 한 듯이 한껏 축제 분위기였다. 사람들은 서로 호랑이의 복원 가능성에 대해서 왈가왈부하며 치열한 논

쟁을 벌였다. "불쌍하다." 누군가 내 귀에 대고 나지막이 속삭였다. 나는 그만 소스라치게 놀라 핸드폰을 떨어트리고 원망이 가득한 눈으로 뒤쪽을 홱 돌아보았다. 짧게 자른 스포츠머리와 사춘기 남성 특유의 오돌토돌한 여드름이 가득한 이마, 항상 가지고 다니는 촌스러운 호피 무늬의 스카프. 얀이었다. 얀은 나처럼 뛰어왔는지, 숨을 헐떡이고 있었다. 나는 괜히 아까 숨을 헐떡이던 호랑이가 떠올라 그만 웃음이 나 버렸다. 얀은 떨어진 내 핸드폰을 주워 주다가 도통 왜 웃는지 모르겠다는 어리둥절한 표정으로 나를 바라보았다.

"왜 웃어?"

"그냥. 닮아서. 너랑 이 호랑이랑."

"내가? 그렇지만, 호랑이는 귀엽잖아."

"너도 충분히 귀여워."

내가 뱉은 말이 무엇인지 깨달은 순간, 얼굴이 확 달아오르는 것이 느껴졌다. 내가 내뱉은 말이었지만, 정말로 손발이 오그라드는 느낌이 들어, 나는 재빨리 고개를 돌려 다시 뉴스 속 화면을 바라보았다. 뉴스는 백두산 호랑이 포획 사건과 관련해 전문가 두 명을 모시고 있었다. 이야기를 들어 보니, 한 명은 호랑이 복원에 찬성하는 입장을 가지고 있는 듯했고, 다른 한쪽은 반대하는 입장인 듯했다. 찬성 측은 백두산 호랑이의 멸종 위기 등급과 희소성, 그리고 그 자체가 지니는 역사적 의의 등을 들먹이며 복원을 해야 한다는 자신의 입장을 강력히 밀어붙였고, 반대 측은 백두산 호랑이의 공격성과 위험성을 바탕으로 호랑이를 위해 그들을 복원하는 것은 도리어 인류에 대한 역차별이라는 주장을 펼쳤다. 얀이 자세히 보려는 듯, 눈살을 찌푸리며 핸드폰 쪽으로 얼굴을 들이밀었다. 내 얼굴 바로 옆으로 얀의 얼굴이 붙어 있는 것이 보였다. 바짝 말라 갈라진 얀의 입술이 바로 눈앞에 보였다. 나는 본능적으로, 그러면서도 열정적으로 그의 입술에 입을 마주쳤다. 영화에서는 이런 순간에 보통 눈을 지그시 감던데. 나는 눈을 아주 꽉 감았다. 너무 꽉 감은 탓에 눈이 욱신거렸다. 우리는 그렇게 한참을 서로를 안고 있었고, 얀의 입에서는 오늘 급식으로 나왔던 콩나물국의 향이 났다. 찰칵. 불길한 소리가 들렸다. 빠르게 얀을 밀쳐 낸 후, 소리가 난 곳을 바라보았지만 그곳엔 이미 아무것도 없었다. 내가 잘못 들었나? 잘못 들은 거겠지. 그래. 그럴 거야. 그런 생각들이 떠올랐고, 이내 어디로든 도망가야 한다는 생각이 들었다. 그래서 나는 얀을 그곳에 버려두고 홀로 뛰쳐나갔다. 내가 어디로 가고 있는지 나조차도 알 수 없었다. 핸드폰에서는 국민들도 역시 백두산 호랑이의 복원을 원하고 있다는 내용의 설문조사 결과를 설명하고 있었다.

다음 날부터, 학교에서 나를 대하는 태도는 완전히 달라져 있었다. 안타깝게도, 내가 들었던 그 불길한 카메라 소리는 단순한 나의 착각이 아니었던 것이다. 이름 대신에 새로운 별명들이 나를 대신하기 시작했다. 그들은 마치 나를 인간이 아닌, 아예 다른 종족으로 여기는 듯이 바라보았다. 더러운 기분이 들었다. 얀은. 얀은 어떻게 지내고 있을까. 얀 생각이 끊이질 않았지만, 그렇다고 무턱대고 얀을 만나러 가거나 하지도 않았다. 지금 상황에서 얀을 만나는 것은 오히려 더 독이 될 걸 모를 정도로 나는 멍청이가 아니었으니까. 어차피 곧 고등학교에 들어갈 테고, 그러면 애들도 바빠질 테니 그렇게 되면 그들은 금방 나와 얀에 대해 잊게 될 것이었다. 그런데 얀은 그것을 모르는지, 나와 마주칠 때마다 자꾸만 밝은 표정으로 내게 인사를 건네 왔다. 얀의 등 위에는 항상 욕이 적힌 포스트잇이 붙어 있었다. 나와 별반 다를 것 없는, 어쩌면 더욱 고달플지도 모르는 생활을 하고 있는 것처럼 보였다. 그런데도 얀은 나를 마주칠 때마다 밝게 웃으며 인사를 건네 주었고, 내가 얀의 그러한 것들을 완전히 외면하는 것은 어느새부터인가 우리의 새로운 일상으로 변해 있었다.

얀의 사망 소식을 들은 것은 그로부터 대략 3주 뒤였다. 얀은 자신이 그렇게 좋아했던 아지트 안에서 목을 매단 채로 발견되었다. 들어가지 말라고 쳐 놓은 높은 초록색 울타리에, 항상 가지고 다니던 촌스러운 호피 무늬 스카프로 목을 매달았다고 했다. 내가 아지트로 향했을 때, 얀의 시체는 이미 병원으로 이송되고 없었다. 다만, 그때 내가 얀을 기다리며 앉아 있던 돌덩이 하나만이 눈에 들어올 뿐이었다. 나는 그 돌이 참 호식총과 닮았다는 생각을 했다.

얀의 죽음 이후로, 나는 다시 듣기 싫은 별명이 아닌 이름으로 불릴 수 있었다. 그러나 어쩐지 다행이라거나 기쁘다는 생각은 들지 않았다. 다만, 얀이 죽은 것이 나로 인한 것이라는 죄책감만이 밀려왔을 뿐이었다. 죄책감에 차마 장례식장조차 가 볼 엄두가 나질 않았다. 형은 괜찮을 거라며, 자신이 같이 가 주겠다고 말했지만, 나는 그저 방으로 들어가 창문을 암막 커튼으로 가려 버렸다. 그러지 않아도 어두운 밤에, 어둠이 한 층 더 덧씌워졌다. 핸드폰 전원 버튼을 누르고 호피 무늬 스카프를 검색해 보았다. 나는 그들 중, 가장 저렴한 것을 고른 후, '구매하기' 버튼을 눌렀다.

2024년 8월 17일. 대국민 투표로 '백두산 호랑이 복원 프로젝트' 안건이 가결된 지 정확히 2년 뒤였다. 다만, 사람들의 예상과 다른 점이 있다면 호랑이의 번식 속도가 우리의 예상보다 월등히 빨랐다는 것이었다. 이맘 때즈음부터, 민가에 침입하는 호랑이들이 생겨나기 시작했고, 정부에서는 민가에 침입한 호랑이를 사냥해 시청에 가죽을 바치면 돈을 주겠다고 발표했다. 발표 당시 대리운전을 하시던 아빠는 그것이 꽤 돈이 된다는 이야기를 듣고는 냉큼 착호갑사가 되어 시청에서 엽총을 한 대 얻어 왔다.

"총을 다루는 직업이다 보니, 워낙 조건이 까다롭지 않을까 생각했는데, 그냥 군대만 갔다 왔으면 더 필요한 조건은 없는 모양이더라."

아빠가 호탕하게 웃으며 말씀하셨다.

며칠 뒤, 형이 내 방으로 들어와 아빠를 따라 착호갑사가 되겠다고 넌지시 말해 주었다. 착호갑사? 호랑이 잡는 그 착호갑사? 나는 착호갑사에 다른 뜻이라도 있었나 싶어서 형에게 되물어 봤지만, 형은 애써 웃으며 고개를 격하게 끄덕였다. 다른 사람도 아니고 형이, 바로 이 형이 착호갑사라니. 어이가 없어서 그만 헛웃음이 다 나왔다.

"아서라. 형은 착호갑사랑은 안 어울려. 형이 거기에 가 봤자 짐만 되다가 금방 죽기나 할걸?"

"왜? 어쩌면 내가 사냥에 엄청난 재능이 있을 수도 있잖아."

"평생 네일 숍에서 일한 양반이 갑자기 엽총 든다고 뭐가 달라지나."

"……"

나는 형의 얼굴을 빤히 쳐다보았다. 남자치고는 피부가 아기처럼 뽀얗게 반질거렸다. 아마 어제도 아빠 몰래 피부에다 뭔가를 치덕치덕 바르고 잤겠지. 원래 꾸미는 걸 좋아하는 형이지만, 아빠가 너무 보수적인 사람이라 화장하고 다니는 것을 좋아하지 않았으니. 하지만, 그것과 착호갑사가 된다는 것은 전혀 별개의 일이었다. 형이 자기가 좋아하던 네일 숍 일을 그만두고는 갑자기 팔자에도 없는 착호갑사를 하겠다고 한 이유를 알 수가 없었다.

"혹시 아빠가 시켰어? 자기 따라서 착호갑사 되라고?"

"그런 거 아니야."

"그런데 갑자기 왜? 아빠 형 네일 숍 하는 거 이미 알고 있었잖아. 마음에 안 들어 하시긴 했어도, 형한테 착호갑사가 되라느니 그런 말은 한 적 없었잖아."

"그런 거 아니래도."

형은 무언가를 말할지 말지 고민이라도 하듯, 자꾸만 입술을 옴짝달싹 움직였다. 나는 갑갑한 마음이 들어 형에게 할 말이 있으면 빨리 말하라고 재촉했다. 그런데도 형은 무엇인가를 한참을 고민하는 듯한 표정이었다. 형은 뭘 저렇게 골똘히 고민하고 있을까. 무슨 비밀이기에 가족인 나에게도 말하지 못하는 걸까. 내가 가족들에게 말하지 못한 것과 비슷한 이야기일까? 그래. 우린 형제니까. 원래도 닮은 점이 많았으니까. 어쩌면 내가 남자를 좋아하는 것처럼 형도 남자를 좋아하는 것일 수도 있지 않을까? 망상이 의심으로, 의심이 확신으로 변해 갈 때쯤, 무겁게 닫혀 있던 형의 입이 마침내 무언가를 결심이라도 한 듯이 열렸다.

"예전엔……. 그냥 네일이나 하고, 화장하고 꾸미면 괜히 기분이 좋아지고. 그냥 그게 다였어. 그냥 내가 조금 특이한 남자애라고 생각한 거야. 근데, 그게 다가 아니라는 걸 깨달았어. 지금껏 내가 계속, 무언가를 가장하며 살고 있었다는 것도."

형은 말끝을 흐렸다.

"나는……. 나는 자꾸만 내가 남자가 아니라는 생각이 들어."

나는 당최 형의 말을 이해할 수가 없었다. 내 앞에 서 있는 형은 분명히 남자가 아니었던가. 예쁜 네일을 보면 사족을 못 쓰고, 꾸미는 것을 광적으로 좋아하기는 했지만, 형은 남자였다.

"아니, 그게 아니라. 그러니까, 내 말은. 나는 나라는 거야. 남자도 여자도 아니고, 그냥, 나."

비슷한 이야기를 TV에서 본 적이 있었다. 성정체성에 혼란을 겪는 사람들. 그런, 평범하다고는 말할 수 없을, 소수의 사람들을 언젠가 연예인들이 고민을 들어주는 TV 프로에서 본 적이 있었다. 형은 그런 사람일까. 형도 여자가 되고 싶은 걸까. 형이 나와 같은 소수에 속해 있다는 생각이 일자, 어쩐지 묘한 소속감이 느껴졌다.

"아빠도 아셔?"

"어."

"어떻게?"

"그게……, 얼마 전에 아빠한테 걸렸거든."

"걸리다니? 뭘?"

"옷 말이야. 여자 옷."

"여자 옷? 형, 여자 옷도 입고 다녔어?"

"……."

"그래서. 그래서 아빠가 형한테 착호갑사가 되라고 한 거야?"

형은 대답 대신, 침묵을 택했다. 그러나 그 침묵은 긍정의 의미로 보아도 무방한 것이었다. 그래, 아빠가 어떤 이야기를 했을지, 그 진부한 레퍼토리가 머릿속을 스쳐 간다. 분명 아빠는 여자 옷을 입은 형을 보고는 역정을 내셨을 것이다. 그런 아빠를 보며 형은 소위 말하는 커밍아웃을 했겠지만, 아빠는 그저 '네가 아직 잘 몰라서 그런 거다. 그래, 이참에 너도 그 같잖은 분칠놀이는 그만두고 이 아빠랑 착호갑사나 해 보는 건 어떠냐? 그러면 너도 생각이 좀 정리가 될 게다.' 대충 이런 말이나 하셨을 것이 안 봐도 눈에 훤했다.

"그냥 안 가면 안 돼? 아빠한테 그냥 못 하겠다고 해. 형도 하기 싫잖아, 착호갑사."

"……가끔은 하고 싶어도, 하지 않는 게 더 좋은 말들도 있는 거야."

형이 씁쓸한 표정으로 웃어 보이며 말했다. 나는 무어라 말을 더 붙일까 생각하다가 이내 그만두기로 했다. 당장에 나도 아빠한테, 아니 형한테조차 말하지 않은 비밀들이 많은데, 어쩐지 내가 형에게 이러한 조언을 해 주는 것도 우스운 것 같다는 생각이 들어서였다.

어쩌면 자신에게 재능이 있을지도 모른다는 형의 말과는 달리, 형은 착호갑사로서 지나치게 재능이 없었다. 매번 사냥에 나설 때마다 크고 작은 상처들을 달고 집으로 돌아오기가 일쑤였다. 아빠는 그런 형의 상처들을 보면서도 "괜찮아. 다 그러면서 느는 것이다." 하며 또 호탕하게 웃어 넘겼다. 그러면 형은 애써 아빠를 따라 어색한 표정으로 호탕하게 웃어 보였다. 나는 밤이면 몰래 형의 방으로 들어가서 전에 샀던 호피 무늬 스카프를 꺼내 형의 피부에서 흐르는 피를 닦아 주었다. 전에는 여드름 하나 보기 힘든 아기 피부였는데, 지금은 제법 자잘한 상처가 많이 늘어 있었.

호랑이에게 다친 상처가 다리와 상체를 넘어, 마침내 얼굴에까지 생기기 시작할 때쯤, 결국 내가 우려했던 일이 일어나고 말았다. 형이 집 근처에서 낡은 반지하에 침입한 호랑이를 잡으러 갔다가, 오히려 호환을 당한 것이었다. 처음 전화를 받았을 때, 아빠는 형이 죽었다는 사실을 쉽사리 믿지 못했다. 그러더니, 웃다가 울다가 화를 냈다. 망할 호랑이 새끼들. 그 새끼들 때문에 호섭이가……. 형의 방에는 옷장에 있었던 형의 옷들로 호식총이 세워졌다. 호식총의 맨 위에는 형이 이야기했던 여성용 옷들이 놓여 있었다. 어째서인지, 형이 불쌍하다거나 하는 생각은 들지 않았다. 아니, 오히려 안심이 되는 듯한 기분이었다. 호피 무늬 스카프 위로 형의 핏자국이 채 지워지지 못하고 남아 있었다. 나는 스카프에 얼굴을 파묻고 냄새를 맡았다. 인공적인 섬유의 냄새가 났다.

바야흐로 호환의 시대. 이제 그 시대도 끝이 다가오고 있다. 거리에는 하루빨리 호랑이를 없애야 한다는 시위가 끊이지 않는다. 아마 아빠도 저 행렬 어딘가에서 '사람 잡아먹는 호랑이 민가에서 추방시켜라!' 따위가 적힌 팸플릿을 들고 고래고래 소리를 지르고 있을 것이었다. 복원하자고 할 때는 언제고, 이제 와 저런 이야기들을 다시 지껄이다니. 침대에 드러누운 채로 이런 소리를 듣고 있는 것도 고역이라면 고역이었다. 어쩌면 정부가 이야기한 '백두산 호랑이 복원 프로젝트' 역시 정말로 호랑이를 위한 것이 아닌, 그저 한반도에서 호랑이를 다시 한번 보고 싶었던 인간들을 위한 정책들이 아니었을까. 그래. 어찌 되었건, 지금은 명백히 인류가 만물의 중심인 시대고, 그것은 호랑이도 결국에는 인류에게 있어서 '타종'에 지나지 않는다는 것을 의미했다. 별안간 목이 타들어가는 듯한 갈증이 밀려왔다. 나는 침대에서 나와 부엌으로 향했다. 집 안 전체가 컴컴했지만, 내겐 그 어둠이 밝은 빛보다 더 익숙했다. 정수기 밑에 종이컵을 가져다 대고, 가득히 물을 따랐다. 땡—딩. 청아한 소리와 함께 정수기가 물 한 잔을 내려 주었다. 물을 마시기 위해 얼굴 가까이 컵을 댄 순간, 물 위로 내 호랑이 한 마리가 비추어 보였다. 나는 깜짝 놀라 천장 위를 살펴보았지만, 호랑이는 보이지 않았다. 잘못 봤나 싶어 다시 컵을 내려다보자, 호랑이는 영락없이 그 자리에 그대로 있었다. 아, 그래. 저 호랑이는 나다. 나는 어느새부터인가 네 발로 땅을 딛고 서 있었다. 철컥. 무거운 쇳소리에 뒤를 돌아보자, 아빠가 나를 향해 엽총을 겨누고 있었다. 나는 아빠에게 내가 당신의 아들이라고 설명하려고 했지만, 목소리는 나오지 않고 낮게 으르렁거리는 소리만 공기 중으로 퍼졌다. 망할 호랑이 새끼들. 그 말을 끝으로, 아빠는 방아쇠를 당겼다. 탕! 탕! 엽총에서는 총알 대신 말들이 쏟아져 나왔다. '역겨운 것', '더러워', '기분 나빠'……. 날 겨누는 총구들은 점차 빠르게 늘어 갔고, 가볍게 총구를 떠난 말들은 내 가죽을 종잇장 뚫듯이 관통했다.

　전신이 아려 오는 고통과 함께 잠에서 깼다. 전신의 근육들이 저마다 외마디 비명을 질러 댔다. 아무래도 쥐가 난 것 같았다. 헉헉. 나는 가빠르게 숨을 몰아쉰다. 어쩐지 자꾸만 웃음이 새어 나온다. 웃으면 그냥 웃는 것이지, 눈물은 또 왜 쏟아지는 것인지 모르겠다. 하, 하하, 하하하하하……. 언제 돌아왔는지, 거실에서 아까는 들리지 않던 TV 소리가 들려왔다. "금일의 호환 사상자 및 실종자 명단입니다. 김영민(45세), 김형준(48세), 박준석(46세), 오인영(30세), 이동윤(47세), 황세희(29세)……." 망할 호랑이 새끼들. 개 같은 자식들. 아빠가 중얼거리는 소리가 들려왔다. 매화산에서 포획되고 복원이 성공하기 이전까지, 호랑이들의 멸종 위기 등급은 '위기' 등급이었다. 그것은 누가 결정한 것일까. 사람들은 왜 호랑이가 이 땅에서 멸종했다고, 아니면 그렇게 적다고 생각했던 것일까. 사람들이 정말로 소수라고 부르는 사람들은 정말 소수로서만 존재하는 것일까. 그것도 아니라면, 과연 누가 우리에게, 나와 얀과 형과 그리고 호랑이들에게 그런 수식언을 덧씌웠다는 말인가.

바야흐로 호환의 시대. 이 시대는 호환의 시대라고 불리고 있다. 호랑이들이 민가까지 내려와 사람들을 마구잡이로 잡아먹는 시대라고. 6·25전쟁과 IMF를 지난 후, 이 호환의 시대만큼이나 많은 사람들이 죽었던 시대는 없었노라고. 사람들은 호랑이들에게 갖가지 혐오들을 쏟아 냈다. 호환의 시대. 혐오의 시대. 최악의 시대. 대다수의 이들이 오늘날을 이렇게 불렀으나, 그것은 정말로 뭣 모르는 사람들이 함부로 지껄이는 헛소리에 불과하다. 혐오의 시대, 최악의 시대는 결코 오늘날의 시대를 이야기할 수 없다. 아니, 되레 호랑이들이 나타나기 이전의 시대야말로 이러한 수식언이 잘 어울리는 시대가 아닌가 싶다. 호질의 시대. 그래. 오늘은 호질의 시대이다. 평생을 인간을 피해 도망 다니기에만 급급했던 호랑이들이 자유롭게 반도를 누비는 시대. 비정상적이라고 불리었던 소수들이 자칭 정상인들에게 대항하는 시대. 소수라고 불리던 다수가 자신들을 다수라 믿던 이들에게 우리도 역시 다수라는 것을 일깨워 주는 시대.

바야흐로 호질의 시대. 호랑이를 인간들의 세상에서 추방하려는 사람들의 시위는 끊이질 않는다. 아빠도 매일 그 행렬에 동참하면서 호랑이를 추방하라며 연신 고함을 질러 댄다. 그러나 이제는 아빠가 내뱉는 원망 섞인 고함들이 정말로 호랑이들을 향한 것인지, 혹은 그 자신을 향한 것인지 분간하기가 힘들었다. 저기 저 행렬에 선 사람들이 내뱉는 저 절규에 가까운 외침들은 전부 호랑이들을 향해 내뱉는 말들이 맞는가. 시위는 계속해서 상승세를 그린다. 아마도 시위는 전국 단위로 퍼져 나갈 것이고, 사람들의 기세는 꺾이지 않을 것이다. 정부는 계속되는 국민들 시위의 기세에 이기지 못하고, 결국에는 호랑이들의 멸종 위기 등급을 다시 '위기' 등급으로 하향 조정할 것이라는 입장을 밝힐 것이다.

 나는 정말 오랜만에 햇빛을 가리던 암막 커튼을 열어젖히고, 따스한 햇볕을 온몸으로 받아들였다. 급작스럽게 맞이한 빛에, 눈살이 절로 찌푸려졌지만, 그것은 또 그것대로 나쁘지만은 않았다. 포근한 햇살 냄새에 정신이 노곤해졌다. 그러나 어째서인지 노곤한 정신과는 반대로 호피 무늬 스카프를 들고 있는 손에는 힘이 들어가 미세하게 진동했다.

고등부 소설 부문 은상

지구보다 일찍 죽고 싶지 않아

고양예술고등학교 2
홍유운

　수가 암에 걸렸다는 사실을 알게 됐을 때도 나는 울지 않았다. 의사가 그게 사실 직장암 3기였고 치료해도 길어 봤자 1년이라는 사실을 말했을 때도 그랬다. 나는 우는 건 못했지만 웃는 건 잘했다. 어릴 적부터 믿기지 않는 일이 생기면 웃음부터 났다. 그것도 일종의 병이었는지 모른다. 웃음이 질병이라는 사실은 지구가 멸망한다는 사실을 알게 되었을 때 다시 직면했다. 3주 전, 전 세계인들은 시한부 판정을 받았다. 지구가 공전궤도를 조금씩 벗어나고 있어, 3주 후면 공전을 멈출 것이라는 내용이었다. 그로부터 17일 정도가 지난 지금, 정말 지구는 죽어 가고 있다. 그리고 곧 죽을 것이다. 어쩌면 수보다 더 빠르게.
　처음 지구가 망한다는 사실을 안 것은 2주 전이었다. 오후 7시 반. 지하철 안은 벌떼 같은 사람들로 가득 차 있었고, 난 그 인파를 뚫고 집에 가야만 했다. 그때, 2호선의 작은 모니터에서 지구가 멸망하기까지 남은 시간이 3주 남짓이라는 뉴스가 흘러나왔다. 멸망이라는 비극적인 단어가 들리자, 핸드폰을 들여다보던 사람들은 일제히 하던 일을 멈추고 모니터를 바라보았다. 2호선엔

정적이 찾아왔다. 마치 짜기라도 한 듯 세상에서 가장 고요한 침묵이 흘렀다. 시간이 조금 지난 후엔, 곳곳에서 탄식하는 소리와 키득대는 소리가 들렸다. 내 앞자리에는 누군가에게 전화를 거는 남자와 아이에게 멸망의 뜻을 알려 주는 어린 엄마가 있었다. 스크린도어 가까이에 서 있던 야구 유니폼을 입은 커플은 서로를 보며 큰 소리로 웃었다. 나도 함께 웃었다. 그들은 아나운서와 나사 직원을 비웃는 것이었지만 나는 아니었다. 웃었다. 웃고 또 웃었다. 숨이 넘어가도록 웃었다. 사람들의 시선이 점차 느껴질 무렵, 증상은 사라졌다. 나는 다음 역에서 도망치듯 내려야 했다. 수에게 전화를 걸었다. 평소라면 절대 하지 않았을 행동이지만, 그땐 수가 가장 먼저 생각났다.

"억울하지 않아? 우리가 일주일 후면 죽는다는 거."

수는 80억 명의 사람들과 함께 죽을 수 있어서 억울하지 않다고 했다. 수가 직장암 판정을 받았을 때도 나는 억울하지 않느냐고 물었다. 수는 "살 만큼 살았으니까."라고 대답했고 난 더 이상 아무 말도 하지 않았다. 그날, 내가 본 적 없었던 수의 차가운 얼굴을 보았다. 수는 자신의 암과 꿈이 비슷한 크기일 거라고 했다. 수의 직장에 악성종양이 자라는 동안, 수는 그것도 모른 채 무대에 올랐다. 수는 10년 동안 대학로에서 공연을 하며 살았다. 그전에는 한 예술고등학교에서 연기를 전공했었다. 어른이 되고 난 후에도 배우만 꿈꾸던 외길 인생이었다. 하지만 큰 스포트라이트를 받아 본 적은 없었다. 난 우스갯소리로 수를 '대배우'라고 불렀다. '늘 대기하는 배우'라는 뜻이었다. 그래도 수는 수차례 오디션에 떨어지고, 무대 감독에게 쓴소리를 들을 때마다 웃어넘기는 재주가 있었다. 내가 그랬던 것처럼 수에게도 웃음은 병이었다.

의사가 말했던 1년보다 반년은 더 남아 있었지만 결국 우리에게 주어진 시간은 일주일이 다였다. 이제 수와 나는 공평해졌다. 안심했다. 수에게 더 이상 미안해하지 않아도 될 것 같아서였다. 수에게 진 빚이 있었다. 이것이 내가 수의 곁을 떠나지 못하는 이유기도 했다.

시체 같은 사람들을 뒤로한 채, 현관문을 열었다. 밖은 빙하기가 다시 온 것처럼 싸늘하고 추웠다. 지금이 8월이라는 것이 믿기지 않을 정도였다. 코트를 벗지도 않고 침대에 누웠다. 수는 이미 잠옷을 입은 채 소파에 누워 있었다. 수와 함께 산 지는 6개월 정도 되었다. 수가 암 판정을 받은 직후부터였다. 수는 나에게 자신이 모든 것을 용서할 테니 함께 살자고 했다. 나는 친절한 연인이 아니었다. 약속 시간에 매번 늦고, 수의 의견을 묻지 않고 저녁 메뉴를 정했으며, 수가 10년 동안 뜨지 못한 무명 배우라는 사실을 회사 사람들에게 말하지 못했다. 착해 빠진 수는 그럴 때마다 웃으며 괜찮다는 말로 나를 안심시켰다. 수의 웃음은 내가 이해할 수 있는 부분이 아니었다. 수와 내가 정말 다른 사람이라는 것이 와닿기 시작할 그 무렵 난 다른 사람을 만났다. 3개월 정도였다. 상대는 같은 회사 홍보팀 대리로, 평판 좋기로 유명한 사람이었다. 우리의 관계는 바람이라는 말로 정의하기엔 복잡했다. 상대를 사랑했다기보다 수를 사랑하지 않았다는 표현이 더 맞았다. 수는 아무것도 몰랐다. 모르는 줄 알았다. 나는 수에게 이별을 고했다. 질렸다는 말로 모든 감정을 정리하고, 수가 이별을 받아들이길 기다렸다. 나는 관계를 끝낼 때 늘 나쁜 년이 되는 쪽을 택했다. 우리는, 우리가 애초에 멸망했다는 것을 알았다. 수는 이별을 받아들이지 않았다. 그때, 수가 말했다. 나 곧 죽는대, 직장암 3

기래. 사실 수는 처음부터 알고 있었다고 했다. 그래도 그저 괜찮다고, 이미 다 용서한 지 오래라고 말했다. 그래서 수의 곁을 떠날 수 없었는지도 모른다. 그가 울지 않고 웃어 보였기에, 나는 다시 돌아와야만 했다.

수의 시한부 선고는 종말처럼 갑자기 찾아왔다. 어쩌면 종말과 함께 왔는지도 모르겠다. 어쩌면 죽음은 혼자 남겨지는 게 아닐까. 그게 죽는 쪽이든, 아니면 남겨지는 쪽이든 그 어떤 쪽이 되더라도 나는 혼자가 될 것이다. 오늘이 되어 보니 알게 된 사실이 있다. 죽음을 하루 앞둔 사람은 죽음을 두려워하지 않는다. 점점 더 의연해진다. 죽음은 나에게 면죄부가 되었다. 이제 수에게 바람을 피운 것에 대해, 또 이별을 고한 것에 대해 더 이상 사과하지 않았다. 우리의 관계는 지구 멸망과 평행선을 이루고 있었다. 거대한 나비효과처럼 수의 죽음은, 세계의 멸망을 가져왔다. 내가 태양이라면 수는 지구였다. 무슨 일이 있어도 아무 말 없이 주위를 돌았다. 그건 수에게 습관 같은 것이었다.

샤워를 끝내고 나왔을 때, 수는 뉴스를 보고 있었다. 뉴스에서는 낙관적인 소식과 비관적인 소식이 번갈아 들려왔다. 자신을 전문가라고 지칭하는 모 대학의 박사들은 1999년과 2000년 사이에 있었던 밀레니엄버그를 예로 들며, 이것도 나사 시스템의 오류 중 하나일 것이라고 주장했다. 말 그대로 세계 최고의 우주 탐사 기구인 나사가 틀렸다는 것이다. 아나운서는 전문가들에게 밀레니엄버그와 지금 사태의 다른 점에 관해 물었다. 전문가들은 쉽게 대답하지 못했다. 뉴스 같은 거 왜 자꾸 봐? 우리보고 곧 죽는다잖아. 내가 물었다. 우리가 어떻게 죽는지 정도는 알아 놔야지. 수가 대답했다.

지구 종말이라는 것은 여러 가지를 의미했다. 우선 첫 번째로, 여태까지 내가 믿어 온 타로점과 사주가 다 거짓말이었다는 것. 두 번째로는 이제 더 이상 해가 뜨지 않고 다음 날이 오지 않는다는 것. (이건 곧 내가 출근하지 않아도 된다는 걸 의미한다.) 그리고 세 번째로, 나와 수가 함께 죽는다는 것이다. 수의 말대로 80억 명의 사람들이 죽을 준비를 하고 있었다. 참으로 기이한 일이 아닐 수 없다. 근데 밀레니엄 때처럼 우리가 쓸데없이 걱정하고 있는 거면 어떡하지. 아냐, 이번엔 진짜 같아. 왜? 8월인데 사람들이 롱패딩을 입잖아. 수의 말대로 지구는 변하고 있었다. 전국에는 계절에도 맞지 않는 꽃이 피었고, 해수면이 올라가 이미 침수되어 버린 나라도 있었다. 뉴스에서 지구의 공전이 멈춘다는 것은, 곧 지구가 파괴될 거라는 의미라고 했다. 흔적도 없이 파편으로만 남아 우주를 둥둥 부유할 수도 있다고. 나도 아주 작은 우주 쓰레기가 되어 몇 광년 후쯤 외계인들에게 발견당할지도 몰랐다.

    밥을 먹다 말고 각자 부모님과 30분씩 전화하기로 했다. 오랜만에 통화하니 할 말도 없었다. 건강하세요, 아프지 마시고요, 보고 싶어요, 대신, 행복했어요, 사랑해요, 다시 태어날 수 있을지는 모르겠지만 그때도 엄마 아빠 딸 할게요, 라고 말했다. 평소, 엄마는 수의 안부를 물었다. 수가 공연 중 쓰러진 이후부터였다. 그럴 때마다 나는 늘 괜찮다며, 그냥 잠깐 쓰러졌던 것이라고 둘러댔다. 엄마는 딸과 사귄다는 사람이 아프다는 사실을 알고 있으면서도 매일 확인 전화를 할 만큼, 나의 건강만큼이나 수의 건강도 중요했다. 수가 요양병원에 계신 아버지께 전화해 무슨 말을 했는지는 알 수 없었지만 내가 방에서 나왔을 땐 이미 텔레비전 앞에 앉아 있었다. 텔레비전에선 특집 다큐멘터리가 한창 송출되고 있었다. 죽기 전, 자신의 모든 운을 쓰고 싶다며 매일 로또를 사는 아저씨와 지구가 멸망하기 전 숨고 싶다며 집 안에 거대한 벙커를 만든 가족, 아직 첫 키스를 해 보지 못했다며 키스할 상대를 찾는 모태솔로 부대 사람들의 사연이 줄줄이 나왔다. 모태 솔로 부대의 대표 열아홉 살 김 씨가 첫 키스를 하는 장면이 나올 때, 수는 움찔거렸다. 꼭 평생 키스를 해 보지 못한 사람처럼.

  종말이 다가오면서부터 수를 위해 일찍 집에 들어오지 않아도 되었다. 사람들은 사랑하는 사람과 함께하기 위해 대부분 일을 그만두지만 나는 오히려 더 진득하게 회사에 붙어 있었다. 그것이 나에게도, 수에게도 더 편할 것이었다. 우리가 일주일 중 가장 오래 함께하는 때는 토요일 외래 날이었다. 아무리 바쁘더라도 외래 날만 되면 난 수의 보호자 신분으로 돌아와야 했다. 우린 늘 병원까지 걸어갔다. 지하철을 두 번 갈아타고, 또 조금을 걸어야 했다. 일종의 운동이었다. 평소 같았으면 어디든 수의 모닝을 타고 이동했을 테지만, 병원에 갈 때만큼은 달랐다. 그것이 수의 유일한 요구였다.

  병원에 가기 위해 2호선을 타야 했다. 지하철 안은 쥐 죽은 듯 조용했다. 아침 7시 반이었는데도, 사람이 앉은 자리보다 빈자리가 더 많았다. 이제 홍대는 가장 많은 사람이 내리는 곳이 아닌, 가장 많은 사람이 타는 곳이 되었다. 피켓을 들고 마이크를 찬 일명 '휴거 부대'가 홍대에 자주 출몰했기 때문이다. 그 사람들은 지구가 멸망하기 전, 휴거할 것이라고 믿는 종교 단체였다. 그들은 지하철역과 서울의 빌딩 숲 사이를 돌아다니며 자신들의 신을 믿어야 한다고 소리쳤다. 여호와의 증인이나 신천지와는 다른 부류 같았다.

합정에서 강남까지는 급행을 타면 여덟 정거장 정도였다. 강남역에서 내린 후에는 병원까지 조금 걸었다. 강남역 앞에는 자선냄비에 돈을 모으는 구호 단체가 있었다. 세기말로 돌아간 듯했다. 몇 없는 거리의 사람들은 아주 익숙한 일상인 것처럼 그들을 지나쳤다. 그 구간을 지난 후엔 복잡한 4차선 도로와 사거리가 나오고, 4차선 도로의 건너편에는 대한암센터라고 적힌 크고 넓은 건물이 있다. 우린 횡단보도를 건너 그곳으로 들어갔다. 코를 찌르는 알코올 냄새는 6개월을 오가도 익숙해지지 않았다. 수는 냉한 기류 때문인지 연신 몸을 부르르 떨었다.

수와 나는 병원에서 차례를 기다릴 때 꼭 스마트폰으로 뉴스를 봤다. 평소에 보지도 않던 지상파 채널까지 틀어 가며 세상일에 관심 많은 척을 했다. 그 순간만큼은 서로에게 거리를 두지 않았다. 어깨를 붙이고 나란히 앉아 다정한 연인인 척할 수 있는 절호의 기회였다. 이렇게 30분을 적막 속에서 뉴스를 보면, 간호사가 수의 이름을 불렀다. 그럼 난 떨어지기 싫은 척을 하며 수를 방사선실로 보냈다.

뉴스에서 나사가 지구를 살리기 위한 모든 실험에 실패했다는 소식이 흘러나왔다. 그때, 간호사가 느린 걸음으로 다가와 우리 앞에 멈춰 섰다. 간호사는 수의 주치의가 출근하지 않았다는 사실을 전했다. 지금 이 병원에 다른 의사는 없나요? 내가 팔짱을 풀고 물었다. 간호사는 잠시만요, 하고 말을 멈추더니 확인해 보고 오겠다며 자리를 떴다. 대기실에는 또다시 둘만 남았다. 수는 가만히 스마트폰을 조작하며 채널을 바꿨다. 여러 아나운서의 목소리가 번갈아 가며 들렸다. 지구의 회전축을 바꾸기 위해 진행해 오던 나사의 실험이 끝내 수포로 돌아갔습니다. 나사 본부는 빠르게 새로운 방안을 찾기 위해 회의에 들어간 것으로 보입니다. 수가 채널을 돌리는 것을 멈췄다. 우린 오늘만 벌써 열세 번째 같은 이야기를 들었다.

그때 간호사가 다시 돌아와서는 수를 어디론가 데리고 갔다. 두 사람을 따라 들어간 병동은 폐암 환자들을 위한 곳이었다. 폐암 병동에는 의사 선생님이 계시더라고요. 간호사가 멋쩍은 듯 말했다. 문을 열고 들어가자 짧고 흰 수염을 가진 중년 남자가 의자에 앉아 있었다. 의사는 친절했으나, 인상은 험궂었다.

"선생님은 아무렇지도 않으세요? 다음 주면 죽는다는데."

진료가 끝나 갈 때쯤, 수가 나지막이 물었다. 의사는 수의 말을 듣고 엷게 웃으며 대답했다. 억울해서 죽기 전에 벌어 놓은 돈 다 쓰고 죽으려고요. 우리는 웃었다. 곧 죽음을 앞둔 세 사람이 하는 대화치곤 가벼웠다. 의사는 다시 컴퓨터를 보며 무언가를 쓰는 데 주의를 기울이더니 수의 처방을 완료했다. 의사는 살아서 만납시다, 하며 수에게 이제 방사선 치료실로 가면 된다고 안내했다. 그때 수가 진료실을 나서다 말고 멈춰 섰다. 무언가를 오랫동안 생각한 사람처럼 입술에 침을 묻히고 입을 뻐끔거렸다.

"선생님, 제가 시한부로 죽을 확률이랑 지구가 멸망할 확률 중에 뭐가 더 높을까요?"

수가 한참을 망설이다 물었다. 담담한 목소리였다. 의사는 쉽게 말을 잇지 못했다. 정말 그 확률을 계산하고 있었던 건지, 주치의는 수가 정말 문을 나서기 직전까지 쉽사리 답해 주지 않았다.

수가 방사선 치료실에 들어갔다. 나는 다시 혼자 남겨졌다. 수는 치료실에 따라 들어오지 않았으면 했는지 나를 밖에 세워 둔 채 자신만 들어가겠다고 했다. 방사선 치료실 앞은 상당히 복잡해서 앉아서 기다릴 만한 벤치도 없었다. 나는 하는 수 없이 벽에 기대어 수를 기다렸다. 내 손가락 마디마디를 만졌다. 손톱 근처를 지나는데 거스러미가 스쳤다. 잡힐 듯 잡히지 않던 거스러미의 끝을 잡아 뜯었다. 쓰라림은 쓰나미처럼 천천히 왔다 다시 천천히 갔다. 거스러미를 뜯은 자리에 피가 고였다. 손끝으로 지그시 누르고 지혈했다. 한참 눌렀다 떼니 피가 다 멎은 듯하다 다시 찔끔찔끔 났다.

수가 아픈 후로부터, 혼자 있는 시간이 길어졌다. 수가 방사선 치료실에 가거나 혼자 중고나라에 거래를 하러 나갈 때 보통 그랬다. 그럴 때마다 나는 수가 죽은 후를 상상했다. 수가 죽으면 이제 내 전구는 누가 갈아 주고, 의자 받침용 테니스공은 어떻게 뚫어야 하지. 고장 난 컴퓨터는 어디에 가서 고치지. 다시, 시선을 돌려 수가 받고 있을 방사선 치료들에 대해 상상했다. 처음 함께 병원에 갔을 때 수의 주치의가 말했다. 수술 성공 시 생존율 40퍼센트. 수는 또 웃었다. 그날 수는 수술 동의서에 사인했다. 입원비를 포함해 수술비가 3000만 원이라는 것도 알고 있었지만, 그는 바로 수술 날짜를 잡았다. 그다음 주 월요일이었다. 나는 수의 수술날에 함께하기 위해 연차를 냈다. 수술이 끝난 후 의사들은 림프절로만 전이된 줄 알았던 암세포가 퍼져 있는 것을 확인해 다른 장기들을 함께 절제했다고 말했다. 그러고는 꽤 아팠을 텐데 어떻게 참았는지 의문이라는 말을 덧붙였다. 처음 듣는 말이었다. 수는 아픈 내색을 하지 않았다. 수와는 늘 이런 식이었다. 나는 수를 걱정했고, 수는 나보단 자기 자신이 먼저였으며, 그래서 난 이별에 대해 매일 생각했다. 일종의 직업병이었는지, 수는 어떤 일이 생길 때마다 습관처럼 거짓말을 했다. 언젠가 한번은 크게 얼굴을 다쳐 온 적이 있었는데, 그때도 수는 계단에서 발을 헛디뎌 굴렀다고 얼버무렸다. 나는 수의 동료 배우에게 전화를 걸어 사실을 물었다. 그러자 그는 수가 오늘 회식 자리에서 상대 배우와 몸싸움했다는 사실을 알려 주었다. 또 수는 연락이 뜸했다. 내가 바람을 피우기 전에도, 후에도 늘상 그래 왔다. 수의 무뚝뚝함과 낯선 웃음이 나와 수가 완전히 다른 개체라는 것을 말해 주는 것 같았다.

집 앞에 다다랐을 무렵, 수는 습관처럼 소주를 먹고 싶다고 말했다. 항암 치료를 시작하기 사흘 전에도 수는 내게 소주가 먹고 싶다고 했다. 수에게 소주는 알코올보다는 모르핀에 가까웠다. 나는 알겠다고 짧게 대답하고는 고민하다 그럼 안주로 회를 먹자고 했다. 집에 들러 차 키를 챙겼다. 수의 차를 타고 노량진으로 향했다. 우린 그 자동차를 윤식이라고 불렀다. 윤식이는 500만 원짜리 중고 모닝이었다. 수의 첫 자차이기도 했다. 수가 자동차를 소개할 때마다, 윤식의 이름을 들은 모두가 웃었다. 사실 그 이름은 일부러 사람처럼 지은 것이었다. 우리가 함께 강아지 키우는 것을 논의하다 포기한 직후 산 차였기 때문이다. 수는 윤식이가 꼭 자식 같다고 했다. 나도 그랬다. 수가 짐을 하나둘씩 중고나라에 팔기 시작했을 때도 윤식이는 굳건히 자리를 지켰다.

노량진은 활기찼다. 어항에는 신선하게 헤엄치는 가자미, 고등어, 도미가 있었고, 신선한 사람들도 있었다. 비싼 물고기를 싸게 흥정하는 손님과 싼 물고기를 비싸게 끼워 팔고 싶어 하는 가게 주인 할머니들이 곳곳에서 목소리를 높이며 싸우고 있었다. 다시 말하지만 어떤 물고기를 건져 올려도 최고의 횟감일 것이라는 생각이 들었다. 어느 정도였느냐 하면, 생선들이 살고 있는 어항을 전부 깨서 바다로 돌아갈 수 있게 도와주고 싶다는 생각까지 했다. 오늘 낮까지만 해도 상상도 할 수 없던 풍경이었다.

우린 물때가 잔뜩 낀 단골집에 갔다. 30년 동안 회만 손질했다는 할머니와 할머니의 손녀딸이 하는 가게였다. 수는 물때가 얼마나 껴 있는지로 회를 잘 뜨는 집인지 아닌지를 알아볼 수 있는 비상한 능력이 있었다. 할머니 저희 오랜만에 왔어요. 흥정을 시작할 새도 없이 할머니는 모둠 회, 하고 뒤에 앉은 손녀를 향해 외치더니 생선의 살가죽을 벗기기 시작했다.

계산할 차례가 되자 수는 갑자기 자기 몸을 더듬거리더니 왔던 길을 다시 되돌아 가야겠다며 핸드폰을 두고 온 것 같다고 했다. 나는 수를 뒤따라가지 못하고 가게 앞에 버티고 섰다. 멍한 눈빛으로 할머니의 손짓을 보았다. 능숙한 손놀림으로 도미의 비늘을 벗기던 할머니는 바쁜 눈으로 훑더니 자신의 노란색 목욕 의자를 내 쪽으로 밀었다. 나는 목욕 의자에 몸을 구겨 앉고 시장 사람들을 지켜보았다. 종말을 믿지 않는 세계는 다른 양상을 보였다. 눈썹을 구기며 웃는 사람, 아들을 목마 태운 채 수산시장 안을 돌아다니는 아빠, 물고기가 조금만 파닥거려도 서로를 보며 웃는 여중생들. 이곳에 외국인 기자가 있었다면, 이 광경을 신기해하며 뉴스 기사에 싣자고 했을 것이 분명했다. 시장이 강남역과 다른 이유를 할머니에게 물었다. 우리는 그런 거 안 믿어. 밀레니엄 때도 똑같았어. 다들 세상이 멸망할 거랬다. 이러고 말 거야, 아가씨도 이런 거 너무 믿지 마. 할머니 옆에 앉아 있던 손녀딸도 다가와 말했다. 여기 있는 할머니들 다 그래요. 나사가 어디 밥솥 만드는 회사인 줄 안다니까요.

우리는 편의점에 들러 소주 두 병을 산 후에야 집에 도착할 수 있었다. 상다리가 부러지게 한 상을 차려 놓고 텔레비전도 틀었다. 원래 이 시간대라면 수가 좋아하던 예능이 방송될 터였다. 수가 리모컨을 쥐고 채널을 돌렸다. 텔레비전 위의 숫자가 계속 바뀌었다. 예능보다는 속보를 알리는 뉴스가 더 많았다. 뉴스를 보며 우린 전문가와 비전문가에 대해 토론했다. 수는 반박 한마디와 회 한 점을 번갈아 들었다. 수는 전문가와 비전문가의 경계를 초짜 의사와 3년 차 암 환자에 비유했다. 다 거기서 거기라고. 사실 우리도 수틀리면 전문가라니까. 그러고는 종양과 종말의 발음이 비슷한 이유에 관해 물었다. 종양은 둥글고, 종말은 말랑해. 수와의 대화는 종잡을 수 없이 이리저리로 튀었다. 아무래도 고추냉이에 그런 내용의 독약이라도 들은 모양이었다.

그때 텔레비전이 지직거리며 사람들의 얼굴을 일그러뜨렸다. 우리는 깜빡이는 아나운서의 얼굴과 뉴스데스크를 하릴없이 보았다. 마침내 텔레비전이 멈췄다. 사람들은 더 이상 뉴스나 전문가의 말을 들을 수 없게 되었다. 텔레비전은 편성 조정을 알리는 화면으로 바뀌었고, 달팽이관을 관통하는 굉음을 내며 마지막으로 할 수 있는 모든 말을 내뱉었다. 텔레비전이 멈춤과 동시에 우리의 대화도 멈췄다. 종말이 이미 와 버린 것처럼 거실에는 정적이 흐르고 있었다. 정적이 흐르는 몇 초 동안 죽는 순간에 대해 생각했다. 고장 난 텔레비전처럼 온갖 괴성을 내지르며 타 버릴까? 아니면 배터리가 다 닳은 로봇처럼 고통 없이 꺼져 버릴까. 창문 너머로 본 옆 동은 아파트 전체에 정전이 왔다. 동네에 빛이 사라지고 있었다. 날씨가 좋으면 작은 점처럼 보이던 한강대교는 이미 어둠 속으로 사라진 지 오래였다. 정말, 종말이 다가오고 있었다.

먼저 정적을 깬 것은 수였다. 사실은 말이 아니라 행동이 먼저였다고 해야 할까. 수는 갑자기 일어나 화장실로 뛰쳐 들어갔다. 내가 뒤따라갔을 때 수는 이미 변기를 붙잡고 모든 것을 게워 낸 상태였다. 어둠 속에 있던 수는 나가 있으라는 말만을 반복했다. 나는 알았어, 알았어 하고 대답해야만 했다. 수의 몸은 알코올 덩어리를 견딜 수 없었다. 나도 수도 그 사실을 알았다. 수의 몸은 너무 솔직해서 종종 이런 실수를 저지르곤 했다.

모든 장기가 다 튀어나오는 줄 알았어. 수가 거실 바닥에 천천히 누우며 말했다. 탁상을 옆으로 살짝 치우고 수를 따라 함께 누웠다. 군데군데 페인트칠이 벗겨진 천장을 보았다. 천장에는 스프링클러가 달려 있었는데, 나는 그걸 보면서 거실이 모조리 불타서 스프링클러에서 물이 터져 나오는 상상을 했다. 그 상상 속에서 수와 나는 손을 잡고 아파트를 빠져나오고 있었다. 평소에도 그런 생각을 종종 했다. 학교가 날아가 버렸으면 좋겠다든가, 회사에 돈이 없어서 쫄딱 망해 버렸다든가, 아니면 지구가 망해 버렸으면 좋겠다든가, 같은.

눈을 감았다. 금방 주변이 조용해졌다. 수의 쌕쌕거리는 숨소리만이 집 안을 부유하고 있었다. 대리석 바닥에는 냉기가 흘렀다. 얼마나 차가웠는지, 온몸에 소름이 돋는 바람에 살갗이 닭 껍질처럼 일어날 정도였다. 시선을 돌렸을 때, 테니스공을 끼운 식탁 의자의 발이 보였다. 수는 병원에 다니기 시작한 순간부터 습관처럼 테니스공에 구멍을 뚫었다. 다시 몸을 돌려 수의 튀어나온 척추뼈를 보았다. 난 그 척추뼈에 손을 가져다 댔다. 수의 등은 꼭 꼽추처럼 굽어 있었다. 무거운 걸 많이 들었나. 아니면 한동안 꼽추 연기를 했었나. 나는 그가 여태까지 맡았던 배역 중에 꼽추 역할이 있었는지 떠올려 보았다. 할아버지는 있어도 꼽추는 없었던 것 같앉다. 척추 수술 2000만 원이래. 수의 곱슬기 있는 뒷머리를 조금씩 쓰다듬으며 말했다. 거칠고 푸석해진 짙은 머리카락에서 한참 동안 손을 떼지 않았다.

종말이면 지구도 같이 죽는 거니까 우리는 흔적도 안 남겠네. 아플까? 별로. 나중에 외계인이 우주에서 떠돌아다니는 사람들을 발견하면, 우주 쓰레기로 분류할까? 그게 우리였으면 좋겠다. 재밌을 거 같아. 우주 쓰레기 커플이네. 우리는 소리 내어 웃었다. 의미 없는 대화를 계속했다.

"왜 나 용서했어?"

"그냥. 너무 사랑하면 그렇게 돼."

수가 또 거짓말을 했다.

"아닌 거 알아."

"미안. 진짜 혼자가 될까 봐서 그랬어. 나한테는 종말이 꼭 재앙 같지가 않아. 그냥 내일 죽는다니까 무슨 말이든 다 해도 될 거 같아. 나 거짓말쟁이인 거 알지?"

"알지."

다시 적막이 찾아왔다. 냉장고가 웅웅거리는 소리가 들렸고, 수는 여전히 쌕쌕거리며 숨을 내쉬고 있었다. 너 우리가 이미 끝났다는 거 알지? 내가 나지막이 물었다. 알아. 수가 작은 목소리로 대답했다. 수는 마지막으로 독백이 하고 싶다 했다. 수의 꿈은 빛을 바래고 있었다. 그래. 수는 목을 가다듬더니 여러 마디를 내뱉었다. 안녕하세요. 이 자리에 오르기까지 많은 일이 있었네요. 여러 번 실패도 해 봤고요, 죽을 고비를 여러 번 넘겼고요, 또 아주 아주 오래 꾼 꿈을 잊어버릴 뻔했어요. 저에게 모든 걸 믿고 맡겨주신 감독님 감사합니다. 수의 독백이 집 안을 가득 메웠다. 이 상을 나의 오랜 연인 영이에게 바칩니다. 수가 이 마디를 끝으로 말을 멈췄다. 수의 말을 오래도록 곱씹었다. 이게 수의 오랜 진심이었다는 것을 이젠 나도 알았다. 언젠가 수에게 소원을 물었을 때, 수는 백상예술대상에서 상을 받은 후 수상 소감을 말해 보고 싶다고 했다. 난 그때 내 이름도 불러 줄 거냐 덧붙여 물었고, 수는 알겠다고 대답했다. 짧은 시간 동안 빛이 없어 볼 수 없었던 수의 얼굴이 스쳐 지나갔다. 수가 당연하다는 듯 어깨를 으쓱인 순간이 있었고, 그 어깨 놀림에 내가 자지러지도록 웃었던 순간이 있었다. 어둠이 드리운 수의 얼굴을 보았다. 수는 입꼬리를 올리고 있지도, 눈물을 닦고 있지도 않았다. 눈앞이 흐려졌다. 누워서 눈물을 흘리면 옆으로 다 새어 버린다는 것을 처음 알았다. 그때, 수가 몸을 돌렸다. 수가 보지 못하게 황급히 소매로 바닥을 닦았다. 울어? 아니. 우네. 진짜 아니야.

"정말 종말이 올까?"

수에게 마지막으로 물었다. 수는 그랬으면 좋겠다고 대답했다. 어색한 팔놀림으로 수를 안았다. 수의 체온이 나에게로 전해 왔다. 수의 몸은 불타고 있었다. 불덩이처럼 뜨거웠다. 그런 수의 체온이 좋아서 한참을 그렇게 있었다. 앙상한 수의 몸은 갈비뼈가 다 드러나 있었는데, 팔을 조금만 움직여도 뼛덩이가 팔목에 닿아 다 느껴질 정도였다. 나는 수의 등을 토닥이기 시작했다. 일정한 간격을 두고 손을 수의 굽은 등에 내려놓았다. 너무 옅은 두드림이라, 수에게는 쓰다듬는 것처럼 느껴졌을 수도 있었다.

수가 잠들었다. 우리라는 단어가 어색하게 느껴질 무렵이었다. 나는 수가 잠에 든 것을 알고 있었지만, 여전히 그의 등을 토닥였다.

고등부 소설 부문 동상

지구력 관찰 일지

효암고등학교 3
강혜원

2025년 5월 26일. 지구에 온 지 3개월째.

오늘은 처음으로 러닝에 도전했다. 지구인들에게 요즘 러닝이 유행한다고 들었기 때문이다. 유행과 별개로 나는 외로움을 잊고 싶었다. 쓸쓸하고 무기력한 기분을 외로움이라고 부른다는 것도 얼마 전에야 알았다. 지구에 온 지 벌써 3개월 차, 지구 적응은 끝났다고 생각했는데 이 외로움이라는 건 정말 견디기 어려웠다. 지구인들은 러닝으로 외로움을 극복한다고 했다. 또한 지구에서 살아가려면 체력은 필수였다. 러닝을 하면 체력을 키울 수 있었다. 집 앞 공원에서 러닝을 하던 도중 한 할아버지를 만났다. 러닝은 처음이라 얼마 뛰지 못하고 헉헉거리며 멈추어 서자 나에게 생수를 건네 주었다.

"젊은이가 지구력이 한참 떨어지네."

지구력이 떨어진다니. 할아버지는 혀를 차며 나를 지나쳐 갔지만 나는 계속 할아버지의 말을 생각했다. 지구인들은 모두 지구력을 갖고 있는 걸까? 지구에서 살아남으려면 지구력이라는 게 필요한 것 같았다. 그렇다면 이렇게 계속 지구력을 기르지 못한 채로 살아가다간 내 정체를 들킬지도 모른다. 어쩌면 할아버지는 내 정체를 알아보신 걸지도 모르고. 이 상태로는 매우 위험하다. 지구인들을 만나 보며 지구에서 살아남기 위해서는 어떤 능력이 필요한지 배워야겠다. 앞으로 지구력을 열심히 길러서 완벽하게 지구에 적응할 것이다. 아자아자!

    오늘의 일지는 이렇게 끝이었다. 노트를 덮고 기지개를 켜며 뿌듯한 기분을 느꼈다. 일지에 적으며 결심한 대로 지구인들을 만나야 했다. 내가 지구에 온 후 가장 사랑하는 앱인 당근마켓을 이용하면 지구인들을 만날 수 있었다.
    내가 이렇게까지 지구에 적응하기 위해 노력하는 이유는 내가 우리 행성의 스파이로 지구에 잠입했기 때문이다. 기술의 발전으로 사람들이 집에서 나오지 않아 모두들 사회성이 거의 사라진 우리 행성은 엄청난 비상 상황이었다. 그러니 우리와 유사한 몸과 환경을 가진 지구라는 행성에서 해결책을 찾아야 했다. 그렇게 3개월 전 지구로 파견된 것이 나였다.
    분명 지구와 우리 행성은 매우 유사하다고 했는데 그건 이론적인 이야기일 뿐이었다. 지구에 적응하는 건 매우 어려웠다. 임무에 사용하라고 지원 받은 돈으로 겨우 집을 구하고 나니 빈털터리 신세였다. 친절한 공인중개사 아주머니의 도움으로 돈을 벌기 위한 아르바이트 자리를 구하는 법과 당근마켓 앱을 접하게 되었다. 특히 당근마켓이라는 건 정말로 유용했다. 텅텅 비어 있던 방을 모두 당근마켓에서 얻은 것들로 채웠다. 칠이 조금 벗겨진 소파, 촌스러운 무늬의 접시 같은 건 다 다른 사람에게서 온 것들이라 따로 놀아 보이긴 했지만 사용하는 데에는 아무 문제가 없었다. 돈이 없었던 나에게는 보물 상자 같은 앱이었다.

　이 앱을 통해 물건을 사고파는 것뿐 아니라 모임에도 참석할 수 있었다. 가장 상단에 뜨는 모임은 맛집 탐방 모임이었다. 안 그래도 저녁을 대충 밀키트로 해결한 지 몇 주 되어서 다른 해결 방안을 찾아야 할 때였다. 요리를 하기엔 실력도 없거니와 재료들은 너무 비쌌으니까. 배달시킬 수 있는 제대로 된 음식들은 최소 주문의 벽에 가로막히거나 양이 너무 많아서 혼자서는 먹을 수가 없었다. 그리고 지구인들에게 밥은 매우 중요해 보였다. 밥심이라는 말도 있고, 사람들은 모두 밥이나 한번 먹자, 하며 인사를 하고 헤어졌다. 그리고 지구인들은 늘 밥을 먹으며 친해지곤 했다. 그래서 함께 밥을 먹으면 지구인들과 쉽게 친해질 수 있을 것 같았다.

　지금까지 지구인들을 아예 안 만나 본 것은 아니지만 지구인들과 제대로 친해지는 것은 처음이었다. 오랜만에 밀키트가 아닌 음식을 먹을 수 있다니, 그리고 지구력도 기를 수 있다니, 이건 완전 일석이조였다. 사람들은 나를 반갑게 맞아 주었다. 성별도 나이도 다 다른 사람들이 오직 맛있는 음식을 먹기 위해서 이렇게 모였다니 정말 신기했다. 맛집 탐방이라는 모임의 이름에 걸맞게 음식이 정말 맛있었다. 오늘 우리가 간 식당은 매운 갈비찜 식당이었다. 공깃밥을 한 숟갈 퍼서 그 위에 잘 바른 고기를 올리고 입에 넣었다. 매운맛이 입안 가득 퍼졌다. 물론 맛있었지만 지구의 매운맛은 아직 나에겐 조금 어려웠다. 그런 나를 예상했다며 옆에 앉은 여자가 물컵을 건네 주었다. 매운맛이 퍼지기 시작하자 바로 물을 벌컥벌컥 마시며 지구인들을 관찰했다.

　눈에 띄는 건 내 옆에 앉아 있던 그 여자였다. 어떤 말에도 털

털하게 웃으며 리액션해 주고 적절한 때에 농담을 섞어 재치 있게 말하는 사람이었다. 모든 사람이 여자를 좋아하는 것 같았다. 나 또한 여자와 친해지고 싶다는 생각이 들었다. 여자가 큰 소리로 웃으면 왠지 나까지 기분이 좋아지는 것 같았다. 나는 여자의 귀에 대고 조용히 속삭였다.

"당신의 큰 목소리와 시원하게 웃는 웃음이 너무 좋아요. 저도 당신 같은 사람이 되고 싶어요."

나름 용기 내어 해 본 칭찬이었다. 그러나 여자의 얼굴은 점점 울상이 되었다. 여자는 지금 남자 같다는 말을 한 거냐고 물으며 잔뜩 속상한 표정을 지었다. 나는 의도가 잘못 전달된 것 같아 마음이 불편했다.

"저는 여자력이 부족해요. 그래서 문제예요."

그 말을 잘 이해할 수 없었다. 여자력이 뭐지? 여자 같은 건 뭐고 남자 같은 건 뭐길래 여자력이 부족하다고 하는 걸까. 지구인의 언어는 열심히 공부를 해도 너무 어려웠다. 양념이 잔뜩 묻은 떡을 집어 먹으며 여자의 행동을 유심히 관찰했다. 마냥 재치 있고 자신감 넘치게만 보였던 여자는 자세히 보니 자잘한 것들까지 노력하고 있었다. 여자는 큰 목소리로 말하다가도 눈치를 살피며 목소리를 낮추었고, 치아를 다 보이며 크게 웃지 않으려고 하고, 한 입을 먹을 때마다 입가를 휴지로 닦으며 편하게 밥을 먹지 못하고, 밥을 다 먹자마자 립스틱을 바르는 모습을 보였다. 이런 게 여자가 말한 여자력인 것 같았다.

2025년 5월 29일. 지구에 온 지 3개월 3일째.

나는 맛집 탐방 모임에 다녀온 후 여자력이라는 단어를 검색해 보았다. 여자력이라는 단어는 2000년 한 일본 만화에 등장하면서 이상적인 여성의 모습을 표현하는 말이라고 했다. 지구에서 요구하는 이상적인 여자의 모습은 청순하고 가정적이고 조신한 모습인 것 같았다. 아까 본 그 여자의 모습도 그렇게 되기 위해 노력하고 있는 것처럼 보였다. 나 또한 지구에서는 생물학적으로 여자의 몸을 갖고 있으니 여자력을 기를 필요가 있었다. 다른 여자들을 좀 더 만나 보면 여자력이 정확히 어떤 것인지 알 수 있을 것 같았다. 여자가 많을 것 같은 분위기 좋은 카페에 앉아 여자들을 관찰했다. 관리한 것 같은 머리스타일에 진하지도 연하지도 않은 화사한 화장을 한 얼굴들. 웃을 때도 입을 가리고 웃거나 음식을 다 먹고 나면 꼭 립스틱을 덧바르는 행동들. 반면에 화장을 하지 않고 대충 머리를 질끈 묶거나 목소리가 크고 마르지 않은 여자들은 인기가 없으며 심하면 안 좋은 시선, 무시를 받는 것 같았다. 그런 여자들은 남성 호르몬이 많다는 뜻인 테토녀라고 불리며 조롱받았다. 지구에서 여자로 사는 건 너무 피곤한 일이었다. 지구에서 잘 살아가기 위해서는 여자력이 필요한 게 분명했다.

   내가 그다음으로 참여한 모임은 배드민턴 동호회였다. 많은 사람을 한 번에 만날 수 있었고, 같이 땀을 흘리며 놀 수 있어 선택한 것이었다. 밥을 함께 먹는 것만큼 같이 땀 흘리고 노는 일은 지구인들에게 중요한 것 같았다.
   운동을 하는 사람들이 모여 있어서 그런지 분위기가 매우 활기찼다. 다들 에너지가 넘치고 밝은 미소로 나를 챙겨 주었다. 오늘 모임에 처음 나온 사람은 나뿐이 아니었다. 내 옆에는 배드민턴 채를 들고 쭈뼛거리는 남자가 서 있었다. 남자는 사람들에게 쉽사리 다가가지 못했다. 사람들이 왜 그러냐고 물으니 집 안에서 있던 시간이 길어서 이런 모임으로 극복하려고 왔다고 했다. 지구의 말로는 히키코모리라고 한다고 했다. 나는 남자의 용기 있는 고백이 대단하다고 생각했는데 사람들의 표정은 이상하게 어두웠다. 한 여자가 분위기를 바꿔 보려 나에게 똑같은 질문을 던졌다.

"저는 지구력을 기르러 왔어요!"

사람들은 내 말을 듣고는 재밌다며 웃었다. 그렇지, 지구력을 기르는 데는 배드민턴만 한 게 없지 하며 고개를 끄덕였다. 나는 남자의 대답과 내 대답이 그렇게 다르지 않다고 생각했는데 사람들의 반응은 너무 달랐다.

각자 배드민턴 채를 들고 연습을 시작했다. 사람들은 처음 온 사람이 있으니 기초부터 연습하자며 각자 자리를 잡았다. 나는 처음 잡아 보는 배드민턴 채에 적응하지 못하고 헤맸다. 사람들은 그런 내가 안쓰러웠는지 하나둘 내 쪽으로 와서 도와주었다. 채를 잡는 법부터 서브를 넣는 법, 공을 받아치는 법 같은 걸 배우면서 사람들과 제법 친해질 수 있었다. 반면에 내 옆에 있던 조용한 남자는 사람들 틈에 잘 끼지 못했다. 기초 연습이 끝나고 각자 짝을 지어 배드민턴을 칠 때도 남자는 혼자였다. 하필이면 사람의 수가 홀수인 탓에 남자는 그늘진 표정으로 망설이다 먼저 가 보겠다고 했다. 나라도 같이 배드민턴을 치고 싶었지만 남자는 이미 잔뜩 주눅 든 뒤였다. 조금은 굽은 것처럼 보이는 남자의 뒷모습을 보며 사람들은 수군거렸다. 저 남자 완전 아싸인가 봐. 히키코모리였다는데 당연하지. 사회성이 조금 없는 것 같아. 남자를 향해 내뱉는 말에는 안타까움이 묻어 있었다. 그리고 무시와 조롱 또한 묻어 있었다. 남자가 어울리지 못하는 게 정말 온전히 남자의 탓일까.

"아무래도 인싸력이 떨어지면 이런 모임에 나오긴 좀 어렵지."

옆에서 한 남자가 흘러가듯 한 말이 귀에 들어왔다. 그 남자처럼 소심하고 잘 어울리지 못하면 인싸력이 부족하다고 하는 걸까. 인싸력이라는 게 부족하면 지구인들 사이에 끼기 힘든 것 같았다. 인싸력이라는 단어에 대해 더 찾아봐야겠다는 생각이 들었다. 남자가 간 이후 나는 사람들 틈에 끼기 위해 더 노력했다. 원래 성격보다 더 외향적인 성격인 것처럼 굴었다. 별로 웃기지도 않은 말에 재미있는 척 웃고, 잘 모르는 사람에게도 얘기할 거리를 겨우 생각해 내 말을 걸었다. 정확히는 모르겠지만 인싸력이라는 건 정말 큰 에너지를 소모하는 것 같았다. 녹초가 되어 집에 왔지만 이런 것들이 지구에서 잘 살아남기 위해 필요한 것이라면 노력해서 길러야 했다. 나는 지구에서 살아남아 어떤 힘이 지구를 잘 굴러가게 하는지 알아내야 하니까.

배드민턴 모임은 자주 나가기엔 몸이 너무 힘들었다. 지구인들은 정말로 이런 모임에 자주 참석하는 걸까. 심지어 운동뿐만 아니라 나를 피곤하게 하는 인싸력까지 발휘해야 했다. 지구인들은 여러모로 대단한 종족이었다. 그래서 이번에는 아주 느긋하고 여유로운 동네 산책 모임을 골랐다. 주로 할머니 할아버지들이 참석하는 것 같았지만 나는 오히려 그 점이 반가웠다. 지구에서 오래 살아온 사람들이니 지구력에 대해 더 잘 알고 있을 것 같았다. 모이기로 한 산책에 나가니 머리가 희끗한 할머니 할아버지들이 가득했다. 모임의 이름만 동네 산책으로 올려 둔 것이고 할머니 할아버지들은 정자에 앉아서 이런저런 얘기를 나누기만 하지 동네를 걷지는 않았다. 왜 그러냐고 물으니 무릎이 아파서 오래 걸을 수 없다고 했다. 이 동네 노인들은 전부 모였는지 정자가 가득 메워졌다. 대충 보면 다 같은 노인들처럼 보이지만, 자세히 보면 그들은 두 무리로 갈라져 있었다. 머리도 새치 염색을 했는지 새카맣고 스마트폰을 자유자재로 사용하는 노인들과 오래되어 보이는 휴대폰을 사용하고 화투를 치는 노인들로 나뉘어 있었다. 그들은 사용하는 언어도 달랐다. 한쪽은 외계어 같은 신조어로 대화하며 저번에 만난 배드민턴 모임의 사람들과 비슷하게 말했다. 외계인이긴 하지만 나이는 젊은 나보다도 신조어를 더 잘 알고 있었다. 그래서 나는 그렇게 말하지 않는 노인들과 오히려 말이 더 잘 통했다.

"할머니, 그런 말은 어디에서 배우세요?"

"우리도 다 열심히 공부하는 거야. 엠지력을 기르지 못하면 젊은이들을 따라갈 수 없단다. 엠지력이 떨어지면 그때는 진짜로 늙는 것이여."

할머니들은 세상의 변화에 따라가야 한다고, 그래야 손자손녀들과 대화할 수 있다고 말하며 호호호 웃었다. 또 처음 듣는 힘이었다. 지구에는 력으로 끝나는 말이 왜 이리 많은지 공부가 끝이 없었다.

화투는 칠 줄 몰라서 반대편 수다를 떠는 할머니들 쪽에 끼어 앉았다. 중간에 놓인 알록달록하고 달콤한 떡들을 집어 먹으며 지구에 오래 산 노인들은 무슨 이야기를 하는지 귀 기울여 들었다. 요즘 유행은 탕후루라느니, 그건 이미 한참 지난 유행이고 요즘은 요아정이라느니. 할머니들 입에서 처음 들어 보는 음식들의 이름이 줄줄 나왔다. 지구의 유행을 따라가기 위해선 나도 전부 먹어

봐야 할 것 같았다. 유튜브 쇼츠를 휙휙 넘기며 유행하는 춤을 덩실덩실 따라 추는 할머니들의 모습이 재미있었다.

"저보다 유행을 더 열심히 따라가시는 것 같아요."

"당연하지, 안 따라가면 손녀가 할머니랑은 대화도 안 하려고 하니께. 따라가기 싫어도 따라가야 하는 거지."

할머니들은 웃고 있었지만 조금은 벅차다고 말했다. 요즘 유행하는 음식들은 너무 짜고 달고 매워서 손녀들과 같이 한번 먹으면 며칠은 속이 불편하다고. 할머니들은 지구에 오래 살았으면서 아직도 지구력을 기르기 위해 노력하고 있었다.

할머니들의 이야기를 들으며 고개를 끄덕이던 나의 어깨를 누군가 툭툭 건드렸다. 뒤돌아 보니 머리가 희끗한 할아버지가 있었다. 할아버지는 최근에 아들이 휴대전화를 사 줬는데 사용법을 하나도 모르겠다며 멋쩍게 웃었다. 반대편에 앉아 있던 유행에 잘 따라가지 못하는 노인들 중 한 명이었다. 나는 할아버지가 궁금해하는 기능들을 알려 주며 할아버지의 한탄을 들었다.

"스마트폰뿐만 아니라 요즘 세상은 너무 어려워. 영화를 보려고 해도 영화관에 직원은 한 명도 없고 온통 기계뿐이야. 밥을 먹으러 식당에 들어가면 직원이 주문을 받지 않고 식탁마다 놓여 있는 조그마한 기계로 주문을 해야 해. 우리는 눈이 침침해서 그런 작은 글자는 잘 보이지도 않는데."

주변에 있던 다른 할아버지 할머니들도 그 할아버지의 말에 공감한다며 박수를 쳤다. 외계인이지만 신체 나이는 젊은 나에게도 어려운 기능들이 노인들에게는 더 어렵게 느껴지겠지. 이런 세상에서 엠지력이 없다면 정말 살아남기 힘들 것 같았다. 엠지력 또한 아주 중요한 지구력인 게 분명했다.

2025년 6월 5일. 지구에 온 지 3개월 9일째.

배드민턴 모임에서는 인싸력을, 동네 산책 모임에서는 엠지력을 배웠다. 지구에서는 외향적이고 사회성이 뛰어난 사람을 인싸라고 부른다. 그 반대인 그때 그 남자 같은 사람들은 아싸라 불린다고. 지구 사람들은 인싸를 좋아한다. 모두 인싸가 되고 싶어 하는 것 같다. 엠지력도 별반 다르지 않았다. 젊은 세대들이 이끌어 가는 유행을 따라가는 능력을 엠지력이라고 했다. 벌써 세 가지의 모임에 참석했다. 그동안 수많은 사람들을 만났다. 이제는 지구력에 대해 잘 알게 되었다고 자부할 정도가 되었다. 그런데 지구력을 기르면 기를수록 몸과 마음은 점점 지쳐 갔다. 뭔가 좀 이상했다. 지구력이라는 단어를 다시 곱씹어 봤다. 지구에서 지구인들 사이에서 섞여 살아갈 수 있는 힘, 지구력. 지구력에 대해서 알면 알수록 씁쓸한 기분만 들었다. 이런 능력들이 정말 지구인들이 원하는 능력일까? 지구인들이 갖고 싶은 능력이 아니라 지구인들의 사회가 지구인들에게 요구하는 능력처럼 느껴졌다. 점점 불편한 기분이 들지만 지구력을 기르는 걸 멈출 수는 없었다. 나는 지구에 파견된 요원이고 지구에서 잘 살아남은 뒤 다시 내 행성으로 돌아가야 하니까.

그 후로 모임을 더 나가지 않았다. 세 가지 지구력은 지구에서 살아남기에 충분했다. 새로운 사람들을 만나고 새로운 지구력들을 알아 가는 것이 이제는 조금 피곤하게 느껴졌다. 지구에서 살아남기 위해 정말로 필요한 것은 지구력보다 돈이었다. 고깃집 아르바이트 자리를 구해서 일하기 시작한 지도 벌써 두 달이 넘었다. 일이 손에 익어서 이제는 제법 솜씨 좋게 고기를 구웠다. 그리고 고깃집 뒤편 골목에서 한참 동안 불판을 닦았다. 아무리 닦아도 완전히 깨끗해지지는 않는 불판이 옆에 탑처럼 쌓였다. 손에 힘이 풀려 불판을 떨어트렸다. 완전히 지쳤다. 당장이라도 그만두고 싶었지만 당장 식재료를 살 돈도 없었기에 참는 것만이 해답이었다.

두 달 동안 아르바이트를 하며 여태껏 기른 지구력을 열심히 발휘했다. 고기를 구우며 안 좋은 연기를 얼굴에 쐬면서도 계속 화장품을 덧바르고 머리를 지저분하지 않게 묶었다. 다른 아르바이트생들과 어울리기 위해 피곤함을 감추고 웃으며 말을 걸었다. 대화하면서 모르는 단어가 나와도 대충 아는 척을 하며 공감했다. 누가 봐도 완벽하게 지구력을 갖춘 사람이었다. 사장님은 그런 내가 썩 마음에 드는지 계속 일했으면 좋겠다는 말을 자주 했다. 일자리는 보장이었지만 내 성격과 다른 행동들을 하려니 너무 힘들었다. 지구인으로 살아간다는 건 정말 힘든 일이었다. 오히려 지구력이라는 단어를 알기 전이 외로웠지만 조금 더 나다웠던 것 같은데.

아르바이트하며 체력을 다 쓰니 자연스럽게 집 밖으로 나가지 않게 되었다. 여전히 집에는 나 혼자였기에 밀키트나 배달 음식으로 대충 끼니를 해결했다. 모임을 다니며 에너지도 쓰고 많이 돌아다녀 빠졌던 살들이 다시 찌기 시작했다. 이렇게 게으르고 무기력한 삶을 계속 이어 나가다 보니 배드민턴 모임에서 만났던 그 남자가 떠올랐다. 히키코모리라던 그 남자의 모습과 현재 내 모습이 똑같았다. 나도 이제 히키코모리가 된 걸까. 겨우 끌어올린 지구력이 다시 바닥나고 있었다. 내가 외계인이라 그런지 지구력을 갖고 살아가는 건 너무 어려웠다.

그렇게 살아가던 도중 오랜만에 당근마켓 앱의 알림이 울렸다. 근래에는 산 물건도 없고 모임 참석 신청도 안 했는데 무슨 알림이지? 멀리 있는 휴대폰을 발로 대충 끌어와 알림의 내용을 확인했다. 맨 처음 참석했던 맛집 탐방 모임의 채팅이었다. 채팅의 발신자는 그때 만났던 시원한 웃음을 가진 여자였다. 그때 이후로는 한 번도 연락한 적이 없었는데 갑작스러운 연락에 조금 놀라웠다.

—오늘 바빠요? 같이 밥 먹을래요?

오랜만에 여자와 대화하게 되어 반가웠지만 여자의 제안에는 망설였다. 지금은 돈도 없고 그런 자리에 나갈 체력도 없는데. 아무래도 여자를 만나면 또 지구력이 필요할 것 같았다. 더 이상 꾸며진 모습을 보여 줄 자신이 없었다.

—요즘 돈도 없고 완전 히키코모리처럼 살고 있어서 못 나가요.
—제가 밥 살게요. 그럴 때일수록 밖으로 나와야죠!

여자의 끈질긴 제안에 결국 여자와 만나기로 했다. 막상 나가기로 결심하니 여자를 다시 만난다는 생각에 기대되어 심장이 두근거렸다.

여자는 그때 모임에서 만났을 때보다 편안한 복장이었다. 아무래도 다른 사람들 없이 둘만 만나는 자리라 조금은 편안하게 느끼는 것 같았다. 여자가 나를 데려간 식당은 백반집이었다. 히키코모리처럼 산다는 내 말을 기억한 건지 따뜻한 밥 같은 밥을 먹여 주고 싶었다고 말했다. 여자와 이런저런 근황을 이야기하다 보니 여자와 나 사이로 맛있는 냄새가 나는 반찬들이 하나둘 놓였다. 그리고 내 앞에는 제육 백반, 여자의 앞에는 순두부찌개와 공깃밥이 놓였다. 맛있는 냄새를 견디지 못하고 숟가락으로 밥을 크게 퍼 위에 고기를 올리고 입에 한가득 넣었다. 그렇게 허겁지겁 밥을 먹으니 목이 막혔다. 여자는 그런 나를 보고 흐뭇한 듯 웃으며 물컵을 건네 주었다. 여자가 한 숟가락을 먹을 때 나는 세 숟가락을 먹고 있었다. 여자는 천천히 먹으라며 내 앞으로 반찬을 밀어 주었다. 지구인은 역시 밥심으로 사는구나. 지구인의 몸으로 살아가니 밥 없이는 살아가기 힘든 것처럼 느껴졌다. 집에서 대충 허기를 해결하려 먹는 음식과는 달리 제대로 요리된 것을 먹으니 속이 따뜻했다. 여자는 밥을 먹으면서도 계속 나를 챙겼다. 저번에는 여자력이 부족한 것 같아 속상하다더니 성격은 누구보다 섬세했다. 아니면 여자도 나를 만나지 않는 동안 열심히 여자력을 키워 낸 걸 수도 있고. 또다시 지구력 생각을 하다가 여자의 얼굴을 보고 생각을 그만두었다. 이런 다정함은 여자력이나 인싸력 같은 게 아니잖아. 이건 그냥 여자가 타고 태어난 다정이고 나를 향한 애정이었다. 모든 지구인들을 지구력의 수치로 분석하는 것을 그만두고 싶었다. 지구인들은 정말 특이하고 한 명 한 명 다 달라서 그렇게 어떤 종류라고 묶어 낼 수 없었다. 만나 본 지구인들의 대부분은 다정했다. 겨우 한 번 만나 본 사람에게 흔쾌히 밥을 사 주고, 힘내라며 위로를 건네고, 집 안에만 있지 말라며 애정 섞인 잔소리를 하고, 내가 무얼 하든 응원해 주는 사람들이었다. 지구력이란 무엇일까? 지금까지 공부해 온 지구인들에게 요구되는 힘 말고 진짜 지구력. 지구인들이 지구에서 살아남기 위한 힘은 무엇일까? 나는 문득 이 질문에 대한 답이 내가 지구에 온 목적이라는 생각이 들었다. 진정한 지구력이 무엇인지 알아낸다면 우리 행성도 위기에서 벗어날 수 있을 것 같았다.

2025년 8월 3일. 지구에 온 지 5개월 7일째.

지구에서의 적응을 완벽히 마쳤다. 그리고 내가 맡은 임무를 완수했다. 우리와 비슷한 행성이 우리와 달리 잘 살아가고 있는 이유를 알아냈다. 그건 바로 지구력이다. 지구인들의 모임에 참석하며 지구력이 무엇인지 조사했다. 그 결과 여자력, 인싸력, 엠지력이 지구력이라는 결론이 나왔지만 그것들이 다가 아니라는 생각이 들었다. 내가 찾던 지구력은 지구에서 살아남기 위한 힘이지만 그 힘들은 지구의 사회가 사람들에게 요구하는 힘일 뿐이었다. 연구했던 것들을 초기화하고 다시 생각하기 시작했다. 결론은 한 지구인에게서 나왔다. 진정한 지구력은 '함께'라는 단어에 담겨 있다. 우리 행성은 모두 집 안에서 나오지 않고 혼자 살아가 지금의 위기 상황이 되었다. 그러나 지구인들은 혼자 살아가지 않는다. 혼자 살아가는 사람이 있으면 서로서로 손을 내밀어 혼자가 되지 않게 한다. 우리는 이 '함께'라는 단어를 우리 행성에 적용해야 한다. 서로의 안부를 묻고, 좋은 것을 나누고, 슬픈 일이 있으면 같이 위로하고 공감해 주어야 함을 지구에서 배웠다. 지구인들은 이렇게 살아간다. 언제나 함께 살아가고 있다. 이것이 내가 찾아낸 진정한 지구력이다.

고등부 소설 부문 동상

매머드와 얼음땡

안양예술고등학교 2
박시은

 급하게 예약한 민박은 나무로 지어진 주택이었다. 현관문에는 러시아어로 '환영합니다'가 새겨진 팻말이 달려 있었다. 나는 안내를 받아 2층 끝 방에 들어갔다. 천장이 낮고, 작은 책상 하나와 1인용 침대가 놓인 아담한 방이었다. 싼 가격에 구한 것치고는 나쁘지 않았다. 나는 침대 옆에 캐리어와 가방을 놓고 장갑을 벗었다. 얼굴이 건조하게 얼어 버린 느낌이었다. 손바닥을 비벼 뺨에 가져다 대니 피부가 거칠었다. 나는 얼굴을 녹이며 두꺼운 커튼을 열어젖혔다. 창문에 낀 서리를 닦자 꽁꽁 얼어 있는 넓은 호수가 보였다. 한국에도 이런 곳이 있겠지, 직접 걸어 본 적은 없었지만. 새삼 혼자서 얼마나 먼 곳까지 왔는지 실감 났다. 눈이 내리고 있어서인지 호수 주변엔 아무도 없었다.
 민박 뒷문으로 나가자 곧바로 호수와 숲이 나왔다. 나는 눈을 밟으며 천천히 호수를 향해 걸어갔다. 얼굴이 다시 시렸다. 다가갈수록 호수는 더 크게 느껴졌다. 마치 속에 무언가라도 감추고 있는 것처럼 표면이 불투명하게 얼어 있었다. 이 정도라면 꽤 깊을 텐데, 깊이가 어느 정도 될지 잘 상상되지 않았다. 나는 호수 가장자리를 따라 걸었다. 걷다 보니 평행하듯 눈이 패인 자국이 보였다. 마을에서부터 무언가를 끌고 간 듯한 모습이었다. 나는 그 자국을 따라 시선을 옮겼다. 조금 먼 거리에 호수 바로 앞에 서 있는 사람이 보였다. 긴 머리를 아래로 묶은 소녀였다. 밖으로 나온 지 얼마 안 된 모양이었는지 모자나 어깨에 눈이 쌓이지 않아 깨끗했다. 나는 잠시 멈춰 서서 이대로 민박에 돌아갈지 소녀를 지나쳐 갈지 고민했다. 소녀의 옆에는 나무로 만든 얼음 썰매가 있었다. 놀러 온 건가 했지만 소녀는 썰매 끈을 꼭 쥔 채 호수를 둘러볼 뿐이었다.

나는 소녀에게 다가가 러시아어로 말했다. 썰매 좀 끌어 줄까? 소녀는 고개만 살짝 돌려 나를 곁눈질했다. 훑는 듯한 시선은 얼마 안 있어 대답 없이 호수로 돌아갔다. 나는 머쓱해져 소녀를 따라 괜히 호수를 바라보았다. 이 호수는 얼마나 깊으려나. 짧은 혼잣말을 읊조리고 난 뒤에야 나는 지금 여기에서 낯선 관광객일 뿐이라는 생각이 들었다. 소녀를 불편하게 한 것은 아닐까 하는 걱정이 들었다. 소녀는 숨소리조차 내지 않고 호수를 바라보다가 얼마 안 있어 썰매 끈을 고쳐 잡고 눈길을 걷기 시작했다. 앞서가는 소녀의 발자국 위로 썰매 자국이 생겼다. 나는 그 모습을 한참 바라보다가 왔던 길로 몸을 돌렸다.

추위는 한국이나 러시아나 똑같았는데, 외로움은 유독 이곳에서 더 강해지는 것 같았다. 모든 풍경에서 자꾸만 가현이가 생각났기 때문일까. 함께 왔다면 이 풍경 또한 좋아했을 거라는 생각이 들었다. 어쩌면 러시아에 가자고 했던 건 박물관 때문이 아니라 시베리아 때문이었는지도 몰랐다. 러시아어를 전공한 것보다는 매머드가 보고 싶다는 이유로 여행을 상상했던 친구였으니까.

그렇게 다시 한참을 걷다가 발밑에 무언가 밟혔다. 주워 보니 한 손에 쏙 들어오는 크기의 나무 조각이었다. 짧은 다리 네 개와 측면에는 눈으로 보이는 구멍 한 쌍이 패여 있었는데, 만듦새가 서툴러서인지 정체를 알 수 없었다. 바닥 부분에 스베타라는 이름이 러시아어로 적혀 있었다. 혹시 소녀의 것일까. 뒤를 돌아보니 소녀는 이미 사라진 뒤였다.

내가 원래 매머드를 보기로 선택한 장소는 모스크바의 자연사 박물관이었다. 배운 게 아깝잖아. 좋아하는 걸 위해서라도 써먹어야지, 하며 가현이는 다른 나라보다 러시아에 대해 더 자주 말하곤 했다. 그 많은 곳 중에서 박물관을 택한 이유는 특별하지 않았다. 단순히 실물을 볼 수 있는 수단이 화석을 보는 것뿐이었으니까. 나는 숙소에 짐을 대충 던져 둔 뒤 곧장 박물관으로 향했다. 모스크바 일대를 관광할 기분은 들지 않았다. 그저 매머드를 보고 싶었다. 하지만 매머드는 몇 시간 동안 찾아도 보이지 않았다. 느긋하게 둘러보다 우연히 마주치고 싶었지만 세 바퀴를 돌았을 즈음 나는 결국 안내 데스크에 가서 물었다. 여기 매머드는 어디 있나요. 내 질문을 듣고 직원은 매머드 화석의 전시가 며칠 전에 끝났다고 말했다. 나는 어떻게 반응해야 할지 몰라 잠시 직원을 바라보다가 대충 고개를 숙였다. 그러고는 이미 몇 바퀴씩 돌았던 길로 다시 들어갔다. 재잘대는 아이들과 노년의 부부, 학생들 사이를 지나 걷다 보니 유독 조용한 전시관이 나왔다. 길게 이어지는 벽에 온통 동물이 그려져 있는 곳이었다. 그중에는 커다란 매머드도 있었다. 이 먼 곳까지 왔는데, 내가 찾을 수 있는 매머드는 그게 전부였다. 해설사와 한 무리의 사람들이 전시관 안으로 들어왔다. 시베리아는 모든 매머드의 도착지라는 말이 있죠. 선명한 러시아어였다. 나는 반사적으로 고개를 돌렸다. 해설사가 사람들에게 매머드에 대해 말하고 있었다. 시베리아. 나는 사람들이 다음 전시관으로 향할 때까지 매머드 그림 앞에 서 있었다. 뭘 망설여, 거기 있다잖아. 붓 자국이 남은 눈으로 매머드가 그렇게 말하는 것 같았다. 말도 안 되는 충동이라고 생각했지만, 자꾸만 매머드가 가득한 시베리아가 머릿속을 맴돌았다. 결국 그날 오후 나는 바로 민박과 기차를 예매했다.

　나뭇조각은 소 같기도 했고 물개 같기도 했다. 계속해서 보다 보면 아주 다른 세상에서 온 동물 같기도 했다. 엉덩이 부근에는 구멍이 뚫려 있어서 그 사이에 끈을 꿰면 어딘가에 달고 다닐 수 있을 법했다. 주인을 찾아 주고 싶었는데 해가 금세 져 버려 일단은 방에 가지고 온 것이었다. 나는 침대에서 몸을 뒤척이며 어제 호수에서 만났던 소녀를 생각했다. 역시 그 아이의 것이 아닐까. 누가 됐든 주인을 찾으면 조각의 정체를 묻고 싶었다.
　이곳에서 할 만한 건 많지 않았다. 해 봐야 호수 산책 정도일까. 여기는 내가 부리나케 옷을 주워 입고 일하러 나가야 하는 한국이 아니었다. 쉬러 오면 그런 기억을 정리할 수 있을 줄 알았는데 내 머릿속은 아직도 복잡했다. 차가운 공기는 한국이나 러시아나 똑같아서, 어디에도 없는 가현이 생각이 불쑥불쑥 튀어나왔다. 나는 몸을 일으켜 창문 앞에 섰다. 저 멀리 점처럼 보이는 소녀와 썰매가 있었다. 소녀는 썰매를 호수 옆에 세워 두고 뒤죽박죽 돌아다녔다. 무언가를 찾으려 비슷한 자리를 맴도는 듯한 걸음걸이였다. 어제 소녀는 무슨 생각을 하며 호수를 바라봤을까. 나는 잠옷 위에 바지와 외투를 껴입고 장갑을 꼈다. 나뭇조각을 주머니에 넣고 민박을 나섰다.

내리던 눈이 그쳐서인지 어제보다 하늘이 더 환했다. 소녀는 멀리서 걸어오는 나를 발견하자마자 빠른 걸음으로 다가왔다. 마침내 가까워진 소녀는 한참을 밖에 있었는지 얼굴이 새빨갰다.

"여기 근처에서 주먹만 한 동물 조각 봤어요?"

나는 주머니에서 나뭇조각을 꺼내 소녀에게 건넸다. 훔친 건 아니고 그냥 주워서 가지고 있었어. 변명하듯 뱉은 말에 소녀는 어제 내가 말을 걸었을 때처럼 무표정한 얼굴로 고개를 끄덕이며 고맙다고 말했다.

"그런데 그건 무슨 동물이야?"

소녀는 매만지던 나뭇조각을 내 눈앞에 들어 보였다. 매머드예요. 그렇게 보이진 않죠? 나는 조각의 결을 다시 살펴보았다. 그제야 몸통에 새겨진 커다란 무늬는 귀고, 눈 사이에 애매하게 튀어나온 부분은 코라는 걸 짐작할 수 있었다. 듣고 보니 있어야 할 건 다 있는 조각이었다.

"친구가 만들어 줬어요."

소녀는 매머드 조각을 다시 주머니에 넣었다. 그럼 스베타는 친구 이름인가 보구나. 내가 중얼거리자 소녀는 어깨를 으쓱했다.

"그건 제 이름이에요. 친구는 류샤고요. 저희 마을에 이름이 스베타랑 류샤인 사람은 두세 명씩 더 있는데, 그중에서 우리 둘이 제일 똑똑해요."

그렇구나. 스베타는 당연하다는 듯이 웃었다. 내내 무표정한 얼굴만 보다가 웃는 걸 봐서 그런지 꽤 즐거워 보였다.

"원래 썰매 앞부분에 매달고 다니는데, 끈이 자꾸 풀어지더라고요. 잘 간수하는데도 그래요. 진짜 매머드를 단 것도 아니고 튼튼하게 묶었는데 왜 그렇게 쉽게 풀려 버리는지 모르겠어요."

"매듭법이 잘못된 걸 수도 있어. 아니면 힘이 약해서 그런 걸지도 모르고. 어른에게 부탁해 본 적 있니?"

스베타가 눈을 크게 깜빡이며 나를 올려다보았다.

"아니요. 묶어 주실래요?"

스베타는 내 팔을 붙잡고 당당하게 걸었다. 나는 그 손길에 이끌려 썰매 앞으로 갔다. 그래, 뭐 어려운 일도 아니니까. 나는 끈을 받아 매머드 조각에 꿰어 썰매 앞부분에 묶었다. 풀리지 않도록 두 번 더 반복해서 매듭을 지었다. 묵묵히 서서 구경하던 스베타는 내가 손을 털고 일어나려 하는 순간에 무릎을 굽히고 앉았다. 나는 엉거주춤하게 스베타를 바라보다가 다시 다리를 쭈그렸다.

"러시아에는 왜 온 거예요?"

나는 잠시 생각했다. 친구와의 약속 때문에, 라는 말이 가장 먼저 떠올랐지만, 그보다는 다른 이유를 대고 싶었다.

"매머드를 보러 왔어."

여기엔 매머드가 없는데요. 스베타는 건조한 목소리로 답했다. 그러게. 나는 매머드 조각을 매만졌다. 끈을 묶느라 잠시 장갑을 벗었더니 금세 손이 얼어서 감각이 없어졌다.

"원래는 박물관에 갈 생각이었어. 살아 있는 매머드를 찾으러 갈 수는 없으니까. 그런데 내가 도착했을 땐 이미 전시가 끝난 뒤였어. 분명히 날짜를 확인했는데. 아마 내가 실수했겠지. 그렇게 되니 이제 어디로 가야 하는지도 가늠이 안 가서 전시장을 돌아다녔어. 그러다 들었는데, 시베리아는 모든 매머드의 도착지래."

"그 말 하나 때문에 모스크바에서 여기까지 왔다고요?"

할 말이 없었다. 어린아이가 보기에도 그건 대책 없는 행동이 맞았으니까. 나는 말없이 고개를 끄덕였다. 엉뚱하네요. 스베타는 그렇게 말했다. 낯선 말이었다. 가현이가 죽은 뒤에 내가 했던 행동들에는 모두 너 조금 이상하다, 조금 쉬면 나아질 거다, 힘들어서 그런 거 아니냐, 같은 말들만 따라붙었으니까. 그게 그렇게 간단하게 설명되는 정도의 충동이었는지 나는 납득할 수 없었다.

"그런데 괜찮은 것 같아요. 왜, 간절히 바라면 볼 수 있을지도 모르잖아요. 그 정도 마음이라면 매머드를 만나기에도 충분한 것 같아요."

엉뚱하네. 나는 중얼거렸다. 스베타는 간지럽게 웃더니, 썰매 끈을 쥐고 내게 손을 흔들었다. 매머드 찾아 줘서 고마워요. 나는 손을 마주 흔들어 주었다. 스베타는 뒤도 돌아보지 않고 마을을 향해 걸어갔다. 나는 새빨개진 손을 비비며 그 모습을 바라보았다. 그렇게 말도 안 되는 말을 뱉어 버리고 막 웃는 소녀의 모습이 가현을 닮은 것 같기도 했다.

가현과 나는 대학생 때 처음 만났다. 방세를 아끼려고 급하게 구한 룸메이트가 가현이었다. 가방에 매머드 키링을 달고, 모자에 러시아어로 매머드를 적어 쓰고 다니는 사람. 첫인상은 그 정도였다. 짐 상자를 깔 때마다 나오는 무수한 매머드들을 보며 한 사람이 무언가를 좋아한다는 사실을 이렇게까지 티 낼 수도 있구나, 하고 생각했던 것 같기도 하다. 어디서 구했는지도 모르는 매머드들이 거실을 침범하는 문제를 두고 다투기 전까지는. 매머드 꼬리털만 봐도 화가 날 지경이라는 내 말을 듣고 가현은 거실의 매머드들을 치웠지만, 거기에서 그만두지 않고 매머드를 좋아해 본 적도 없는 사람처럼 내 앞에 매머드를 보이지 않았다. 그렇게까지 할 필요는 없다고 말하고 싶어도 가현은 노골적으로 나와의 대화를 거부했다. 대화가 아닌 방식으로 불만을 표하는 사람을 어떻게 대해야 하는지 몰랐던 나는 긴 고민 끝에 빨래집게만 한 매머드 모형을 사서 가현에게 건넸다. 근처 문방구 뽑기 기계에서 매머드가 나올 때까지 돌려서 겨우 얻은 것이었다.

"내가 마음에 안 들면 피하지 말고 화라도 내. 같이 사는 사람끼리 말이 안 통하는 게 매머드보다 더 답답하니까."

그건 너와 척지고 살 마음은 없다는 나 나름의 표시였다. 그러나 가현은 내가 건넨 매머드를 무표정하게 바라볼 뿐이었다. 너 정말 이상하다. 기나긴 정적 끝에 가현이 내뱉은 말은 그게 끝이었다. 나는 말문이 막혀 매머드 모형을 주머니에 쑤셔 넣고 방에 들어갔다.

신기하게도 그 이후 가현과 나는 천천히 대화를 텄다. 나는 매머드 모형을 주방 한편에 올려 두었다. 그건 거실에 자리를 둔 유일한 매머드가 되었다. 그걸 볼 때마다 가현이 했던 말이 떠올랐다. 이상하다니, 나는 가현이야말로 이상한 사람이라고 생각했다. 훗날 말하길 가현은 내가 매머드 모형을 건넬 때 자신에게 시비를 거는 건 줄 알았다고 했다. 너 그렇게 꼬아서 생각하는 것도 재주다. 내가 중얼대니 가현은 내 팔을 꼬집었다. 그렇게 날 선 말투로 화해하자고 돌려 말하는 사람이 더 이상하거든?

알면 알수록 가현은 특이한 사람이었다. 멸종된 존재를 좋아하면서 이상한 가능성을 상상하는 친구. 가현은 종종 거실의 매머드를 가리키며 맥락 없는 말을 하고는 했다.

"저걸 보고 있으면 꼭 구석기시대에 떨어진 것 같지 않아?"

나는 가현이 내뱉는 그런 말들에 쉽게 질렸다. 차라리 가현의 세계를 이해할 수 있으면 좋을 것 같았다. 나는 속으로 말을 골랐다. 날 서지 않게 말해야 해. 가현과 친구가 된 뒤로 생긴 습관 중 하나였다.

"왜 하필 매머드를 그렇게 좋아하게 된 거야? 개나 고양이처럼 거의 모든 사람들이 사랑하는 동물은 널리고 널렸는데."

가현은 새삼스럽게 그런 걸 물어보냐는 듯 장난스럽게 웃다가, 곧 진지한 표정으로 매머드 모형을 쓰다듬었다.

"살아 있는 것 같잖아. 매머드는 과거의 풍경을 상상할 수 있게 만들어 줘. 공룡 화석이랑 다르지. 그래서 가끔 털까지 살아 있는 생생한 매머드 화석을 보면, 그 애는 그저 잠시 친구들과 놀기 위해서 얼어붙은 것 같아."

가현은 손가락으로 내 어깨를 쿡, 찔렀다.

"이렇게 땡, 하면 당장이라도 귀를 펄럭이며 몸을 털 것처럼."

나는 매머드에 대해 직접 찾아본 적은 없었지만, 가현이 보는 다큐나 재잘대는 이야기는 빠짐없이 보고 들었다. 그야 안 보면 몇 배는 더 귀찮게 굴기 일쑤였으니까. 그래서 그런지 이제는 작은 묘사에도 귀를 펄럭이며 뛰어다니는 어린 매머드를 상상할 수 있었다. 그럴 때면 나도 가현의 세계에 초대된 느낌이 들었다. 특이한 상상을 하고 특별한 기분을 말하는 사람의 세계로. 그건 썩 나쁘지 않은 기분이었다.

가현과 나는 대학을 졸업하고 난 뒤에도 같이 살았다. 전공과 전혀 무관한 일을 구해 비정규직으로 일하며 돈을 모았다. 졸업 이후 가진 건 빚뿐이었지만 그렇게 사는 게 힘든 시절도 아니었다. 둘 다 건강했고 젊었다. 고된 일을 끝내고 들어온 저녁에 각자의 다리를 주물러 줄 서로가 있어서 그랬을지도 몰랐다. 가끔 그것만으로 설움이 풀리지 않는 날에는 아이스크림 할인점에서 각자 바닐라 맛과 소다 맛 아이스크림을 사 들고 집 근처 탄천을 기약 없이 걸었다. 따가운 눈가를 비비며 눅눅한 나무 막대를 질겅질겅 씹다 보면 이미 수십 번은 더 했던 말들이 두서없이 튀어나왔다.

매머드를 보러 가자는 이야기도 그맘때 초여름의 탄천에서 나왔다. 세계 각지의 매머드를 이야기하다가, 음식과 숙소와 모아둔 돈을 계산하다가, 어느 날은 가현이 다른 이야기를 꺼내기도 했다.

"그보단, 그냥 러시아에 가 보고 싶기도 해."

"나는 너랑 같이 가는 것만 아니면 어디든 괜찮아."

가현은 농담에 별 반응도 하지 않았다. 대신 나무 막대를 잠옷 바지의 주머니에 집어넣으며 숨을 들이마셨다.

"그냥 어디로든 가고 싶다."

나는 가현의 옆얼굴을 쳐다보았다. 평소보다 더 가라앉아 있는 표정이었다.

"당장 갈 수 있는 것도 아니잖아. 생각하면 할수록 기분만 축 처지니까 이제 그만 생각해."

위로를 목적으로 둔 말이었다. 나도 모르게 날카로워진 말투는 그저 지치고 지친 저녁이어서 그랬을 뿐이었다. 그러나 가현은 내 말을 듣고 걸음을 멈추었다. 나는 몇 발을 더 내디딘 뒤 천천히 가현에게로 몸을 돌렸다. 가현은 눈을 찌푸리고 나를 노려보다가 한숨을 깊게 내쉬었다. 그리고 그대로 걸음을 돌려 빠른 속도로 멀어져 갔다. 나는 그 모습을 가만히 보다가 천천히 따라갔다. 가현이 보이지 않을 정도로 멀리 앞서갔을 때, 나는 숨을 고르며 신호를 기다리다가 편의점에 들어갔다. 그리고 거기서 제일 크기가 큰 보드카 한 병을 사서 집에 들어갔다. 가현은 보드카와 나를 번갈아 보다가 어이없다는 듯 웃었다. 나는 짐짓 아무렇지도 않게 병을 가현에게 건네고 접이식 탁상과 머그 컵 두 개를 꺼냈다.

"난 널 진짜 이해 못 하겠어."

가현이 보드카 뚜껑을 따며 말했다. 나도. 나는 탁상을 펴면서 대답했다. 가현과 나는 탁상 앞에 마주 보고 앉아 보드카를 한 모금 마셨다. 맛이 너무 이상해서 인터넷에 먹는 법을 검색했다. 냉장고에는 먹다 남은 주스가 있었고 그걸 잔에 따라 둔 보드카와 섞어서 마시니 조금은 먹을 만했다. 그래도 누구 하나 잔을 다 비우지 못했고 우리는 급조된 술상을 방치한 채로 각자 방에 들어갔다. 평소처럼 잠을 자고 새벽에 일어나 항상 그래 왔던 것처럼 집을 나섰다. 일을 마치고 돌아오니 탁상은 정리되어 있었고 가현이 남은 술을 모두 싱크대에 버리고 있었다.

"그거 3만 원 주고 산 건데."

"마실 것도 아니잖아."

가현은 병을 깨끗하게 씻어 물기까지 닦은 뒤 매머드 모형 옆에 올려 두었다. 그리고 지갑을 뒤져 천 원 한 장을 병 안에 집어넣었다.

"여기에 돈을 모으자. 다 차면 여행 자금으로 쓰는 거야."

가현은 물끄러미 보고만 있던 나를 향해 고갯짓을 했다. 빨리. 재촉하는 듯한 말에 나는 백 원 하나를 찾아냈다. 병 안에 넣자 딸그랑, 하고 짧은 유리 소리가 났다. 요즘엔 현금도 잘 안 쓰고, 다

채워 봤자 제주도행 표도 못 살 거 같은데. 현실적인 말들이 목구멍까지 올라왔지만 나는 침 삼키듯 그걸 참았다. 대신 가현에게 아이스크림을 먹으러 가자고 말했다.

언제나 탄천에서는 지켜지지 않는 근무 수칙과 근로 시간에 대한 말은 오가지 않았다. 그런 걱정은 꿀꺽 삼켜 버리고 대신 자주 떠나고 싶다는 이야기를 하면서 조금씩 도망쳤던 것 같다. 그래도 가현과 나는 묵묵히 집에 돌아가 목덜미에 파스를 붙여 주었다. 보드카 병을 가득 채우기 전에는 어디로도 갈 수 없었으니까. 날이 갈수록 길어지는 대화 탓에 모기에 잔뜩 물린 팔다리를 긁고, 매일 밤 웃거나 한숨을 쉬며 잠에 들었다. 나는 가현의 생각을 이해할 수 없을 때마다 동전을 넣었다. 가끔은 지폐를 넣기도 했다. 그렇게 하면 가현을 이해할 수 있을지도 모른다고 터무니없는 설득을 되뇌기도 했다. 나는 가현을 이해할 수 없는 것뿐이지 가현과 멀어지고 싶은 게 아니었으니까.

그해 여름 가현은 일하던 곳의 얼음 창고에서 얼어 죽었다. 보드카 병이 3분의 1 정도 찼을 때였다. 장례식이 끝난 뒤에 조용해진 집을 보아도 그다지 실감 나지 않았다. 주방 한편의 매머드 모형도, 러시아어로 매머드가 적힌 모자도 그대로였으니까. 남은 게 너무 많아서 나는 꼭 가현이 살아 있는 것처럼 일상을 보냈다. 일에 나갔다 돌아올 때마다 밤공기가 너무 따뜻해서 그랬는지도 몰랐다. 땀에 절어 잠들지 않는 밤에는 휴대전화를 만지작대다가 매머드를 검색했다. 익숙한 이미지들이 보였다. 걸음걸이 재현 영상을 눌렀다. 영상 속의 매머드는 어설프고 무거운 발걸음으로 흰 배경을 걸었다. 정말로 살아 있을 것 같았다. 아무리 그래도 나는 가현이처럼 매머드를 볼 수 있다는 환상을 꿈꾸지는 못할 것 같았다. 가현은 매머드를 보기도 전에 죽었고, 사실 멸종된 건 돌아올 수 없으니까. 간절함은 아무런 환상도 가져오지 못한다. 보고 싶다는 말은 그래서 신중하게 해야 하는 거야. 내가 말했잖아. 그런 걸 좋아해 봤자 너만 힘들 뿐이라고. 그런데 정작 이렇게 되니 나는 가현이 보고 싶었다. 가현은 손이 문에 얼어붙은 채로 죽어 있었다고 했다. 흥건한 피와 퉁퉁 부은 손이 단단하게 붙어 있어서 더 떼어 내기 어려웠다고. 문을 얼마나 세게 두드렸으면 손뼈가 부러져 있었을까. 밤이 새도록 창고에 갇혀 있으면서 가현이 얼마나 괴로웠을지, 그건 어린 매머드의 경우보다 더 생생하게 상상됐다. 영상은 따분할 정도로 길었다. 불현듯 질문이 마구 솟아올랐다. 가현아, 매머드는 그렇게 오랜 시간 얼음 화석이 되어 있었으면서 춥지도 않았을까? 집 안은 습하고 고요했다. 그 사실이 너무나도 무력했다.

나는 커튼을 걷었다. 오전 내내 펑펑 내리던 눈이 멎었다. 구름이 꽤 깔려 있어서 아주 맑은 하늘은 아니었지만, 사방에 눈이 쌓여서 그런지 환했다. 온 사방이 하얀 곳에서 오래 있다 보면 눈이 멀기도 한다는 말이 떠올랐다. 저 멀리에서 점처럼 작은 스베타가 호수로 걸어가는 것이 보였다. 매일 타지도 않을 썰매를 끌고 나오는 소녀. 나는 스베타를 한참이나 보다가 창문을 닫았다. 커튼을 치지는 않았다. 따뜻한 외출복으로 갈아입고 말려 둔 장갑을 꼈다. 민박을 나서자 눈이 부셨다. 나는 빛에 눈이 적응할 때까지 눈을 천천히 깜빡였다. 스베타는 어제 그곳에 있었다.

"썰매 끌어 줄까?"

나는 스베타가 건넨 썰매 끈을 받아 들고 호수 안쪽으로 천천히 걸어 들어갔다. 매머드 조각은 아직도 썰매 앞쪽에 잘 매달려 있었다. 스베타는 자연스럽게 썰매 위에 앉았다. 나는 끈을 고쳐 잡고 발을 디뎠다. 썰매는 나를 따라 천천히 나아갔다. 스베타는 불만도 즐거움도 내비치지 않은 채 얼음 바닥을 구경했다. 나는 매머드의 걸음걸이를 상상하며 느릿느릿 걸었다. 러시아에 와서 처음으로 놀러 온 기분이 들었다. 방향을 바꿀 때는 뒤를 돌아 스베타를 확인하며 걸었다. 썰매가 날카롭게 얼음을 긁는 소리가 시원했다.

그때, 간절히 바라면 된다는 말 말인데요, 진짜예요. 나와 눈이 마주친 동시에 스베타가 입을 열었다.

"제 친구 말이에요, 류샤가, 작년에 여기에서 빠져 죽었거든요."

나는 묵묵히 스베타를 바라만 보았다. 스베타는 말하는 데 망설임이 없었다.

"그땐 근처에도 가지 못하게 했어요, 어른들이. 저도 별로 가고 싶은 생각은 없어서 기다렸는데, 갑자기 너무 보고 싶어지는 때가 오더라고요. 그래서 큰마음 먹고 혼자서 호수에 가겠다고 했어요. 그런데 다들 관심도 가지지 않더라고요. 고작 한 해 지났을 뿐이었는데."

매머드가 없다고 말할 때와 똑같이 건조한 목소리였다. 여기엔 제 친구가 없는데요, 라고 바꿔도 이상하지 않을 만큼.

"그때도 썰매에 조각을 달고 갔는데 그날 밤 류샤가 제 꿈에 나왔어요. 조각을 매달고 호수로 나오는 날에는 대부분 그러더라고요. 규칙 같은 거죠. 요즘은 매일 여기로 와요."

나는 발밑을 내려다보았다. 여전히 불투명한 얼음 밑으로 호수가 얼마나 깊을지는 상상하기 힘들었다.

"그냥 우연 아니고?"

스베타가 눈을 깜빡이는 게 느리게 느껴졌다. 미끄러지던 썰매의 속도가 천천히 줄었다. 진짜 맞아요. 나는 걸음을 멈추었다. 그렇잖아. 나는 가만히 입을 열었다.

"그런 거에 기대기에는, 꿈은 그냥 기억의 찌꺼기일 뿐이야. 간절함이랑 상관없어."

"왜 그런 말을 해요? 그렇게 해서라도 보고 싶은 거예요. 언니한테는 그런 사람 없어요?"

나는 더 다른 말을 할 수가 없었다. 여전히 이해할 수는 없었다. 그 사실에 죄책감이 들었다. 그렇게 해서라도 보고 싶은 것. 가현에게는 매머드가 그런 존재였을까? 스베타가 몸을 일으켰다. 나는 썰매 끈을 세게 붙잡았다. 그리고 말했다. 있어. 나한테도 그런 사람이 있어. 스베타는 나를 물끄러미 바라보았다. 그리고 다시 썰매에 앉아서 자세를 고쳤다.

"썰매 계속 끌어 주세요. 그러면 용서할게요."

나는 고개를 끄덕였다. 별다른 말 없이 다시 호수 위를 걸었다. 해 줄 수 있는 말이 달리 없었다. 위로가 지금 이 상황에서 맞는 것인지 가늠이 되질 않았다. 가현이가 죽었을 때 나에겐 모든 위로가 거짓말처럼 느껴졌었다. 책임자들은 아무 일도 없었다는 듯이 평소처럼 일을 시켰다. 일터에 가면 아무도 가현의 이야기를 하지 않았다. 저기서 또 노동자가 죽었대. 그런 소식은 들려왔지만 그래 봤자, 사망 사고 예방을 위해 수칙을 지키라는 사람은 없었다.

여기에서도 가현을 아는 사람은 없다. 그러나 일하다 죽은 사람은 있겠지. 나는 찬 공기를 들이마셨다.

"내 친구는 매머드를 좋아했어. 나랑 같이 대학에서 러시아어를 공부했고."

한마디를 꺼낼 때마다 숨이 차오르고 얼굴이 시렸다.

"언젠가 같이 매머드를 보러 가기로 했는데, 일하다가 죽었어. 냉동 창고에서 얼어 죽었어."

등 뒤에서 바로 스베타의 물음이 들렸다. 겨울에요? 나는 손등으로 얼어 버린 뺨을 비비며 답했다. 여름에. 여름에 일하다 얼어 죽었다. 농담에나 나올 법한 말이었다. 나는 스베타가 웃어 버릴까 봐 습관처럼 긴장했다. 농담하지 말라고, 뭐 그런 게 다 있냐고. 하지만 스베타는 웃지도 떨지도 않으며 말했다.

"제 친구도요."

나는 계속해서 썰매를 끌었다. 스베타도 나도 누구 먼저 그만하자는 말을 꺼내지 않았다. 중간에 잠깐 눈밭에 누워 쉬다가도 금방 호수로 나갔다. 그러다 보니 해가 어느새 고개 너머로 넘어가고 있었다. 팔과 어깨가 조금씩 욱신거렸다. 슬슬 들어가 봐야 했지만 미련이 남았다. 일이 아닌 일로 몸을 쓰는 건 즐거운 일이었구나. 눈밭에 대자로 누워 있으면 목덜미에 한기가 들어왔다. 그러면 신기하게도 춥다기보다는 열이 올랐다. 스베타는 나를 따라서 대자로 드러눕더니 말했다.

"그런데요, 매머드 보려고 왔다고 했잖아요."

응, 그건 왜? 스베타는 한참이나 침묵하다가, 예의 또렷한 목소리로 말했다.

"그런 말 하나에 이끌려서 여기에 온 것만으로도 그 친구를 이해한 거 아닐까요?"

그랬으면 좋겠다. 나는 혼잣말하듯 대답했다. 방에 들어가면 가현의 물건들을 꺼내 봐야겠다는 생각이 불현듯 들었다. 카메라, 매머드가 쓰인 모자, 매머드 열쇠고리 같은 것들. 모두 여행 중 한 번도 꺼내 보지 못한 것들이었다. 내가 여행 중 유일하게 쓴 가현이의 물건은 모조리 루블로 환전한 보드카 병의 현금뿐이었다. 나는 그 돈으로 박물관의 입장료를 냈다. 가현이가 생각나는 물건이 있으면 홀린 듯이 구매해 보기도 했다. 그때 그 보드카 이후로 돈을 허투루 쓴 건 처음이었다. 회피하듯 떠난 여행에서 즐거울 수 있다는 가능성은 생각도 못 했는데. 많은 돈을 쓰고 즉흥적으로 굴면서 나는 즐거웠나? 가현을 생각하면서 더 괴로워지진 않았나? 박물관에 다시 가 보고 싶었다. 볼 수 있는 매머드가 그림뿐일지라도 상관없었다.

집에 가기 전 썰매를 챙기던 스베타가 매머드 조각이 또 사라졌다고 말했다. 매듭이 또 풀렸구나. 나는 스베타와 함께 호수 주변을 뒤졌다. 그러나 흔적조차 보이지 않았다. 나는 낮에 봤던 매머드 조각을 떠올렸다. 분명히 그때까지는 멀쩡히 달려 있었는데 어떻게 된 일일까. 주변은 아직 해가 다 지지도 않았는데 곰이라도 나올 것처럼 어두웠다. 나는 스베타에게 낮에 다시 찾아보자고 말했다. 스베타는 느리게 고개를 끄덕였다. 괴로워 보였다.

숲속에서부터 가느다란 울음소리가 울려 퍼졌다. 나와 스베타는 동시에 걸음을 멈추었다. 그리고 서로를 바라보다가 숲을 향해 발을 돌렸다. 곰일까요? 아니야. 그런 게 아니었다. 숲과 가까워질수록 어두운 숲속에서 거대한 그림자가, 익히 들어 왔던 생동감 넘치는 소리로 울었다. 엉성한 네 다리로 서서 귀를 펄럭이고 있었다. 나는 앞으로 조금 더 다가갔다. 발치에 뭔가 채였다. 매머드 조각이었다. 그걸 줍는 순간 점점 무거워지던 울음소리가 낮게 퍼졌다. 쿵. 쿵. 나는 스베타에게 매머드 조각을 건넸다. 내 매듭도 그다지 튼튼하지 않았나 보네. 괜찮아요. 스베타는 두 손으로 매머드 조각을 감쌌다. 나는 허리를 곧게 펴고 숲속을 바라보았다. 무언가가 다가오고 있었는데, 나는 잠시 얼어붙은 것처럼 가만히 있었다. 땅이 즐거운 걸음걸이로 울렸다.

고등부 소설 부문 동상

장인정신론

인천초은고등학교 3
신올레시아

　어릴 적 나뭇잎과 흙을 빻아 요리를 해 본 적이 다들 있을 것이다. 가끔 손재주가 좋은 친구들은 장인 정신을 발휘해 정말 예쁜 요리를 만들어 내고는 친구들의 환호를 사기도 했다. 나와 몇몇 순진한 아이들은 그 흙요리를 진짜 집어 먹었다. 아직도 그 맛이 기억나는데 결국 흙은 흙이었기에 딱히 맛있지는 않았다. 난생처음 흙을 삼켜 본 초등학생 시절의 나는 그때 재료의 한계를 깨달았다. 기술이 아무리 좋아도 최소한의 재료가 갖춰지지 않으면 소용이 없다는 것. 그리고 수년 후 문예창작 입시를 시작한 지금, 그 기억이 자주 떠오르곤 한다.

　'예은대학교 6회 백일장' 현수막은 6월의 후덥지근한 바람에 나부끼고 있었다. 나는 만화 주인공 같은 게 아니다. 그러니까 학교 간판을 올려다보며 벅차올라 하지도, 대문 앞에 멍청히 서서 긴장한 나머지 길을 막고 심호흡을 하는 짓 따위도 하지 않는다. 예신여고 3학년 안현서. 고등부 산문 명단에서 이름을 찾아 들어갔다.

사람이 많은 곳이 으레 그렇듯 역시 내부는 정신이 없었다. 단상 위에 서서 주의 사항을 안내해 주는 교수님, 정신없이 뛰어다니는 대학원생들. 뭔가 낯익은 얼굴도 스쳐 지나갔다. 같은 학원 아이일지도, 이름은 잘 모르겠고. 그리고 저기 시끌벅적하게 뭉쳐 있는 무리. 아마 예고에서 단체로 왔겠지. 웃고 떠드는 소리가 거슬려 짜증이 치밀어 올랐다. 내가 원래 이렇게 예민한 사람이 아닌데. 사실 나도 알게 모르게 백일장 때문에 긴장하고 있는 게 아닐까. 평소 입이 거친 편인 나는 내 입에서 욕이 튀어나오기 전에 시선을 천장으로 옮겨 잠시 밀려온 짜증을 가라앉혔다. 그러는 동시에 미리 구상해 온 글 내용을 복기했다. 글제로 뭐가 나올지 모르니 최대한 다양한 소재의 글을 준비해 왔다. 하나하나 소중히 넘겨 가며 기억 속에 눌러담고 있던 그때 교수님의 안내가 마무리되며 두루마리 하나가 등장했다. 삽시간에 회장의 공기가 가라앉고 모든 소리가 죽었다. 긴장되는 순간, 두루마리가 경쾌하게 펼쳐지며 글제가 드러났다.

'수조'

나는 조졌구나, 싶었다.

*

젠장, 글을 그렇게 많이 준비했는데 뭐 하나 제대로 들어맞는 게 없다. 이럴 거면 미리 구상해 둔 의미가 없잖아. 당장이라도 전부 엎어 버리고 싶은 충동에 휩싸였다. 감정 조절을 못 하는 어린

아이를 다루듯 나는 내 자신을 진정시켰다. 침착하자. 학원 수업 때 배웠잖아. 이럴 땐 미련을 가지지 말고 냉정히 생각해야 한다. 내 머릿속에 몰래 숨겨 들어온 글들을 전부 털어 버렸다. 지금부터는 순수 창작의 영역이다. 수조, 수조라. 지금까지 학원에서 분석해 온 역대 수상작들을 떠올렸다. 그동안 읽어 온 글들이 범람하는 강물처럼 거세게 물을 튀며 넘어갔다. 나는 기억을 더듬었다. 예은대학교 백일장은 사회적 이슈를 다루는 스타일을 선호한다. 최근 한 달 이내에 본 뉴스 기사들과 다큐멘터리에 관련된 기억을 전부 끌어왔다. 자세히 보지 않았더라도 좋다. 그저 소재만, 내게 아주 약간의 영감의 불꽃만 튀겨 주면 크게 키워 낼 자신이 있다.

그 순간 무언가가 기억의 강물 속에서 한 마리의 연어처럼 튀어 올랐다. 얼마 전 사망한 아이돌 가수에 관한 기사. 몸이 망가질 때까지 무대를 하다 결국 숨을 거뒀던가. 그런 그녀를 대중들은 마지막까지 프로 정신을 보여 줬다며 추모했다. 어딘가 기괴한 느낌마저 주는 이 사건은 한국 사회의 프로에 대한 집착을 보여 준다. 느낌이 온다. 마침 얼마 전 중국 수족관에서 인어를 연기하던 직원이 사고로 익사한 사건이 떠올랐다. 쇼트 폼으로 스쳐 가듯 본 게 전부지만 부족한 부분은 적당히 요령으로 채워 넣으면 된다. 중요한 건 디테일이 아니라 소재니까. 나는 인어를 주인공으로 내세워 펜을 들었다. 수조 속에 갇힌 인어, 상상만 해도 아름답지 않나. 그리고 적당한 불행을 부여해 주면, 인어는 완벽한 사연을 가진 피해자가 될 거다. 원고지 위에 놓인 인어의 꼬리를 펜으로 이리저리 휘 떴다. 팔딱거리는 꼴은 마치 자신이 얼마나 신선한지를 증명하는 듯해서 짜릿했다. 펜을 놀리면서 입가에는 미소가 걸렸다. 오랫동안 품절되었던 상품의 재고가 들어온 듯한 기분. 펄떡이는 심장은 나쁘지 않았다. 이번에는 정말 좋은 느낌이 왔다.

작품을 제출하고 나는 손에 팔랑거리는 식권을 하나 쥐고 학생 식당에 들어와 메뉴를 골랐다. 돈까스는 느글거리고, 소불고기는 왠지 안 당기고, 별수 없이 남은 선택지인 회덮밥을 골라 줄을 섰다. 같이 밥 먹을 사람도 없어 구석 자리에 혼자 덩그러니 앉아 얼른 먹고 회관으로 다시 돌아갈 생각으로 회덮밥을 입에 넣었다. 회덮밥은 그저 그런 맛. 누가 먹어 봐도 냉동회를 썼겠구나 싶은 식감이었다. 네모나게 깍둑썰기 된 회가 입안에서 주사위처럼 굴러다닌 그때, 저 멀리 파란색 과잠이 눈에 들어왔다. 재학생인가. 나 역시도 고3인지라 대학생을 보자마자 가장 먼저 머리를 스친 생각은 '부럽다'였다. 나도 내년 이맘때쯤이면 과잠을 입고 여기서, 또는 다른 대학교의 식당에서 밥을 먹을 수 있을까. 아니면 재수를 하며 학원을 다니고 있으려나. 그것도 아니라면 아예 진학을 포기해 버렸을까. 학년이 오를수록, 나이가 들수록 나는 점점 내가 좋아하는 걸 택하기보단 그저 싫어하는 걸 피하고 있다. 수학이 싫어서 예체능을 택했고, 체육처럼 몸 쓰는 건 자신이 없어서 문예창작을 택했다. 대학도, 그 이후도 마찬가지가 아닐까. 그저 남은 선택지를 고르는 삶. 느글거리는 돈까스를 피하려다가 결국 냉동 회덮밥을 먹고 있는 바로 지금처럼.

한번 빠진 사색은 사슬처럼 꼬리에 꼬리를 물고 늘어지는 경향이 있다. 평소에는 제풀에 지쳐 그만두지만 이번에는 그 사슬이 외부에 의해 끊겼다. 결이 안 좋아 부시시한 밝은 갈색 머리가 내 앞에서 멈췄다. 그 아이는 고개를 살짝 모로 꺾어 내게 말을 걸었다.

"저기, 너 우리 학원이지?"

혹시 같이 먹어도 될까. 나는 사색에서 벗어나 급작스레 현실로 불려 온 나머지 질문도 제대로 못 듣고 그만 고개를 끄덕였다. 그 아이는 기다렸다는 듯 내 맞은편에 의자를 빼고 앉았다. 부담스러운 돈까스 냄새가 훅 퍼졌다. 스몰 토크를 위해 먼저 이름을 물었다. 남궁도연, 익숙하다 싶더니 같은 학원 같은 시간대의 수업을 듣고 있었다. 꽤 독특한 이름 덕에 출석 부를 당시 기억이 남아 있었다. 이후 나는 도연이와 합석한 걸 크게 후회했다.

도연이는 정말, 정말로 닥칠 줄 몰랐다. 글 쓰는 사람들은 다들 낯을 가리는 줄로만 알았는데 그렇게 생각했던 과거의 나를 이 회덮밥에 올려 삼켜 버리고 싶을 지경이다. 얼마나 말이 많냐면 당장 말을 하느라 밥을 전혀 못 먹고 있는 수준이다. 합석한 지 벌써 십몇 분인데 도연이의 돈가스는 여전히 처음 그 모습 그대로다. 이제는 아예 신나서 수저까지 내려놓고 떠들기 시작했다. 심지어 도연이의 말에 대답하느라 나조차도 밥을 제대로 못 먹고 있다. 절대 냉동회가 입맛에 안 맞아서가 아니라. 사실 그런 이유도 있지만 도연이가 정말 열정적으로 말을 해서 혼자 밥 먹기 민망하고 미안한 마음이 크기 때문이다. 도연이는 자기가 요즘 어떤 다큐멘터리를 보고 있는지, 어쩌다 문창 입시를 시작하게 됐고 오늘 글제는 어땠는지, 본인은 그걸 어떻게 해석했는지를 다 떠벌렸다. 그리고 나는 분위기에 휩쓸려 정신 줄을 놓치지 않도록 긴장했다. 그도 그럴 게 글쓰기는 소재 싸움인데 괜히 공유했다가 뺏기기라도 하면 어쩌나. 적당히 맞장구를 쳐 주며 얼른 자리를 뜰 생각으로 회덮밥을 먹어 치웠다. 그러나 회덮밥은 씹으면 씹을수록 단단해져 쉽게 넘어가지를 않았다. 빨리 해치우고 먼저 일어나고 싶은데, 회는 그런 내 마음을 모르는지 좀처럼 잘 씹히질 않았다. 게다가 은은하게 올라오는 비린 맛에 입맛이 떨어진 지는 오래다. 이럴 줄 알았다면 고추장이라도 더 넣어서 맛을 아예 덮어 버릴걸. 동태눈깔로 회를 집어 먹는 날 보고 도연이가 슬며시 웃었다. 회덮밥이 입맛에 안 맞나 봐? 나는 겉으로 아무렇지 않은 척, 아닌데 완전 맛있게 먹고 있는데, 라고 뻔뻔하게 대답해 넘겼다. 내 대답은 가뿐히 무시한 채 도연이는 네모나게 깍둑썰기 한 회를 하나 가리키며 자기 할 말을 계속했다.

"이거 말이야, 상어고기래."

순간 얘가 심심해서 농담을 하는 줄 알았다. 그러나 도연이는 진심으로 재밌어 하는 듯 낮게 웃음을 깔고 얘기했다.

"진짜야. 어디였더라. 대충 봤는데 아마도 이런 네모난 상어회를 일부러 회덮밥에 참치 대용으로 집어넣는다고 하더라."

솔직히 어떻게 반응해야 할지 몰랐다. 상어든 참치든 생선이 다 거기서 거기지. 어떤 고기인지 중요한가. 게다가 어디서 본 건지 정확한 정보인지 기억도 못 하면서. 그러나 도연이는 계속 자기가 그 이후로 상어가 생각나서 회덮밥을 못 먹게 됐다며 일방적인 대화를 이어 나갔다. 이미 회덮밥을 먹고 있는 사람 앞에서 꼭 그런 말을 해야 하나 의문이 들었다. 왠지 이렇게 가벼운 인간에게는 호감이 잘 안 간다. 결국 회덮밥을 남긴 채 먼저 자리를 떴다. 무슨 고기인지 꼭 알아야 할까. 재료는 최소한만 갖춰지면 된다. 자극적인 초장을 찍으면 맛은 다 똑같지 않나. 중요한 건 모양 내는 사람의 기술이지. 혼자 학생 식당을 나오며 그렇게 생각했다.

*

　식사 후 도연이를 따돌리고 홀로 회장으로 돌아왔다. 도연이의 대화에 어울려 주느라 밥을 느리게 먹는 바람에 내가 회장에 도착했을 때 강연은 이미 막바지를 향해 달리고 있었다. 주위를 둘러보니 많이 피곤한 건지 상모를 돌리고 있는 아이들이 많이 보였다. 백일장은 늘 아침에 시작되기 때문에 정말 피곤하긴 하다. 개중 멀리서 온 아이들의 피로감은 말로 다 못 할 수준이다. 나는 강연이 끝나 박수가 쏟아지는 타이밍에 맞춰 적당한 곳에 자리를 잡았다. 다음 순서는 학과 소개였다. 빙글빙글 머리를 돌리던 아이들이 하나둘 정신을 차리고 일어났다. 예은대학교 문창과는 문창과 입시생들에게 첫 번째, 두 번째 정도는 아니지만 그래도 꽤 선호되는 학교 중 한 곳이다. 특히 파란 과잠을 입은 재학생들이 하는 동아리 공연이나 학회 소개를 할 때는 자는 사람 하나 없이 대부분이 집중했다. 단상 위 저들은 모두 지금 우리들이 치르고 있는 이 과정에서 승리한 자들이니까. 과연 내가 저 사람들을 선배라 부를 수 있는 날이 올까. 공연이 끝나고 우레 같은 박수가 쏟아졌다. 나 또한 있는 힘껏 박수를 쳤다. 내년쯤 나도 백일장에 온 학생들에게 과잠을 입고서 존경과 부러움이 담긴 박수를 받고 싶다. 나의 시선은 과잠에서 떨어질 줄을 몰랐다.

　시상, 수상 같은 말이 스피커를 통해 울려 퍼지자 회장에는 일순간 긴장이 돌았다. 아, 이 특유의 긴장과 분위기는 몇 번을 겪어도 영 불편하고 적응이 안 된다. 심장이 기분 나쁘게 펄떡이고 폐가 제 기능을 못 하는 듯 호흡 규칙도 이상했다. 다시 한번 천장을 보고 심호흡을 하며 가라앉혔다. 괜찮아, 오늘 쓴 글을 생각해. 오늘은 느낌이 좋다. 차례대로 수상자가 발표됐다. 나는 속으로 예신여자고등학교 3학년 안현서를 반복해 외치며 눈을 감았다. 그때 스피커로 들렸다.

"예신여자고등학교 3학년 안현서."

눈이 번쩍 뜨여 자리를 박차고 일어나 단상으로 올라갔다. 난 차하를 수상했다. 기뻤다. 이름이 호명된 그 순간만큼은. 상을 받아 드는 그 순간만큼은. 이 대회는 통합 대상이 따로 없으니 3등인 거다. 역시 오늘은 느낌이 좋았다. 그러나 생각할수록 가벼웠던 기분은 점점 가라앉았다. 3등. 문학 특기자 전형에 인정은 되지만 이제 전국 문창과 중에서 문학 특기자 전형을 운영 중인 곳은 기껏해야 두세 곳뿐. 기쁜데, 분명 기뻤는데 더 이상 기쁘지 않다. 3등으로는 별로 큰 경쟁력을 기대해 볼 수도 없다. 시상식이 끝나고 수상자들이 전부 단상 위로 올라 사진을 찍었다. 그 안에서 나는 가라앉아 가는 입꼬리를 애써 끌어 올리며 3등이라도 받은 게 어디냐고 스스로를 위로하고 있었다.

옆구리에 상을 낀 채 회장을 나섰다. 건물 사이로 낮게 지고 있는 해가 눈부셨다. 빈손으로 돌아가는 아이들을 보고 있으면 그나마 내 신세가 더 나은가 싶기도 하다. 그래도 차마 자랑스럽게 데리러 와 달라는 말은 못 꺼내겠어서 돌아가는 길에는 지하철을 타려고 했는데 하필 그 순간 아빠에게서 전화가 왔다. 백일장이 끝나고 나서 가장 싫은 게 부모님과의 대화다. 예전에는 장려상만 받아도 신나서 자랑을 했었는데, 3학년인 지금은 행동 하나하나가 죄를 짓는 기분이 들고 눈치가 보인다. 문창과 학원은 수강료가 싸지도 않고, 지방에서 열리는 백일장에 갈 때면 교통비로

10만 원도 넘게 써야 하거나 부모님이 태워 주는 수고를 해야 한다. 이래서 예체능을 등골 브레이커라고 부르는 걸까. 괜히 나 자신이 엄청난 불효자가 된 거 같고, 내 손으로 부모님을 곱게 썰어 회 접시 위에 올려 둔 것만 같은 죄책감이 든다. 쥐고 있는 휴대폰의 진동은 끊어질 기세가 없었다. 결국 못 이기고 전화를 받았다. 여보세요. 아빠 번호였지만 목소리는 엄마였다. 함께 있는 거겠지. 엄마는 조심스레 오늘 어땠는지를 물었다. 나는 최대한 답답하지 않게 얘기하려 했다. 그런데도 목소리가 기어 들어가는 건 어쩔 수가 없었다. 상 받긴 했어. 3등. 순간 엄마가 높은 목소리로 환호성을 질렀다. 옆에 있던 아빠도 전해듣고는 함께 기뻐하는 듯했다. 아무래도 부모님은 대한민국의 입시 시스템을 제대로 모르니까. 수화기 너머에서 나를 제외한 가족들이 기뻐했다. 나는 아무런 대꾸도 하지 않고 다만 부모님이 기뻐하도록 내버려뒀다. 아빠가 휴대폰을 빼앗아 말했다. 저녁에 외식을 하자고. 이런 기분으로 밥이 넘어갈 리가 없는데. 그리고 점심으로 먹은 회덮밥도 얹힌 느낌이고. 입맛이 없다고 했지만 아빠는 기쁜 일은 바로바로 축하해야 한다며 엄마와 먼저 가 있겠다고 하고 통화를 끊었다. 거의 곧바로, 한 일식집 주소가 메시지로 날아왔다. 나는 노을 지는 하늘을 한번 올려다보곤 그 일식집을 향해 걸음을 옮겼다.

*

미닫이문이 열리자 앞뒤로 손을 흔드는 고양이가 웃으며 반겨줬다. 한눈에 봐도 꽤 비싸 보이는 집이었다. 그 근거로 식당 내부가 홀이 아니라 방으로 이루어져 있었다. 예약자 성함으로 아빠 이름을 댔다. 다섯 글자가 넘어가는 이름에 직원은 고개를 잠시 갸웃하며 눈치를 보더니 날 한 방으로 안내해 주었다. 마찬가지로 미닫이문으로 되어 있었다. 밀고 들어가자 그 안에 엄마와 아빠가 미리 와서 기다리고 있었다. 부모님은 자리에서 일어나 수고했고 정말 잘했다며 날 꼭 껴안아 주었다. 그런 말에 크게 위로를 받는 나 자신이 너무 비참하게 느껴졌다. 눈물이 맺히려는 걸 참으려고 고개를 들고 일부러 상을 보여 주며 자랑을 했다. 부모님은 내 상에 대해 서로 한마디씩 얹으셨다. 그러나 그 말을 내가 알아들을 순 없었다.

우리 가족은 한국계 러시아인 가정으로, 통칭 고려인으로 불리고 있다. 내가 태어나기도 전에 부모님은 러시아에서 한국으로 이민 왔고, 나를 한국의 보통의 아이들과 똑같이 키워 왔다. 그래서 나는 부모님의 말을 알아듣지 못할 때가 많다. 내게 꼭 전달해야 할 게 있다면 한국어로 해 주시지만 아무래도 모국어가 러시아어인지라, 부모님끼리 또는 친척들과 대화할 때는 주로 러시아어를 사용한다. 분명 어릴 땐 나도 러시아어를 꽤 했던 거 같은데 한국에서 살다 보니 점점 그 능력을 상실했다. 덕분에 지금은 거의 알아듣지 못하는 상태가 되어 버렸다. 그리고 그건 반대도 마찬가지다. 아무리 오래 살았다고 해도 외국어는 외국어, 부모님은 기본적인 의사소통에 문제는 없지만 아무래도 한국어로 된 문학을 이해하는 데에는 어려움을 겪는다. 그리고 한국의 문화나 시스템에 대해서도 원어민만큼 잘 알고 있지는 않다. 그래서 나는 부모님께 내 글을 보여 준 적이 없다. 어차피 이해하지 못하니까. 물론 애써서 부모님의 러시아어를 이해해 보려고 한 적도 없다. 그래서 이렇게 부모님끼리 러시아어로 대화를 나눌 때면 나는 조용히 이 대화가 끝날 때까지 기다리곤 한다. 내 글을 읽어 본 적도 없으면서 이리 기뻐하는 건 내가 3등을 했기 때문이다. 숫자는 언어와 상관없이 그 뜻이 통하니까.

 대화는 좀처럼 끝나지 않았다. 간간이 알아듣는 단어는 대회, 3등 정도. 아마 백일장에 대해 말하고 있겠지. 그 흐름을 끊은 것은 드디어 나온 회였다. 아무리 좋아해도 회를 이렇게 자주 먹다니. 집으로 돌아가는 길에 구충제라도 사 먹어야겠다고 다짐하면서 젓가락을 집어 들었는데, 접시 위에 놓인 생선 대가리랑 눈이 마주쳤다. 흉측하게 생겨 가지곤 먹지도 못하는 대가리를 왜 같이 준 거지. 장식치곤 너무도 불쾌한 그 꼴에 긴장하여 나도 모르게 젓가락을 쥔 손에 힘이 들어갔다. 그리고 들여다봤다. 기분 나쁘게 흐릿한 그 눈깔을. 이상하게 그 생기 잃은 눈에서 시선을 뗄 수가 없었다. 그때였나. 생선이 움찔했다. 내가 착각한 건가 싶어 상체를 앞으로 기울여 더 자세히 들여다봤다. 그 순간 접시 위의 생선이 격하게 펄떡이기 시작했다. 너무 놀라 버려서 쥐고 있던 젓가락을 그대로 던지며 짧은 비명과 함께 몸을 뒤로 뺐다. 접시에 맞은 젓가락이 천장을 향해 떴다. 부모님은 생선보다 내 비명에 더 놀란 듯했다. 의자 등받이에 몸을 붙이고 상황을 파악하는 나를 보며 서버는 호탕하게 따님 반응이 참 재밌다며 웃었다.

 "이건 말이죠, 이케즈쿠리라고 하는 기법입니다. 아주 신선하다는 증거죠."

 서버는 자랑스럽게 오직 실력 있는 일식 장인만이 생선을 살려 둔 채로 회를 뜰 수 있다며 뽐내듯 말했다. 이 신선함이 생명이라고. 엄마 아빠는 별구경을 다 한다고 영상을 마구 찍었지만 나는 도저히 그 끔찍한 생선의 꼴을 쳐다볼 수가 없었다. 생선은 괴로워 보일 정도로 뻐끔대다 지느러미를 파들대기도 하고 축 처졌다 다시 몸부림치기도 했다. 그건 정말 오래 움직였고 견디기 힘들 만큼 징그러웠다. 아빠가 내게 회를 먹여 주는 바람에 어쩔 수 없이 눈 딱 감고 한 점만 입에 넣었다. 낮에 먹은 냉동회와 별다를 게 없는 맛. 내가 생선이었다면 고작 이런 맛을 위해 희생 당한 게 억울할 정도로 특별한 게 없는 맛이었다. 레몬 조각을 슬쩍 가져와 생선 눈 위에 얹어 가려 놨다. 얹어 두고 나서야 레몬 때문에 생선 눈이 따가울지도 모르겠다는 생각을 했다. 그러나 다시 레몬을 걷기엔 그 눈을 마주 볼 용기가 안 나 그대로 내버려뒀다.

*

다음 날 매주 그렇듯 문창 입시 학원에 발을 들였다. 바로 어제 백일장을 다녀왔지만 다음 대회가 있기에 쉴 여유는 없다. 예진문학상 대회의 마감이 얼마 남지 않아서일까, 오늘따라 다들 피곤한지 교실은 피로와 쉰내로 가득 차 있었다. 예진문학상은 입시에서 가장 높게 평가한다는 대회 중 하나다. 그래서 아마 다들 밤을 새가며 단편소설을 준비하고 있겠지. 단편소설 생각을 하니 머리가 지끈거렸다. 나도 피곤한 건 매한가지다. 문제는 아직 단편소설은커녕 플롯도 못 짰다는 거다. 예진문학상은 매년 시의성 있는 사회 문제를 다룬 작품이 보통 1등을 차지했다. 그래서 그런 소재를 찾고 있는데, 아무리 머리를 굴려 봐도 전형적인 얘기만 떠오르고 있다. 어머니가 어쩌구, 아버지가 어쩌구 하는 그런 가족 이야기. 솔직히 이제 뭐가 먹힐 만한 건지 감도 잘 안 잡히고 역대 수상작을 살펴보고 분석해도 딱히 이거다 할 만한 소재가 없다. 차라리 우리 부모님에 대해서라도 써야 할까. 영 쓸 게 없다면 정말로 부모님에 대해, 나에 대해서라도 써야겠다. 물론 가족을 재료로 쓰는 건 가능하면 피하고 싶지만.

합평 시간, 한 원고에서 손이 멈췄다. 고려인을 소재로 하고 있다. 나는 고증을 살필 생각으로 천천히, 신중하게 읽어 내려갔다. 그러나 얼마 안 가 내 얼굴은 강하게 구겨졌다. 내용은 이랬다. 고려인 아버지는 한국에서 불법체류자로 살다 검거되어 추방을 당했고 어머니는 아버지를 대신해 공장에서 일하다 신체가 빨려 들어가 숨을 거두었다. 한국 국적이 없다는 이유로 보상도 제대로 받지 못한 채 아이는 연고도 없는 객지에서 시설에 위탁됐다. 아이는 학교에서 한국어도 제대로 할 줄 모르고 부모도 없고 이름이 이상하다는 이유로 왕따를 당하고 자살을 결심했다. 그 아래로는 더 이상 읽을 수 없었다. 손이 떨려 글이 제대로 보이지 않았기 때문이다. 얼굴은 새빨갛게 피가 몰려 뜨거웠고 에어컨 바람은 유독 차게 느껴져 몸이 떨렸다. 창으로 들어오는 6월의 햇살은 불쾌할 정도로 따가웠다. 어떻게 이딴 걸 글이라고 쓸 수 있는지. 호국보훈의 달이라고 공중파에서 틀어 주는 고려인 다큐멘터리라도 보고 쓰나. 당장 원고를 알아볼 수 없게 갈갈이 찢어 버리고 싶은 충동을 겨우 눌러 작가의 이름을 살폈다. 그리고 내 안의 무언가가 끊겼다. 남궁도연. 이 버러지 같은 게. 그 네 글자가 눈에 담기자마자 이성을 잃었다. 역시 너는 처음부터 마음에 안 들었어. 고개를 들어 푸석한 갈색 염색 머리를 찾았다. 당장이라도 그 머리를 결대로 찢어 파쇄기에 집어넣고 싶었다. 이 글은 나를 넘어 우리 부모님에 대한 모욕이다. 더 나아가 우리 할아버지, 숨을 거두는 순간마저 조국을 그리워한 증조할아버지에 대한 모욕이란 말이다. 제대로 알지도 못하면서, 내 민족을 그저 입시를 위한 재료로 쓰다니. 대체 네가 뭔데. 좀처럼 진정이 안 돼 주먹을 꽉 쥐었더니 손톱이 손바닥을 파고들었다. 툭 건들면 당장이라도 뜨거운 눈물이 나올 거 같았다. 그 상태에서 합평은 시작됐다. 하필 내가 첫 순서였고 나는 입을 열었다.

"뭣같이 쓴 글이라 다 읽지도 못했습니다. 기본도 안 됐고 의도도 안 보이고 주제 의식도 모르겠고 그냥 읽는 사람 불쾌하라고 쓴 글 같고요, 이딴 글로 대학 갈 생각이라면 지금이라도 진로 바꿨으면 좋겠습니다. 그리고 그 뭣같은 머리도 좀 염색하고요, 보기 뭣같으니까."

떠오르는 말들을 횡설수설 내뱉었다. 반쯤 울고 있어서 그런지 목소리가 끔찍하게 잠긴 듯했다. 그 이후는 기억이 없다. 그저 누군가 서럽게 울고 있다는 사실만 기억 났다. 내가 울었는지 도연이가 울었는지는 모르겠고. 교실 분위기는 순식간에 가라앉았다. 그럼에도 선생님은 꿋꿋이 합평을 진행하셨다. 내 기억은 거기에서 끝이다. 정신을 차려 보니 교실의 모든 아이들이 짐을 싸고 있었다.

선생님은 내게 길게 말하지 않았다. 현서 학생, 남으세요. 어차피 다리에 힘도 안 들어갔던 나는 그 자리에 가만히 고개 숙이고 앉아 있었다. 예상대로 학생들이 모두 떠난 빈 교실에서 선생님께 혼났다. 아무래도 합평 도중 비속어도 썼고, 글과 관련 없는 인신공격도 했고, 비판이라기엔 비난에 가까운 말들을 늘어놓았으니. 누가 봐도 잘못했다. 나는 합평에서 예의를 지키지 않았다는 꾸중을 들으며 연신 사과만을 반복했다. 죄송합니다, 죄송합니다. 그러나 왜 그랬냐고 묻는 질문에는 아무런 대꾸도 할 수 없었다. 제가, 저희 부모님이 고려인이라서 잘 알아요. 그래서 그랬어요. 이 말만 하면 되는데. 그럼 선생님도 나를 어느 정도 이해해 주실 텐데. 끝내 나오지 않는 목소리에 아가리만 생선처럼 뻐끔거리다 억울함에 다시 눈물이 차올랐다. 선생님은 당황해 휴지를 건네 주고는 다음부터 조심하면 된다면서 위로를 건네셨다. 그리고 천천히 진정하라며 자리를 뜨셨다. 홀로 남은 강의실에서 나는 서러움을 가라앉히지 못하고 펑펑 울었다. 눈물과 콧물로 얼굴의 구멍이 막혀 앞을 제대로 볼 수도, 숨을 쉴 수도 없었다. 이럴 때 내게 아가미가 있었더라면. 나는 그때 어제 회 접시에 올라간 생선처럼 이케즈쿠리 당해 뻐끔거리고 있었다. 이번에는 내가 재료가 되어. 눈이 따가웠다. 고작 이런 글을 위해 희생 당한 게 억울할 정도로 괴로웠다. 부모님의, 할아버지의, 사진으로 본 게 전부인 증조할아버지의 얼굴이 눈앞을 스쳤다. 원고 속, 다큐멘터리 속 우리들은 그저 횟집 수조 속 생선일 뿐이었다. 한참을 빈 교실에서 소리 죽여 울다 다음 수업이 시작하기 전 자리를 떴다.

　돌아가는 길에 지하철을 탔다. 이번에는 정말 부모님께 못 보여 줄 꼴이다. 눈은 퉁퉁 불었고 정리할 여유가 없던 머리는 잔뜩 헝클어졌다. 손에는 오늘 합평한 원고들이 들려 있었다. 나는 그중 가장 심하게 상한, 구겨지고 눈물로 범벅된 원고를 꺼내 읽었다. 다시 읽어 봐도 쓰레기 같은 글. 또 어디선가 정확하지도 않은 정보를 가져왔겠지. 한없이 가벼운 인간, 가장 싫어하는 부류다. 꼴도, 아니 글도 보기 싫어 시선을 앞으로 옮겼다. 지하철의 까만 창으로 초라한 꼴을 한 내가 비쳤다. 나는 어땠더라. 일순간 지하철의 네모난 창은 거대한 수조가 되었다. 그 안에서 인어는 헤엄을 치다, 눈에 레몬을 쓴 채로 펄떡이기도 했다. 인어는 결국 꼬리가 바위 틈에 껴 물 밖으로 나오지 못하고 죽어 버렸다. 그리고 수조 너머로 미소를 짓고 있는 내가 보였다. 고작 3등을 위해 갇히고 고문당해 죽어 버린 인어는 얼마나 억울할까. 수학이 싫어서, 체육이 싫어서 굴러 들어오게 된 문예창작 입시지만 그래도, 나는 글을 꽤 좋아하지 않았나. 어쩌다 먹힐 만한 소재를 찾는 데에만 이리 급급해졌을까. 어쩌다 내 주변을, 이 세상을 그저 흙더미로만 여기게 됐을까. 정작 흙더미에서 잔뜩 굴러 먼지를 뒤집어쓴 건 나뿐인데. 아닌가, 도연아 너도 마찬가지인가. 진정된 줄 알았던 눈물이 다시 흘렀다. 앞에 앉은 아주머니가 가방을 뒤지더니 교회 이름이 새겨진 휴지를 하나 건넸다. 나는 고개를 저으며 멀쩡한 휴지를 밀어내고 잔뜩 구겨진 도연이의 원고지로 눈물을 닦았다. 그리고 코까지 풀어서 지하철역 쓰레기통에 버리고 갔다.

 눈물이 그치니 그제야 할 일이 생각났다. 결정했다, 예진문학상에 어떤 글을 쓸지. 도연이가 엉망으로 쓰고 묘사한 고려인 인물의 생에 대한 글을 쓸 것이다. 어머니가 죽고 아버지가 쫓겨나는 그런 자극적인 글이 아니라, 정말 제대로 된 그런 글. 존중과 고증이라는 게 존재하는 글. 나는 집으로 향하는 버스 안에서 몇 가지 질문들을 번역기에 돌려 준비했다. 그리고 정말 오랜만에 혀를 굴려 엉성한 러시아어를 소리 내어 말해 봤다. 그래 봤자 번역기의 말을 흉내 낸 것에 불과하지만 이제 첫걸음일 뿐이다. 마지막으로 아빠에게 전화를 걸었다. 아빠와 엄마는 역시 집에 와 있었다. 알겠다고 하며 전화를 끊었다.

버스 등받이에 기대 앉아 창 밖을 쳐다봤다. 내 계획은 이렇다. 집에 도착하자마자 부모님께 내가 구상한 글에 대해 설명해 주고 인터뷰를 요청하는 것. 인터넷이나 다큐멘터리에서 최소한의 소재만 얻고 요령껏 망상으로 채우는 글이 아니라, 정말 순수한 진실로 채워진 그런 글을 쓰고 싶어졌다. 뭐든지 직접 찍어 먹어 봐야 이해했던 어릴 적과 달라진 게 하나도 없다. 그래도 이제 알았으니 기뻤다. 상을 받았을 때보다 훨씬. 무언가를 쓰려면 먼저 제대로 들어야 한다. 그 사실을 깨닫기 위해 지금까지 내가 흘린, 내가 흘리게 한 눈물들을 모은다면 수조 하나는 가득 채우고도 남을 거다. 그래도 왠지 웃음이 났다. 다음 주에 도연이를 만난다면 대화를 시도해 봐야지. 이번에는 네가 날 들어줄 차례야.

어두운 밤, 수조를 닮은 버스 창 밖으로 인어가 헤엄쳐 나가는 게 보였다. 이번에는 자칭 장인의 기술에 당하지 않은 온전한 상태였다.

고등부 소설 부문 동상

스프링 오퍼레이션

안양예술고등학교 3
양지민

　지경은 화면 속에서 세기의 사랑을 하곤 했다.
　교실 창문은 황사와 꽃가루가 껴서 아주 오래된 것처럼 보였다. 지경은 그 아래에서 노트북을 펼치고 마우스를 만졌다. 사회 수업이 한창이었다. 선생님은 사랑과 성의 윤리에 대해 말하고 있었다. 앞자리에 앉은 지경은 노트북으로 어느 방송 화면을 뚫어져라 봤다. 화면에는 내게 익숙한 남자가 보였다. 스트리머 봄결. 지경이 덕질하는 방송인이었다. 지경은 남자의 방송 화면을 기다란 바 위에 두고 자르고 붙이며 클립을 따고 있었다. 지경이 어느 영상을 트느냐에 따라 남자는 담배를 문 드라이버가 되기도, 위로되는 말을 하는 어른이기도 했으며 또 어떤 '리액션'을 하기도 했다. 마이크에 입을 갖다 대고 사랑한다고 속삭인다거나 전화 데이트를 했다. 지경은 그 모든 것들을 담고 저장하고 분류했다. 사회 선생님은 작게 울리는 마우스 소리를 듣고 더 보고 싶지 않다는 듯 칠판에만 집중했다.
　지경의 행동을 본 이상 나는 다시 수업에 집중하기가 힘들었다. 지경의 딴짓은 이제 채팅으로까지 넘어가기 시작했다. 지경은 노트북 앞에 휴대폰을 꺼내다 놓고 손가락을 빠르게 놀렸다. 지경이 보낸 채팅의 말풍선들이 노트북 화면에도 떴다. 채팅 상대의 저장명은 ♥였다. 누군지 감도 안 잡혔다. 그럼 우리 언제 만나요? 노란 말풍선이 푸른색 바탕 위로 올라왔다.

나는 애써 시선을 거두고 교과서에 필기를 했다. 그때 눈앞으로 뭔가 떨어졌다. 여러 번 접은 꼬깃꼬깃한 종이였다. 종이를 펼치자 지경의 날려 쓴 글씨가 보였다. '오늘 끝나고 벚꽃 보러 가자.' 내가 고개를 들자 지경은 나를 돌아보며 창밖을 가리켰다. 입 모양으로 가자 가자, 여러 번 외쳤다. 지경이 가리킨 창밖은 세계 멸망의 목전에 다다른 것마냥 노란색이었다. 나는 이전에도 저런 하늘을 본 적 있었다.

열네 살 때 지경과 나는 아파트 안에 있는 산책로에서 자주 놀았다. 그곳에서의 지경은 어느 날 신기한 걸 찾았다며, 구름 같은 것에 엉긴 노란 가루를 만지작댔다. 지경은 아주 신중한 학자처럼 그것을 만졌다. 아주 잠깐은 푹신한 솜 같았고, 그 이후에는 가짜 오리털 패딩처럼 버석거렸다. 지경과 나는 꽤 먼 거리를 두고 있었는데, 그 모습을 보는 것만으로 내 입에서는 텁텁한 맛이 났다. 내 만류에도 지경은 그것을 내 쪽으로 가져왔다. 이것 봐. 꽃잎인지 뭔지 모르겠는데, 되게 신기해. 지경은 반짝이는 컨페티를 날리듯 얍! 하고 소리치며 가루를 허공에 흩뿌렸다. 지경은 재밌다는 듯이 웃었다. 내가 알레르기 반응을 보인 것은 그때였다. 나는 그때를 잊지 못한다. 지경이 가져온 어떤 것에, 내가 괴로웠던 순간을.

그때의 지경을 보고 왜 내가 아빠를 떠올렸는지는 모른다. 유튜브나 SNS에 먼지처럼 퍼져 있던 아빠의 영상들. 그것들이 둥둥 떠오를 때마다 나는 '관심 없음'을 수없이 눌렀다. 그게 영상 속에 나오는 엄마를 위하는 길인 것 같았다. 하지만 지경이 꽃가루를 내 코앞에 내밀었을 때, 나는 다시금 숨이 막히는 듯했다. 지경은 천진난만한 표정으로 내 앞에서 가루를 헤집었다. 그것은 여러 갈래로 흩어지며 뿌연 솜털 같은 것을 퍼뜨렸다. 눈이 가려웠고 숨이 막혔다. 지경은 미세먼지 때문인가? 하며 꽃가루 한 줌을 내려놓고 내게 손을 내밀었다. 나는 더러운 것을 잡듯이 엄지와 검지만으로 지경을 잡았다. 이곳을 벗어나야겠다고 생각했다.
"넌 그게 뭔지도 구분을 못 해? 다신 만지지 마."
지경은 어리둥절한 표정으로 고개를 끄덕였다. 우리 둘은 아슬아슬하게, 손끝만이 연결된 채로 빠르게 걸었다. 옆을 지나가는 행인들이 나와 지경을 이상하게 바라보았다. 나는 걸으면서 연신 코를 훌쩍였다. 비처럼 맑은 콧물이 줄줄 흘렀다. 나는 누리끼리한 색을 띤 공기와 희뿌연 땅을 지나쳐 계속 걸었다. 지경은 나쁜 공기를 온몸으로 받아들이며 내 뒤를 쫓았다.

지경이 나를 데리고 도착한 곳은 벚꽃공원이었다. 지경은 꽃은 볼 생각도 안 하고 공원을 성큼성큼 가로질러 걸었다. 한 발짝씩 걸을수록 코가 간지러워졌고 목이 아팠다. 벚꽃을 볼 날씨가 맞나? 일기예보에서는 중국발 황사가 한국을 덮친다고 말했고 누구는 초미세먼지가 극성이라고, 누구는 꽃가루 때문에 죽겠다고 했다. 그런데도 지경은 나를 데리고 이곳에 왔다. 지경의 목적이 꽃이 아닌 것만은 확실했다. 나는 지경의 노트북 화면에 나오던 노란 말풍선을 떠올렸다. 우리 언제 만나요? 우리 언제 만나요? 우리 언제⋯⋯ 말풍선이 눈앞을 가리고 떠다니는 느낌이었다. 지경이 ♥라고 저장한 그 사람은 거기에 뭐라고 답했을까.

지경은 누구와 약속한 걸까. 그게 궁금해서 참을 수 없었다.

"⋯⋯아직 안 왔나?"

지경이 내 팔을 쥐어 잡는 힘이 강해졌다. 지경의 손톱이 손목을 파고들었다. 나는 지경의 손목을 뿌리쳤고, 그 순간 보고야 말았다. 봄결을.

하트의 주인은 봄결이었다. 오 대 오로 볼륨 있게 드라이한 머리, 즐겨 입는 푸른색 셔츠, 딱 맞게 찬 허리띠에 블랙진, 여유롭게 미소 짓는 표정. 어느 모로 보나, 지경의 영상에서 보던 봄결의 모습이었다. 봄결을 발견한 지경은 숨을 한번 들이마셨다. 믿을 수 없는 것을 보기라도 한 것 같았다. 아, 어떡해. 지경은 실실 웃으며 내 소매를 당겼다. 그 예의 푸른 셔츠를 날리며 봄결이 몸을 돌렸다.

봄결은 혼자가 아니었다. 그의 옆에 누군가가 있었다. 키가 작고 중단발을 한 여자애였다. 둘의 나이 차이는 어림잡아도 열 살 가까이는 되어 보였다. 남색 교복을 입은 여자애는 봄결에게 팔을 잡혀서 봄결이 하는 말을 듣고 있었다. 봄결은 머리를 가까이 하며 여자애가 웅얼대는 대답에 귀를 기울였다. 봄결의 머리와 여자애가 너무 가까워서 꼭 입을 맞추는 것처럼 보였다. 여자애는 어색하게 웃으며 갈퀴라도 붙은 듯 떨어지지 않는 봄결의 손을 슬슬 밀어냈다. 하지만 언뜻 본다면 그들은 그곳에 있는 어떤 연인보다 애틋해 보였을 것이다. 최소한 지경의 시선에서는 그런 것 같았다.

"미친."

그 자리에 멈춘 지경이 욕지거리를 한 것은 그때였다. 지경은 다리가 굳은 듯 서서 봄결과 여자애를 응시하고 있었다. 팔에 붙어 있던 봄결의 손이 여자애의 허리를 감았다. 안 돼. 지경은 외마디 비명처럼 중얼거렸다. 봄결은 여자애의 이마에 입을 맞췄다. 여자애는 처음 봄결에게 잡힌 그 자세 그대로 굳었다. 여자애는 눈을 몇 번이고 반복해서 깜빡댔다. 반면 봄결의 표정은 시종일관 로맨스 영화 속 주인공처럼 자연스러웠다. 안 돼, 안 돼, 안 돼. 지경이 반복해서 중얼댔다. 그러고는 옆에 있던 가로등을 붙잡았다. 당장이라도 지경의 몸이 땅 아래로 훅 꺼질 것 같았다. 나는 그게 두려워서 지경의 손목을 움켜쥐었다. 지경은 서 있는 게 고작인 것 같았다. 지경을 제대로 일으켜 세우려 애썼으나 소용없었다.

나는 이 상황을 잘 알고 있었다. 절망한 누군가를 질질 끌어 살아야 한다는 기분. 그 절망의 시작을 목격하는 일…… 순간 버석버석하고 건조한 먼지가 목구멍을 죄는 것 같은 느낌이 깊은 곳에서부터 올라왔다. 땅 밑에 묻어 둔 괴담이 부활하듯 엄마가 말하던 이야기들이 떠오르기 시작했다.

엄마는 아빠를 인터넷에서 만났다. 어떤 우울증 카페에서였다. 아빠는 그곳의 회원이었으나, 극단적일 정도로 위험한 글은 거의 올리지 않았다고 했다. 약을 먹지 않고도 기운을 차릴 수 있는 정도, 그러니까 우울증이 아니라 그냥 조금 지친 사람 같았다. 엄마의 말에 따르면 그곳에서의 아빠는 거의 유일하게 '멀쩡한' 사람이었다. 어떤 여자가 일상처럼 올린 죽고 싶다는 글에도 남자는 죽지 말라는 채팅을 보냈다. 엄마가 열일곱일 때의 얘기였다.

엄마가 아빠의 채팅을 받았을 때 엄마는 겨울바람을 맞으며 상가 난간을 내려다보고 있었다. 정말이지 절묘한 타이밍이었다. 엄마는 딱히 죽으려고 올라가지도 않았고, 그저 여느 환자들이 그렇듯 집 안에 있는 게 죽도록 불안해서 나온 것뿐이라고 말했다. 난 죽고 싶은 거지, 죽으려는 건 아니었어. 그게 뭐가 다르냐고 물어도 마땅한 대답을 해 주지 않았다. 하여튼 엄마는 상가 옥상에 있었다. 13131이라는 닉네임을 한 아빠의 채팅 알림이 울린 것은 그때였다.

첫 메시지를 받았을 때, 엄마는 그것을 확인하기 위해 난간에서 내려왔다. 그리고 상가를 벗어나 집으로 돌아올 때까지, 심지어 엄마의 아빠, 할아버지가 지르는 소리를 들을 때까지도 13131과의 대화를 멈추지 않았다. 그들의 대화는 번호를 공유하기까지 이르렀고, 전화까지 하게 되었다. 사실 대화라기보다 꽃바다, 라는 닉네임으로 활동했던 엄마의 일방적인 푸념에 가까웠으나 13131은 토씨 하나 빼놓지 않고 묵묵히 들어 주고 위로도 곧잘 했다. 종종 예상치 못한 선물을 보내기도 했다.

"지금 들으면 아마 내가 이상했다고 생각할걸? 힘도 안 나는 위로였거든."

엄마는 그런 이유로 아빠와 나눈 대화를 제대로 알려 주지 않았다. 엄마는 힘없이 큭큭 웃었다.

"근데도 그땐 그걸 보고 펑펑 울었다? 참 웃겨, 사람이."

"그래서 속았던 거야? 아빠가 위로를 해 줘서?"

"속아? 아니…… 속았던 게 아니지. 그건 그런 게 아냐……."

엄마는 조용히 고개를 휘저으며 기억을 더듬었다. 이윽고 눈을 뜨자 엄마의 긴 속눈썹이 파르르 떨렸다. 꿈에서 깨는 사람 같은 모습이었다.

"내가 잠깐 뭐에 씌었던 것 같아…… 봄에게. 그 끔찍한 봄의 먼지에."

자세히 말하지 않았지만 엄마는 한 번 더 옥상에 올라갔던 것 같다. 엄마는 그 말을 할 때 숨을 자주 골랐다. 높은 곳에 가면 공기가 희박해진다는데. 엄마는 아직도 옥상에 있는 것 같았다. 그때 13131이 보낸 메시지는 몇 분 정도의 텀을 둔 두 개의 말이 연달아 찍혀 있었다.

─지금 죽지 말아요.

─우리 봄에 벚꽃축제만 보고 죽읍시다. 어때요, 제가 같이 가 줄게요.

그해 봄, 꽃바다와 13131…… 엄마와 아빠는 교제를 시작했다. 엄마는 벚나무 아래에서 처음 본 아빠의 얼굴이 예상했던 것보다 한참 나이가 많은 성인 남자였어도, 잠깐 당황했을 뿐 그의 서툰 위로를 듣고 확신했다. 이상한 사람이 아니라고. 그 '13131'님이니까, 요상하게 아름답고, 자신이 간절히 찾아왔던 사람을 만난 기분이었다고 했다. 문자로 주고받은 수많은 위로의 말들, 다정한 목소리를 직접 들을 수 있다는 것만으로도 내 편이 진짜 있었다는 걸 실감했다나 뭐라나. 아빠가 어린 엄마의 뒷목을 가볍게 잡고 뽀뽀를 할 때까지도 그저 그 일방적인 부담을 덜어 내야겠다는 생각뿐이었다. 벚꽃이 절정에 다다라 흐드러지게 필 때였지만, 엄마는 꽃이 어땠는지 하나도 기억나지 않는다고 했다.

나는 재채기가 튀어나오지 못하게 입과 코를 틀어막았다. 눈은 봄결과 여자애 쪽에 고정한 채였다. 봄결은 여자애의 손에 손깍지를 꼈다. 여자애는 손바닥을 쫙 펼친 채였다. 봄결의 고개가 여자애의 눈높이까지 내려갔다. 그러고는 천천히 눈을 감았다. 나는 참지 못하고 재채기를 했다. 에취 하는 소리가 벚꽃공원에 울려 퍼졌다. 이물감은 사라지지 않았다. 봄결은 여자애에게 얼굴을 들이밀다 말고 번뜩 주변을 살폈다. 감고 있던 봄결의 두 눈이 떠지고 그는 곧바로 공원을 한 바퀴 훑었다. 지경은 나를 데리고 급하게 공원 화장실 앞으로까지 갔다. 지경이 왜 나를 이곳에 데리고 온 건지 이해할 수 없었다.

나는 지경 쪽으로 시선을 돌렸다. 지경은 절대 놓지 않겠다는 듯 봄결과의 채팅창이 있는 휴대폰을 꽉 잡고 있었다. 그저 그러고만 있을 뿐, 지경은 문자를 입력하지도 다시 봄결을 찾으러 가지도 않았다. 지경은 불안한 목소리로 말했다.

"너 지금 무슨 생각 해?"

지경은 불안한 듯 큐빅이 박힌 손톱을 틱틱 건드렸다. 반쪽짜리 가짜 진주알이 지경의 손톱에서 튀어나와 잔디밭으로 들어갔다.

"네가 이상하다는 생각."

"……."

"저 사람한테 왜 그렇게까지 신경을 써?"

그러자 지경의 얼굴에 한순간 화색이 돌았다. 방금 전까지의 모습은 온데간데없었다.

"내가 말해도 안 퍼뜨릴 거지?"

지경은 천천히 내 쪽으로 걸어오며 말했다. 나는 얼떨결에 고개를 끄덕였다. 뭘 안 퍼뜨리겠다고 약속한 건지 나조차도 알지 못했다.

문득 내 머릿속에 교실에서의 일이 스쳐 지나갔다. 벚꽃공원으로 오기 전, 사회 시간의 지경은 한 영상만 빼고 클립을 업로드했었다. 봄결이 오만 원을 후원한 지경에게 사랑한다고 하는 영상이었다. 지경은 그 영상을 몇 번이고, 몇 번이고 돌려봤다. 달리 훔쳐보는 사람도 없는데, 화면을 손으로 가리면서까지 집요하게 영상을 봤었다.

지경의 입꼬리가 자꾸만 올라갔다. 당장 말해 버리고 싶은 서프라이즈 이벤트라도 준비한 사람 같았다. 손을 둥글게 말아 자신의 입가에 댄 지경이 내 귀에 속삭였다.

"너한테만 말해 주는 거야. 실은 우리 사……."
"아, 아니야. 말하지 마."

지경의 발간 입술이 어색하게 뚝 멈췄다. 말하지 마. 나는 지경의 입이 벌어지기 전에 한 번 더 못을 박았다. 지경은 발언권을 뺏기기라도 한 듯이 그 뒤로 한동안 말을 안 했다.

나는 봄결과 여자애가 있던 곳으로 시선을 돌렸다. 여자애는 간데없이 봄결만이 서 있었다. 그는 핸드폰 거치대를 들고 무언가 말하고 있었다. 아마 그는 뒤늦게 방송을 켰을 것이다. 봄결은 한참 동안 여자애의 손을 잡고 놓지 않았으니까. 만약 지경도 그걸 바랐다면. 그래서 같은 영상을 몇 번이고 혼자만 본 거라면. 나는 침을 삼켰다. 목구멍이 까슬까슬했다. 화단의 돌 테두리 부분에 모여 있던 노란 입자가 바람에 흩어졌다. 바람은 나와 지경이 있는 공용화장실 쪽을 지나 벚꽃공원의 중앙을 덮쳤다. 연하늘색 원피스를 입은 어떤 여자의 치마가 펄럭거렸다. 별로 크게 뒤집히지도 않았지만, 옆에 있던 남자는 치맛자락을 손바닥으로 막았다. 여자는 즐겁다는 듯이 웃었다.

모두가 바람을 반겼다. 거기에 어떤 먼지가 있는지도 모른 채. 그 공원에 방금 누가 다녀갔는지, 남아서 뭘 하고 있는지도 모른 채. 봄결은 벚꽃잎을 한 개 주워다가 카메라에 보여 주고 있었다. 봄결의 들뜬 목소리가 어렴풋이 들렸다. 그거 아세요? 벚꽃잎을 잡으면 소원이 이루어진대요. 나는 목에서 기어나오는 이물감을 없애려 헛기침을 했다. 소원, 사랑, 낭만 같은 것은 왜 전부 봄이 담당하고 있을까. 목이 간질거렸.

제 소원은 여기서 사랑을 찾는 거예요, 봄결의 목소리가 다시 들려왔다. 그는 웃고 있었다.

엄마와 아빠의 '나이를 뛰어넘은 사랑' 이야기는 이미 퍼질 대로 퍼져 있었다. 화질 나쁜 엄마 아빠의 옛날 사진들을 다들 어떻게 찾았는지, 10년이 넘게 지난 지금도 종종 그 시절 BJ 근황 월드컵에서 얼굴을 비췄다. 엄마가 딱 달라붙는 교복을 입고 아빠가 건네는 음식을 받아먹으려 애쓰는 영상을 보며, 월드컵을 하는 스트리머들은 이때가 지인짜 좋았는데! 하고 소리를 쳤다. 아빠는 엄마를 자신의 자취방에 데려온 지 얼마 되지 않아 엄마에게 인터넷 방송을 제안했다. 자신이 오래전부터 꿈꾸던 일이었다고. 예전의 엄마 같은 사람들에게 용기를 주고 싶다고. 엄마는 그닥 내키지 않았으나 지금까지의 그가 한 배려에 마지못해 승낙했다. 엄마는 열여덟이었고 아빠는 서른이었다. 그리고 그 사실은 곧, 어떤 '콘텐츠'가 되기에 충분했다.

그때부터 엄마는 다시 꽃바다가 되었고, 아빠는 '일삼'이라는 닉네임으로 방송을 시작했다. 방송을 켜면 아빠는 돌변했다. 엄마를 옆에 조각상처럼 앉혀 두고 자신이 썰을 푸는 방식으로 진행했는데, 그 썰이 대체로 엄마에 대한 것이었다. 그러니까 그 옆에 앉아 있는 엄마는 자료 화면이나 로맨스 소설 여주인공의 삽화 그 이상도 그 이하도 아니었다.

콘텐츠는 대성공이었다. 팔로워가 한 자릿수였던 아빠의 계정은 순식간에 급부상했고 엄마의 이야기는 어느 플랫폼을 가나 보일 정도로 유명해졌다. 비슷한 썰을 푸는 채널들도 수없이 생겨났다. 아빠가 신고당하고 잠적한 직후, 아빠의 방송 클립을 일부 본 적이 있었다. 아빠의 채널이 활동을 멈춘 일에 대해 어떤 유저가 올린 정리 영상에서였다. 아빠 영상의 섬네일에는 '고딩 소녀와의 연애부터 첫날밤까지'라는 글자가 박혀 있었다. 유저는 그 영상의 절반을 그대로 재생하며 검은색 자막을 영상 아래 빈 곳에 적어 내려갔다.

"스트리머 일삼은 다수가 보는 방송에서 미성년자와의 스킨십과 임신 초기에 관한 말을 아무렇지 않게 퍼뜨렸다는 이유로 신고됐어요. 근데 정작 그 대상인 꽃바다는 가만히 있죠? 이게 뭐겠습니까? 둘이 동의한 관계고 동의한 방송이라는 거예요. 그럼 우리가 뭐 더, 말 얹을 거 있습니까? 없죠. 그리고 요즘 열여덟이면 알 거 다 알고도 남잖아요. 이게 뭐라고 일삼 님을 잠적하게까지 하는지……. 막말로, 일삼 님이 죽기라도 하면 어쩔 겁니까? 둘이 사랑한다는데 자꾸 훈수 두시는 정신 나간 분들 있는데, 좀 정신 차려라, 진지충 새끼들아, 라고 말씀드리고 싶습니다……."

영상에서 엄마는 메마른 입술을 조그맣게 벌렸다가 다물기를 반복했다. 뭔가 묻고 싶은 것 같았다. 동시에 어디에도 물어볼 수 없는, 어떤 비밀을 가진 사람 같았다. 나는 떨리는 손으로 댓글 창을 눌렀다. 눈꺼풀 사이로 수많은 말들이 보였다. 사람들은 엄마를 '그' 바다라고 지칭하고 있었다. 엄마의 이름을 부르면 저주라도 받는다는 듯이. 반대로 둘의 관계를 말하는 댓글의 내용에서는 사랑, 연인, 열애, 그런 말들이 가장 먼저 눈에 띄었다. 나는 끝없이 스크롤을 내렸다. 사람들은 같은 단어를 반복했다. 그 단어들은 봄날의 먼지처럼 플랫폼에 떠다녔다. 댓글 창에 머무를수록 그게 봄의 전부인 것 같았다. 사랑, 연인, 열애 같은 것들이. 고작 그런 것들이.

얼마 뒤 지경에게서 연락이 왔다. 몇 글자 되지도 않는 아주 간결한 연락이었다. 공원으로 나와. 나는 옷을 챙겨 입고 신발을 신었다. 어디 가? 엄마가 물었다. 자연스레 엄마와 눈이 마주쳤다. 앳된 얼굴. 바닥에 앉아 수건을 개는 엄마는 내 또래 친구들의 엄마와는 비교도 안 되게 어렸다. 나는 한참 동안이나 엄마를 쳐다보다가 눈을 비볐다. 엄마의 얼굴에는 남색 교복을 입은 여자애가 떠오르기도 했고, 지경이 떠오르기도 했다. 이상한 일이었다.
"나 꽃 보러 가."
그 말을 하는데 어쩐지 눈물이 날 것 같았다. 엄마는 내게 꽃가루 알레르기가 있다는 걸 알고 있을까, 모르고 있을까. 그게 엄마한테 유전된 것이라는 것도. 나는 집을 나서기 전에 엄마에게 말을 걸었다.
"엄마, 내가 열네 살 때 말이야."
"응."
"온몸이 빨개져서 돌아온 적이 있었잖아."
"응."
나는 그건 사실, 지경이 때문이야, 라고 말하려다 입을 다물었다. 지경은 뭐가 해로운 꽃가루인지, 아름다운 꽃잎인지 구분할 줄을 몰랐다. 지경의 시선이 닿는 곳마다 분홍색 필터가 씌워진 것 같았다. 그걸로는 꽃가루를 제대로 걸러 낼 수 없었다. 나는 산책로에서의 일을 떠올렸다. 내가 지경을 데리고 신경질적으로 산책로를 나올 때까지 아무도 지경에게 꽃가루의 존재를 알려 주지 않았다. 나는 그때 우리 옆을 지나치던 어른들의 시선을 기억했다. '왜 저래?' 하고 말하는 듯한 눈동자들. 그들은 전부 말이 없었다.

"그거 죄다 꽃가루 때문이었어."

엄마는 내 말을 듣고선 그 뜻을 아는지 모르는지 살며시 웃었다. 우리의 숨통을 조여 오는 가루 따위는 떨쳐 버린 듯한, 가벼운 웃음이었다. 엄마가 말했다.

"그거 알아? 지금 우리나라에는 봄이 사라지고 있대."

"그래?"

그거 잘됐다. 나는 마음속으로만 그 말을 했다.

지경은 공원에 없었다. 나는 주변을 두리번거렸다. 동그란 모양의 나무 울타리가 공원을 빙 두르고 있었다. 딱 그 울타리를 기준으로 공원과 도시가 구분되기라도 하는 것 같았다. 울타리를 벗어나면 곧바로 2차선 도로가 나왔고 학원가 건물들이 나왔다. 나는 공원의 울타리를 슬쩍 넘었다. 햇빛이 은은하게 비치는 가운데 건물 하나가 서 있었다. 별로 높지는 않았지만, 그렇기 때문에 죽고 싶지만 죽지는 않을 사람이 올라가기 딱 좋을 것 같은 옥상도 있었다. 간만에 얼굴을 비친 봄의 햇빛이 쨍하게 건물 옥상을 비췄다. 눈앞이 아릿했다. 거기에 여자애 하나가 있었다. 남색 교복을 입고 있었다. 여자애는 하늘에서 옥상으로 내려온 천사처럼 겁 없는 걸음으로 종종거리고 고민거리가 있는 사람처럼 난간 아래를 내려다보았다.

나는 그쪽에서 시선을 떼지 못했다. 여자애가 당장 떨어질 것 같았다. 작은 머리통이 박살 나서, 뉴스에 A 양이라는 이름으로 나올 것 같았다. 나는 횡단보도 신호가 바뀌자마자 그 건물을 향해 뛰었다. 숨이 가빴다. 와중에도 나는 13131의 식상한 멘트를 떠올렸다. 지금 죽지 말아요. 만약 그 말을 한 사람이 13131이 아니었다면, 키보드 자판에 손을 올려놓고 대충 친 닉네임을 한 그 남자가 아니었다면, 엄마는 좀 더 생기 있는 눈으로 나를 볼 수 있었을까. 나는 거침없이 계단을 올랐다. 죽지 마, 그 말을 머릿속에서 되뇌는 것도 잊지 않았다.

그곳에 지경이 있었다. 남색 교복 여자애는 간데없이 지경만이 있었다. 지경은 울 것 같은 표정으로 뒤를 돌아보다가, 그게 나인 걸 알자마자 눈을 크게 떴다.

"네가 제보했지."

지경은 성큼성큼 내 쪽으로 걸어왔다. 지경은 얼이 빠진 채 서 있는 내 눈앞에 자신의 휴대폰 화면을 내밀었다. 화면에는 "유명 스트리머 봄결, 미성년자와 열애설"이라고 적혀 있었다. 열애설이라니. 사진에 모자이크되어 실린 두 사람은 머리 두 개 정도 키 차이가 났다. 지경은 반쯤 울면서 말했다.

"어떡할 거야, 이제! 나 봄결 오빠 없이 못 사는데 어떡할 거냐고."

"내가 안 했어. 아니, 왜 못 사는데? 죽기라도 해?"

지경은 한동안 아무 말도 하지 않고 몸을 떨었다. 나는 순간 그게 분노를 참지 못하는 사람의 모습이 아니라, 두려워 떠는 어린애의 모습이라고 느꼈다. 왜일까. 아마 그것은 지경에게로 오기 전 남색 교복을 입은 여자애의 환각을 봤기 때문일까. 나는 다시금 떠올렸다. 봄결과 손을 맞잡으면서도 조금씩 뒷걸음질 치던, 말 그대로 '빨갛게 질린' 여자애의 얼굴을.

"너 이렇게 좋아 죽으면서, 그날 벚꽃공원엔 왜 혼자 안 갔어?"

지경은 나와 눈을 마주치지 못했다. 지경은 젤네일을 한 손을 둥글게 말아 쥐었다. 그 모습이 어쩐지 엄마의 다문 입술 같았다. 더 이상 지경을 보면서 아빠가 떠오르지 않았다.

"……실은 좀 무서워서. 요즘 워낙 막, 교제 살인 같은 그런 게 많잖아."

"너 봄결 믿는다며. 봄결 오빠는 다르다고, 다 괜찮다며?"

"그건, 봄결 오빠가 아니면 아무도 내 말 안 들어 주니까."

지경은 이제 울고 있었다. 지경은 진초록색으로 칠해진 옥상 바닥에 눈물을 뚝뚝 떨궜다.

"만나자는데 어떡해, 그럼? 사랑하면 그게 당연한 거랬는데."

지경의 말에서는 오래된 위화감이 느껴졌다. 내가 매일은 아니더라도 많이, 게다가 꾸준히 들어 온 말 같았다. 사랑한다고. 둘은 사랑을 하고 있다고. TV에서는 그런 말들이 자주 나왔다. 오래 연애하다가 결혼에 '골인'했다는 연예인 커플들의 연애담이 나오면 패널들은 아주 멋진 사랑을 한다며 흡족해했다. 그런데 아빠의 방송에서도 같은 말이 나왔다. 아빠보다 훨씬 왜소한 체구에 앳된 얼굴을 가진 엄마와 아빠를 보면서도 사람들은 같은 말을 했다. 부럽다고. 사랑이 모든 것을 이긴다고. 하지만 정말 그랬나, 엄마의 결혼은 목적지에 둘이 함께 팔을 벌려 '골인'한 것이 아니라, 준비가 되지 않은 엄마를 향한 아빠의 일방적인 슛에 가까웠는데.

엄마가 묻고 싶었던 것은 뭐였을까. 저급한 채팅만 빠르게 올라오는 화면을 향해, 엄마의 피부가 어땠는지, 첫 경험이 어땠는지 떠들어 대고 있는 아빠를 향해. 그날 봄이 제 미래를 바꾼 거죠. 크게 웃으면서 멘트를 치던 아빠가 떠올랐다. 역시 사랑이 꽃 피는 계절이네, 라고 사람들이 말하면 엄마는 재채기를 하면서 몸을 떨었다. 엄마는 틀림없이 괴로워했다. 모든 봄이 사랑으로 정의될 수 있다는 사실이 엄마에게는 일종의 위협이었다. 그건 어쩌면 지경에게도 마찬가지였다. 이게 정말 봄의 전부가 맞나? 나는 다시 생각해 본다. 엄마는 대체 뭘 묻고 싶었을까. 아마 이렇게 말하고 싶었던 것은 아닐까.

"그거 정말 사랑 맞아?"

지경의 속눈썹이 떨렸다. 지경은 입술을 달싹였지만 아무 말도 하지 않았다. 앳된 얼굴. 나는 고개를 숙여 지경과 눈을 마주쳤다. 지경은 떨리는 숨을 내쉬면서 간신히 나를 응시했다. 그 여자애도 같은 표정을 한 채 집안에 틀어박혀 있을까, 문득 그 생각이 났다. 만약에, 아주 만약에, 그 애랑 눈을 마주쳐 줄 사람이 없으면 어떡하지. 그래서 우울증 커뮤니티라도 가게 된다면. 나는 눈을 질끈 감았다 떴다. 눈앞에 흰 가루가 날아들었다. 열네 살 때 나를 괴롭게 했던 그 가루였다. 그러나 이번에는 재채기는커녕 콧물도 나오지 않았다. 나는 잠시 심호흡했다. 그리고 말했다.

"우리, 죄다 퍼뜨려 버리자."

*

일주일 동안 지경과 나는 봄결에 대한 사실을 이곳저곳에 퍼뜨렸다. 혹시 몰라서 아이디 여러 개를 만들고, 댓글을 왕창 달아서

인기글에 올라가게 하기도 했다. 그 일들을 하면서 지경은 자주 망설였다. '아주 잠깐만 휴덕하는 거야. 진짜 잠깐만이야.' 지경은 자신에게 최면을 걸 듯 중얼거리며, 채팅 캡처본 여러 개를 보내 주었다. 봄결과 지경의 채팅방에는 봄결이 내뱉은 농담 아닌 농담 도, 차마 보고 싶지 않은 사진도 있었다. 나는 그것들을 자료 화면 삼아 봄결의 팬 커뮤니티에 전부 올렸다. 우리의 글들은 캡처되 고 복사되어 빠르게 퍼져 나갔다. 봄결의 고민 상담 영상 클립으 로 가득하던 게시판에 폭로 글이 들러붙었다. 아무리 새로고침을 하고 나와 지경의 계정을 차단해도 우리는 끈질기게 글을 올렸다. 아무리 털어 내도 끝까지 따라붙는 꽃가루처럼.

사람들의 반응은 여러 개로 갈렸다. 이런 사소한 걸로 유난이 라는 사람도 있었고, 봄결을 신고하자는 사람도 있었다. 확인된 것이 없으니 우선 중립을 박자는 소리를 하는 사람도 있었다. 우 리의 폭로가 아주 약간의 반향을 일으키고 있을 때, 지경이 다시 나를 불러냈다.

벚꽃이 지고 있었다. 분홍빛이 도는 흰 잎들 사이로 연두색 잎 이 비집고 올라왔다. 날씨는 갑작스레 더워졌다. 봄이 사라지고 있다는 말이 정말인가 봐. 나는 혼자 웃으면서 집을 나섰다. 지경 이 공원 벤치 아래에서 내게 손짓을 했다.

"해 줄 말이 있어서."

지경은 내게 대뜸 휴대폰 화면을 내밀었다. 지경이 받은 장문 의 채팅이 있었다. 나는 화면이 잘 보이지 않아서, 지경의 휴대폰 을 받아 들고 밝기를 키웠다. 화면이 밝은 빛으로 빛나며 채팅의 첫마디가 보였다.

"안녕하세요, 경이 님. 저는 이전에 봄결과 공원에서 만난 적이 있는 학생이에요."

나는 눈을 크게 떴다. 그 여자애였다. 남색 교복을 입은 여자애. 봄결의 품에서 벗어나려 애쓰던 그 여자애. 문장의 아래로는 아주 긴 글이 적혀 있었다. 지경이 스크롤을 내려 버리는 바람에 다 읽지는 못했다. 마지막 문단에는 이렇게 적혀 있었다.

"경이 님 덕분에 무슨 일 나기 전에 연락을 끊었어요. 엄마 아빠가 도와주셔서 고소 절차까지 밟을지도 몰라요. 미자 성추행으로요. 아무튼 진짜 감사해요……."

지경은 내가 고개를 들자 씩 웃었다. 잘됐지? 지경이 물어왔다. 나는 잠시 멈칫했다. "무슨 일 나기 전에"라는 말이 나뭇잎 그늘 사이로 강조되어 비쳤다. 나는 다시 엄마를 떠올렸다. 이미 무슨 일이 나 버렸기 때문인지 엄마의 인생은 우울증에 걸린 듯 잠잠해졌다. 하지만 그런 엄마도 봄이 사라지더라며, 세상이 아주 조금씩은 바뀌고 있다는 말을 하며 웃었다. 아주 오래간만의 웃음이었다. 나와 지경의 폭로는 끝나지 않을지도 모른다. 해로운 봄이 완전히 끝날 때까지. 세상 모든 사람이 알 수 있게. 하다못해 죽었는지 살았는지 모르는 아빠까지도. 진짜 잘됐다. 내가 말했다.

"해 줄 말은 그게 다야?"

"아니, 더 있어."

지경은 얼굴에 띄운 웃음을 거두고 말해선 안 될, 저주받은 이름을 꺼내듯 입을 열었다.

"'그' 스트리머 말이야."

"응, '그' 스트리머."

"탈덕하기로 했어."

거의 다 져 버린 봄 벚꽃 아래에서 지경이 말했다. 사실상 그 말은 어떤 선고와도 다름이 없었다. 아끼고 사랑하던 어떤 것을 더 이상 보지 않겠다는 선고. 그게 정말이야? 내가 묻자 지경은 아주 천천히, 그리고 묵직하게 고개를 끄덕였다. 지경은 폰 화면을 몇 번 건드리더니 방송 플랫폼을 열어, 그간 편집해 온 봄결 클립들을 전부 지웠다. 삭제 버튼을 누르는 순간, 지경이 제물로 바친 시간이 돌아온 것 같았다.

그때 지경의 머리 위로 벚꽃잎 하나가 느리게 떨어졌다. 나는 그걸 잽싸게 잡았다. 지경이 작게 웃었다. 소원은 아무것도 이뤄지지 않았고, 지경은 살아남아 내 옆에 있었다.

그게 봄의 전부였다.

고등부 소설 부문 동상

검 은 산

안양예술고등학교 3
오지윤

할머니는 원래도 산이었다. 푸르고 품이 큰 산이었다. 불이 나기 전까지는. 작은 점에서 시작된 불은 사과밭을, 나무들을, 산을, 그리고 할머니를 집어삼켰고, 붉은 안개가 산과 하늘을 뒤덮은 모습을 보고 사람들은 화산이 폭발한 것 같다고 말했다. 그 하나의 불씨로 인해 오랫동안 산에 쌓이고 산과 함께였던 많은 것들이 사라졌다. 불은 아주 배고팠던 사람처럼 산을 급하게 먹어 치웠다. 일렬로 나 있는 불의 선은 산을 감싸고 있었고 그건 누구도 들어오지 못하는 불의 영역을 보여 주는 것 같기도 했다. 불길이 활보할수록 산은 줄어들어 갔고 그 안에 할머니가 있다는 건 믿기지 않는 두려움이었다. 할머니를 감싸고 있는 붉은 안개와 검은 숨 속에서 할머니는 색도, 생명력도 없는 검은 산이 되었다.

할머니를 영영 보지 못할 수도 있다는 이야기를 들었을 때 나는 내가 최선을 다하지 못했던 순간들을 떠올렸다. 할머니와 할머니를 이루는 것들과 작별해야 한다는 사실이 믿고 싶지 않았다. 나는 작별에도 충분한 준비가 필요하다는 걸 깨달았다. 나무 냄새로 가득했던 할머니의 집, 같이 사과를 사러 갔던 사과 직판장, 그곳에서 만난 할머니의 친구 방 아저씨, 할머니의 선명하고 붉은 사과밭. 눈을 감기만 해도 선명하게 떠오르는 것들이 나만 기억하는 것이 된다는 게, 나에게는 여전한 곳들이 더 이상 세상에 없는 공간이 된다는 게 무서웠다. 기억해서는 안 될 곳을 그리워하는 기분이 들어 마음이 이상했다.

*

   안동에서 불이 났다는 사실은 엄마와 저녁을 먹던 중 알게 되었다. 배경음처럼 들리던 아나운서의 목소리가 뉴스의 효과음과 함께 커져 갔다. 속보라는 아나운서의 말에 처음엔 그저 사고라고 생각했다. 사고가 나고 누군가 죽고 또 다른 사고가 나고 누군가가 죽는 일은 흔했으니까. 속보가 느려지는 세상 속에서 불이 나는 것도 그런 반복일 거라고만 생각했다. 불씨는 어디서든 생겨날 수 있었고 꺼질 수도 있었기에 나는 꺼지기를 기다려야겠다고 생각했다. 그러나 엄마는 밥을 먹다 말고 여기저기 전화를 걸기 시작했다. 엄마의 하얗게 질린 표정을 보고 나는 모든 불행은 나에게 일어나기 전까지는 그저 하나의 안타까운 일뿐이라는 것을 알게 되었다. 안타까운 일이 내 일이 되고, 사고에 불과했던 일이 재앙으로 번지기까지는 오랜 시간이 걸리지 않았다. 새롭게 날아든 불씨는 바람을 타고 이 산에서 저 산으로 건너갔고, 그 불이 또 다른 나무에 옮겨 붙고 그렇게 모든 나무가 타 버려 산이 색을 잃고 검은 모습이 되기까지 걸린 시간은 단 이틀이었다. 모든 게 사라지고 소중한 것을 잃기에 이틀은 너무도 짧은 시간이었다.
   엄마에게 전화가 일곱 통 와 있었다. 엄마는 내가 전화를 받지 않으면 문자로 용건을 말하는 편이었는데 문자도 와 있지 않았다. 곧장 엄마에게 전화를 걸었다. 엄마는 전화를 받지 않았고 나는 엄마가 안동에 갔다고 생각했다. 갑자기 뉴스에서 본 안동의 모습이 그려지기 시작했다. 하필이면 재가 산을 전부 뒤덮고 있는 모습이었다. 일곱 통보다 많은 전화를 걸었고 엄마는 받지 않았다. 나는 엄마가 받을 때까지 전화를 걸어야겠다고 마음먹었다. 신호음은 갔으나 계속 음성사서함과 연결됐다. 자꾸만 다른 곳으로 향하는 전화에 엄마를 걱정하던 마음은 짜증으로 바뀌어 갔다. 제일 빨리 안동으로 내려가는 기차표를 검색했다. 기차에 타자 짜증은 금세 불안과 슬픔으로 바뀌어 나를 집어삼키기 시작했다.

뉴스 속 불이 났다는 산은 내가 잘 알고 있는 산이었다. 엄마가 태어난 곳이자 할머니가 처음 마련한 집과 가까운 산, 할머니의 사과밭과도 매우 근접한 산, 엄마가 나를 데리고 몇 번이나 올라갔던 산. 생각보다 큰불이었다. 산의 모습을 위에서 찍은 사진을 보자 더 실감이 났다. 산의 아주 많은 부분이 타 버린 것 같았다. 순간 할머니 집에 있던 사진이 기억났다. 할머니와 엄마와 같이 올라간 그 산에서 내가 나무를 꼭 껴안고 찍었던 사진이. 왜인지 그 사진도 같이 타 버린 것 같은 기분이 들었다. 안동으로 내려가는 길에 할머니에게 전화를 걸었다. 할머니에게는 연결음조차 가지 않았다. 이런 상황에서 전화가 되는 게 이상한 일이라고 생각했으면서도 핸드폰을 꼭 쥐게 되었다. 엄마에게도 더 걸었으나 여전히 목소리가 들려오지 않았다. 기차를 타고 달리는 내내 혼자가 된 기분으로 앞으로를 생각해 보았다. 떠올리는 것만으로도 무섭고 외로운 상상이었다.

기차를 탔는데도 안동까지 가는 길이 평소보다 더 멀게 느껴졌다. 끝이 보이지 않는 망망대해에서 혼자 발버둥 치고 있는 것 같아 온몸에 힘을 주었다. 할머니한테 가는 길이 이렇게까지 어려웠나. 그때 엄마에게서 전화가 왔다. 엄마는 놀랄 정도로 큰 목소리를 내며 말을 했다. 발음 하나하나를 끊어 가며 안동에 있다고, 꼼짝 말고 집에만 있으라고 소리쳤다. 빠르게 전화를 끊으려는 엄마에게 덩달아 큰 소리로 나도 안동에 가고 있다고 말했다. 엄마는 처음으로 잠잠해졌다. 전화기 너머 잠잠한 엄마의 뒤로 소란스러운 소리들이 들려왔다. 다시 서울로 올라가라는 엄마에게 그러지 않을 거라고 답했다. 엄마는 한참을 조용히 있다가 데리러 오겠다고 말했다. 전혀 달갑지 않은 목소리로 차갑게 끊긴 전화였지만 나는 그것마저 좋아서 오랫동안 귀에 핸드폰을 붙들고 있었다. 엄마의 목소리가 사라지듯 더 들릴 것도 같았다.

　산 입구는 이미 사람들로 가득했다. 차 안에 있는 사람들도 있었고, 담요를 두르고 펑펑 울고 있는 사람들도 있었다. 대낮이었지만 하늘이 뿌옇고 산등성이는 잘 보이지 않았다. 저 멀리 활활 타올랐던 부분만 또렷하게 눈에 들어올 뿐이었다. 엄마의 차는 산과 조금 떨어진 곳에 있었는데 앞이 하나도 보이지 않았다. 산이 탔던 자리만 계속 보고 있자니 지금도 산이 타오르고 있는 것 같았다. 사람들의 울음소리와 수군거리는 소리, 아주 작게 타는 것 같은 소리가 주변에서 들려왔다. 빠르게 창문을 닫자 적막이 엄마와 나를 감쌌다. 저녁 식사를 할 때와 비슷한 적막이었으나 우리는 서로에게 어떤 말도 건네지 않았다. 할머니를 찾아야 했다. 우리에게는 그 문제가 있었다. 잠들지 못하는 밤을 보내며 밤 안에서 누군가의 울음소리, 울음소리가 끝나면 또 다른 누군가가 우는 것을 들었다. 모두가 잠들지 못하는 밤이었다. 나는 밤의 허리가 짧아지기를 바랐다.

　불길은 무엇으로 거세지는 것일까. 무엇을 먹으며 자라나는 걸까. 불바다가 무슨 말인지를 나는 똑똑히 알 수 있었다. 시끄러운 소리에 눈을 떴을 때 아침인 줄 알았는데 또 다른 밤이 찾아왔다. 정말 온 산이 불바다가 되어 있었다. 바람의 방향이 바뀌어 불씨가 다시 돌아왔다고 했다. 뉴스 속 활활 타오르던 산이 내 눈앞에 있었다. 나는 태양을 보는 것 같은 기분을 느꼈다. 아주 낮고, 엄청 뜨거운 태양이 산 위로 떨어진 것만 같았다. 멈춰 서 있는 차 옆으로 소방차 일곱 대가 연달아 산으로 올라갔고 함께 밤을 보냈던 사람들은 뒷걸음치며 산에서 멀어지기 시작했다. 엄마도 황급히 차를 몰고 내려가기 시작했다. 검은 산은 다시 한번 붉은 산이 되었다. 모든 것이 빠르게 난장판이 되어 갔다. 불길은 나에게 '금방이라도 집어삼킬 수 있어!'라고 말하는 것 같았다. 급히 떠나면서 돌아본 산은 불이 점점 내려와 넘실거리는 모습이었다. 이래서 불바다라고 부르는 것이구나.

　나는 그날을 기억할 때면 이렇게 말하곤 했다. 빨간 바다를 보았다고. 오랜 시간 자리를 지켰을 나무들은 순식간에 녹아내렸고 저 속에 생명이라곤 존재할 수 없을 것 같아 보였다. 내 기억 속 산은 나무들이 계절마다 다른 옷을 입는 곳이었는데 이제는 모두가 맨몸이 되었다. 아무런 색깔 없이 그저 붉고 그을린 채로 자리를 지키기 위해 최선을 다하고 있는 나무들을 바라만 보았다. 할 수 있는 게 아무것도 없을 때의 무력감이 이렇게나 힘든 건 줄 나는 몰랐다.

　허둥지둥 짐을 챙겨 마을을 떠나가는 사람들 사이로 계속해서 소방차가 산을 올랐다. 불 속으로 그보다 빨간 사람들이 올라갔다. 더 이상의 진입이 불가능해지자 소방관들은 차에서 빠르게 내려 산을 올라가기 시작했다. 그들은 무거운 옷과 호스를 가볍게 들고는 불길 속으로 뛰어들었다. 아무리 불이 익숙하다지만 뜨겁지 않은가, 너무나 아무렇지 않아 보여서 나도 들어가 볼 수 있을 것만 같았다. 세 시간쯤 지나자 불길이 서서히 걷히기 시작했다. 타오르던 태양은 이제 농구공만 한 불씨의 시작으로 되돌아갔고 재는 온 산을 뒤덮었다. 재는 구름까지 쭉 이어져 있어서 산꼭대기가 꼭 구름 위에 있는 것처럼 보였다. 소방관들은 이제 동물들을 구조해 나오기 시작했다. 목줄이 다 타서 금방이라도 끊어질 것만 같은 상태로, 온몸의 털이 그을려 걷기조차 힘들어하는 모습으로. 간혹 사람도 들것에 실려 나왔는데 모두 죽은 듯 가만히 누워 있었다. 나는 할머니가 어디에 있는지조차 모르면서 할머니가 살아 있길 바랐다. 엄마의 손을 꼭 잡고 우리는 그때 비슷한 생각을 하고 있었던 것 같다.

    다음 날이 되자 붉은 산은 검은 산으로 되돌아왔다. 밤 동안 불이 꺼지고 자욱한 안개가 하늘을 붉게 물들였다. 금방 사라지지 않을 것 같은 붉은 하늘에 왠지 자꾸만 불안한 기분이 들었다. 산이 되돌아오자 사람들도 되돌아왔다. 엄마는 아침 일찍 차를 가지고 산 입구로 향했다. 입구는 통제되어 들어갈 수 없었지만 사람들은 계속해서 입구로 올라왔다. 여기서라면 기다리던 것을 만날 수 있으리라는 희망을 저마다의 마음속에 품고. 지난밤 보았던 차들이 하나둘씩 눈에 띄었고 담요를 두르고 있던 사람들은 이제 옷을 입고 마스크를 낀 채로 산을 올려다보고 있었다. 우리 뒤로 어제보다 많은 차와 사람들이 산을 보고 있었다. 여기 온 다른 사람들도 우리처럼 가족을 찾으려는 것일까. 그들이 무엇을 기다리는

지 알고 싶었다.

갑자기 앞쪽에서 큰 소리가 들려왔다. 간밤에 들은 공포의 외침과는 또 다른 소리였다. 이건 기쁜 환호에 가까운 소리였다. 산 입구에서 소방관 등 뒤로 남자아이가 실려 내려오고 있었다. 그간 보았던 구조자들과는 다르게 아이는 숨도 제대로 쉬었고 가족도 알아보았다. 그 환호는 아들을 찾은 부모가 낸 소리였다. 아직 어려 보이는 아이는 펑펑 울면서 엄마를 꼭 끌어안았다. 분명 기쁜 일이 맞았는데도 하나도 기쁘지 않았다. 주변 사람들은 함께 박수를 치며 그들을 축하해 주었다. 그러나 내 손은 딱 붙은 것처럼 움직이질 않았다. 박수를 치려고 할 때마다, 축하한다고 말할 때마다 할머니 생각이 났다. 할머니를 찾은 것도 아닌데 내가 기뻐할 수 있을까? 옆에 있는 엄마는 고개를 돌려 창밖을 바라보고 있었다. 아빠의 등에 업혀 내려가는 아이를 보자 할머니도 살아 있을 수 있다는 생각이 자꾸만 들었다. 산을 떠나가는 모두가 행복해 보였다.

할머니보다 먼저 만난 것은 누리였다. 누리는 할머니가 몇 달 전부터 키우기 시작한 풍산개인데 실제로 보는 것은 처음이었다. 사납게 찢어진 눈과 얼룩덜룩한 털을 가진 누리는 꼬리가 뭉툭하게 잘린 채 겁에 질려 산에서 내려왔다. 누리를 보호소에서 데려왔다는 할머니의 이야기가 기억났다. 할머니는 툭하면 누리가 하루 동안 무엇을 했는지, 얼마나 똑똑한 아이인지를 말하곤 했었다. 누리는 나를 보자마자 내 쪽으로 힘겹게 달려왔다. 다리 한쪽이 불편한 듯했다. 많은 사람들 사이에서 곧바로 나에게 오는 누리를 보자 마음이 이상했다. 나를 알아보는 거야? 누리야, 하고 나지막이 부르자 누리는 내 품으로 들어와 쓰러졌다. 크기가 낮에 보았던 아이만 했다. 이상하게 누리를 안을 수 없었다. 그을린 털과 떨고 있는 누리의 다리를 보자 나까지 떨리는 기분이 들었다. 머릿속에서 할머니를 찾을 수 있지 않을까라는 생각이 사라지지 않았다. 엄마와 누리를 데리고 동물병원에 가는 길에 옆 차선을 보았다. 서울로 올라가는 도로가 꽉 막혀 있었다. 사람들은 각자 가족을 찾고, 중요한 것을 챙겨서는 빠르게 안동을 벗어나는데 나와 엄마만 계속 이곳에 머물고 있을까 봐 순간 겁이 났다. 할머니를 찾을 수 있을 거라는 생각은 작은 불씨에 물을 부어 버리듯 금세 꺼지곤 했다.

누리는 금방 정신을 차렸고 그 무렵 산불 진압에 박차를 가한다는 이야기가 들려왔다. 불이 난 지 사흘 만이었다. 세상은 다행이라는 이야기를 자꾸만 했다. 불이 꺼져서 다행이고, 더는 번지지 않아서 다행이고, 기부금이 많이 모여서 다행이라고. 할머니는 어디 있는지, 살아 있기는 한 건지 아무것도 알 수가 없는데, 이렇게 사라진 사람들이 한둘이 아닐 텐데 뭐가 다행이라는 건지 알 수 없었다. 나를 배려하지 않는 모든 생각과 기사들에 짜증이 나서 인터넷에 산불을 검색하는 것을 그만두었다. 내가 궁금한 건 어디에서 누굴 찾았는지, 얼마만큼 불이 확산이 된 건지이지, 연예인 누가 얼마나 더 큰돈을 기부했는지가 아니었다. 할머니를 어디에서부터 어떻게 찾아야 하는지 눈을 떠도 어두운 기분이었다. 답이 없는 질문에 답을 내리기 위해 하는 생각은 대개 부정적인 쪽으로 흘러갔다. 검은 재가 나까지 집어삼킨 것 같았다. 할머니가 보고 싶었다.

엄마와 함께 할머니를 찾은 지도 나흘이 되어 가고 있었다. 사람이 살아 있다는 게 믿기지 않는 검은 산에서도 구조자는 계속해서 나왔다. 어린아이가 나오기도 했고, 간혹 성인이 나올 때도 있었다. 가족이든, 반려견이든, 친구든, 잃어버린 것을 찾은 사람들은 하나둘 자리를 떠나기 시작했고, 그런데도 아직 산 입구에는 많은 사람들이 남아 있었다. 익숙한 얼굴들이 떠나가고 새로운 얼굴들이 자리를 채웠다. 새로 온 사람들은 예전부터 이곳에 있었던 것처럼 모두가 약속이라도 한 듯 굳게 입을 다물었고, 한 명이 울기 시작하면 여러 곳에서 훌쩍이는 소리가 들려왔다. 나는 손을 꾹 누르면서 엄마의 옆에서 울지 않으려고 노력했다. 그리고 엄마 또한 내가 자는 틈을 타 조용히, 조금씩 울음을 흘려보내는 것 같았다. 엄마를 위해서라도 할머니를 빨리 찾아야 했다. 2대밖에 남지 않은 소방차를 보며 제발 저 차들이 늦게 떠났으면 좋겠다고 그리고 그전에 할머니가 산 밖으로 나왔으면 좋겠다고 간절히 기도했다.

또 누군가 잃어버린 것을 찾았구나. 멀리서 웅성거리는 소리가 들려왔다. 이제 또 사람들이 떠나겠구나. 그런데 시간이 지나도 수그러들지 않는 소리에 창문을 내리자 첫날부터 같이 산 입구에서 기다리던 아저씨의 목소리가 들려왔다. 아저씨는 소방관에게 삿대질하며 소리를 지르고 있었고 그 앞에 선 소방관의 얼굴에는 당황한 기색이 역력했다. 이야기를 들어 보니 소방차가 왜 두 대밖에 남지 않은 건지, 아직 구해야 할 사람이 이렇게나 많이 남았는데 다 어디로 간 건지, 아내가 지금 산에 있는데 왜 데리고 나오질 않는지, 아저씨의 두려움과 불안함이 다른 방향으로 터져 나온 것 같았다. 아저씨의 언성에 소방관은 열심히 찾고 있다, 계속 둘러보고 있다, 다시 수색해 보겠다고 말했지만 아저씨에게는 들리지 않는 것 같았다. 나도 할머니를 구해 달라고 말할까 하다가 다시 차 안으로 들어갔다. 더는 듣고 싶지 않았다.

할머니를 기다린 지 어느새 닷새가 되었다. 닷새가 넘는 시간 동안 제대로 밥을 먹지도, 잠을 자지도 못했다. 엄마는 산 입구를 하루 종일 쳐다보고 있었다. 태어나서 처음 보는 엄마의 멍한 눈이었다. 엄마는 그렇게 하염없이 바라보다 보면 언젠가는 할머니가 나올 거라는 듯이 올려다보았다. 산을 노려보는 것도 같았고 그런 엄마를 보는 게 쉽지 않았다. 엄마가 할머니의 죽음에 덤덤해지고, 혼자가 될 준비를 하고 있을까 봐 무서웠다. 할머니를 기다리는 시간 동안 우리는 계속해서 멀어지고 또 멀어졌다.

여전히 누군가의 울음소리가 들려오는 밤에 엄마에게 말을 걸었다. 평소에 엄마와 어떤 말을 했지, 생각해 보았지만 도무지 떠오르지 않았다. 일주일 만에 우리는 다른 사람이 되어 버린 것 같았다. 멍하니 차 위를 올려다보는 엄마에게 말을 건넸다.

"엄마."

긴 공백이 우리 사이를 가득 채웠다. 엄마는 듣고 있는 것 같았지만 대답하지는 않았다. 엄마는 내가 말 거는 게 싫을까, 내가 멋대로 내려와서 아직 화가 안 풀렸나, 내가 어떤 목소리로 말했지? 내 목소리는 메아리처럼 다시 내게로 되돌아왔다.

"나 할머니가 보고 싶어."

지난 시간 동안 엄마와 나는 할머니 이야기를 의식적으로 꺼내지 않았다. 할머니의 이야기를 꺼내면 안 된다는 듯 우리는 짧은 이야기만 주고받았다. 차 안이 너무 춥지 않아? 등의 이야기. 그럴 때면 나는 항상 춥다고 대답했다.

"엄마, 나는 할머니가 나를 엄청 예뻐했다고 생각했는데 생각해 보면 할머니는 나보다 엄마를 훨씬 더 예뻐했어. 그거 알아?

할머니는 내가 김치부침개 먹고 싶다고 하면 세 번은 말해야 해 줬는데 엄마가 지나가듯 간장게장이 먹고 싶다고 한 말에는 바로 노량진에 갔어."

엄마는 한동안 아무 말도 하지 않았다. 엄마가 대답하지 않을 것 같아서 나는 잘 자, 라고 말한 뒤 등을 돌려 창문 쪽으로 누웠다. 어느새 우리는 서로의 얼굴을 마주 보는 것보다 까만 밤하늘에 더 익숙해져 있었다. 하늘에서 별이 드문드문 보이는 듯했다. 창문 위쪽을 바라보자 별이 더 많이 있었다. 별을 본 게 얼마 만인지 몰랐다. 별을 보자 어릴 때 기억이 났다.

나는 잠자는 걸 무서워했다. 단순히 잠을 자는 것보다 잠에 들기 위해 불을 끄는 게 무서웠다. 불을 끄면 갑자기 어두워지고, 앞이 하나도 보이지 않고, 할머니의 얼굴도, 엄마의 얼굴도 한참 있다가 보였으니까. 그리고 어둠 속에서는 누가 나타나도 이상하지 않았다. 꿈속에서 나를 괴롭혔던 검은 유령이, 머리를 길게 늘어뜨린 처녀 귀신이, 영화에서만 보던 피 묻은 좀비가 얼마든지 나올 수 있었다. 그럴 때면 할머니와 엄마 가운데에 누워 한 손으로는 할머니를, 다른 한 손으로는 엄마를 잡고 둘에게 얼른 말을 하라고 했다. 엄마와 할머니가 말하는 소리를 들으면 어두워도 내 옆에 있다는 것을 느낄 수 있었다. 내가 자는 것을 너무 무서워하자 할머니는 천장에 야광 별을 붙였다. 큰 별과 작은 별, 작은 별로 이어진 카시오페이아자리, 북두칠성. 할머니가 손수 붙인 야광 별을 볼 때면 무섭지도, 혼자인 것 같지도 않았다. 할머니가 붙여준 북두칠성이 저 하늘에서도 보이는 것 같았다.

할머니는 어둠을 무서워하는 나에게 일부러 불을 끄라고 했는데 그럴 때면 나는 속으로 하나, 둘, 셋을 외쳤다. 셋이 끝나면 불을 껐고 다시 하나, 둘, 셋을 셌다. 셋이 끝나기 전에 할머니와 엄마 사이로 들어가야 했다. 그렇지 않으면 어둠 속에 도사리고 있는 존재들에게 잡히는 거라고 나는 생각했다. 불을 끄고 오라며 단호하게 말하는 할머니를 미워했다. 이제야 생각나는 것은 할머니는 내가 무사히 불을 끄고 갈 때까지 앉아서 나를 기다렸다. 어둠 속에 가만히 앉아 있는 할머니를 볼 때면 꼭 작은 산이 저기에 있는 것만 같다는 생각이 들곤 했다. 앉아 있는 할머니에게 달려가서 그 품 안에 안기면 할머니 냄새와 따뜻한 기운이 나를 감쌌다. 오늘도 어둠을 이겼다고 나는 속으로 좋아했다. 그 산 근처에 가면 나는 안전했는데.

"할머니는 너도 예뻐했어. 엄마가 해 준 간장게장 정말 맛있었는데."

엄마의 그 말을 듣고 나는 잠에 든 것 같다. 근래 잤던 것 중 가장 포근하고 깊은 잠을. 그날 꿈속에서 나는 엄마와 할머니의 손을 잡고 별을 뛰어다니며 놀았다.

다음 날 아침, 첫날부터 산 입구에서 와 있던 아저씨가 엄마 쪽 창문을 두드렸다. 하루 종일, 일주일을 운 아저씨였다. 엄마가 창문을 내리자 아저씨가 엄마에게 소리쳤다. 할머니를 찾았다고. 그 말에 엄마와 나는 재빠르게 산 입구 쪽으로 달려갔다. 할머니를 찾은 건 누리였다. 누리는 병원에서 치료를 끝낸 뒤, 산과 차를 왔다 갔다 하며 돌아다니곤 했는데 산 중턱에서 할머니 냄새를 맡은 것이었다. 소방관들은 누리가 짖는 소리에 할머니의 위치를 알아냈고, 할머니는 들것에 실려 나왔다. 누리가 산에 올라가지 못하게 지켜보던 소방관도 누리를 쓰다듬으며 잘했다고 말했다. 작고 가벼운 할머니는 더 앙상하게 말라 있었고 옷과 머리카락은 상당히 많이 탄 상태였다. 소방관은 할머니 위로 은행나무 가지가 쌓여 있었다고 말했다. 할머니 위에 차곡차곡 쌓였던 산의 자재들은 할머니를 힘겹게 짓눌렀지만 동시에 할머니를 살리기도 했다. 산은 자신만의 방법으로 소중한 것을 지키고 있었다. 할머니는 최소한의 의식만 붙들고 있던 참이라 엄마와 내가 이야기할 틈도 없이 곧바로 구급차에 실려 병원으로 향했다.

사이렌 소리를 울리며 산을 내려가는 구급차를 보며 엄마는 내 옆에서 다 끝났다고, 이제 전부 해결되었다고 좋아했다. 그러나 나는 함께 기다리던 사람들의 얼굴을 보자 기뻐하면 안 될 것만 같았다. 모두 축하한다고 해 주었는데도 나는 그들이 애써 이러지 않았으면 좋겠다고 생각했다. 구급차도, 할머니도, 엄마도 모두가 앞으로 달리고 있는데 나는 이상하게 어젯밤 엄마가 산을 바라보았던 것처럼 산 입구를 계속 바라보게 되었다. 그렇게 기다리던 산을 떠나가는 시간이 되었는데도 전혀 기쁘지 않았다. 일주일 내내 울던 아저씨가 지금도 울고 있는 듯했다. 산을 바라보자 검은 안개가 서서히 걷히고 있었다. 불길이 지나간 자리에는 검게 탄 나무와, 집이 가득했고 피해를 복구하는 데는 오랜 시간이 걸릴 거라고 했다. 다시 뒤를 돌아보았다. 아저씨가 더 큰 소리로 울고 있는 것만 같았다. 오랜 시간 흐른 뒤에도 복구가 안 되는 것이 분명 있을 터였다. 그래서 우리는 모두가 검은 산이 되었다.

고등부 소설 부문 동상

해삼

이산고등학교 3
정희원

    길쭉한 원통 모양의 해삼이 S 사이즈 믹싱볼 벽면에 반쯤 몸을 기대고 있다. 그 때문에 벽면에 딱 달라붙은 뭉툭한 돌기가 더 동그랗고 하얘 보인다. 뉴스에서 본 해삼과 똑같이 생긴 것 같기도 했고, 전혀 다른 것 같기도 하다. 나는 오랜 침묵 끝에 겨우 식탁을 가리키며 아빠에게 물었다.
    이게 엄마라고?
    식탁 위에는 암녹색 해삼이 있다. 내 주먹만 한 크기의 그것은 믹싱볼 바닥에 가라앉아 조용히 숨을 죽였다. 자신을 신경 쓰지 말라는 듯, 몸을 조금 웅크린 것 같기도 하다. 나는 믿기지 않는 눈으로 해삼을 바라본다. 학교도 가지 않고 하루 종일 멍하니 이 해삼을 바라봤지만 무엇도 알아낸 게 없었다. 계속해서 의문만 생길 뿐이었다. 해삼이 되는 것은 자신의 선택이라고, 작년 3월에 정부가 발표했던 것이 기억났다. 그럼 엄마는 스스로 해삼이 되길 선택한 거야? 몸에 힘이 빠졌다. 이게 엄마라니. 엄마는 결코 조용한 법이 없는 사람인데. 웅크리는 법이 없는 사람인데.
    아빠는 내 물음에 아무 말도 하지 않았다. 그는 의자를 뒤로 뺀 채 깍지 낀 손을 무릎 위로 늘어트리고 조용히 고개 숙이고 있다.

아빠는 이질감이 들 정도로 움직이지 않았다. 조금의 미동도 없었다. 다만 계속 불안한 숨소리가 들려올 뿐이었다.

나는 멍한 얼굴로 해삼을 바라봤다. 기다랗고 조금은 통통한 몸, 하얀 돌기. 입인지 항문인지 모르겠는 구멍. 이목구비가 없는 해삼을 보고 있자니 막연하고도 까마득한 기분이 들었다. 무슨 생각을 하는지, 어떤 감정을 느끼는지조차 제대로 가늠할 수 없었다. 당연히 엄마의 흔적도 찾을 수 없었다. 아이들을 가르치느라 쉰 목소리, 까만 연필심이 묻어 있는 손, 안경 자국이 남은 코. 모든 것이 사라졌다.

목덜미에 식은땀이 나기 시작했다. 대답이 없는 아빠를 보고 있으니 목을 조여 오는 듯한 불안감과 의구심이 내 머릿속에 파도처럼 밀려들었다. 나는 아빠를 재촉했다. 아빠, 뭐라고 말 좀 해봐. 어서. 줄곧 잠잠했던 심장이 이제는 흉골을 울릴 듯이 무겁게 뛰고 있었다. 아빠가 곧 참았던 숨을 내뱉고 떨리는 목소리로 겨우 입을 열었다.

엄마가 맞아. 변기 뚜껑을 열었을 때, 저 해삼과 함께 젖은 잠옷이 있었어. 면티, 수면바지, 슬리퍼, 전부 다!

나는 일그러진 얼굴로 아빠를 바라보았다. 아빠는 간신히 정신줄을 붙잡고 있는 사람처럼 연거푸 두터운 손으로 마른세수를 했다. 그 손길이 거칠고 막힘없었다. 얼굴을 마구 갈기고 있는 것 같기도 했다. 주황빛 노을이 아빠의 얼굴을 조용히 간지럽혔다. 노을 때문인지 아빠의 얼굴이 붉게 상기된 것 같았다. 어쩌면 커다란 울음을 겨우 삼키느라 숨이 막혀서 그런 것 같기도 했다.

나는 아빠를 뒤로하고 단 아홉 걸음 만에 화장실로 뛰어갔다. 다리가 부들부들 떨렸다. 아직 화장실 불을 켜지 않았는데도 어둠 속에서 희미하게나마 잠옷의 윤곽이 보였다. 나는 차마 불을 켜지 못하고 화장실 문턱에 가만히 서 있었다. 화장실 문이 조금 기울더니 문 틈새가 서서히 벌어졌다. 등 뒤로 아른거리던 하얀 불빛이 화장실 안으로 느릿하게 흘러 들어왔다. 닫혀 있는 변기 뚜껑 아래에 지긋이 깔려 있는 초록색 카디건과 동그랗게 말린 채 타일 바닥 위로 늘어져 있는 회색 바짓단이 눈에 들어왔다. 나는 그만 주저앉고 말았다. 화장실 바닥 타일에 두 무릎이 세게 부딪혔다. 알싸한 고통이 서늘한 냉기와 함께 스며들었다. 잇새로 신음인지 울음인지 모를 짧은 비명이 새어 나왔다. 인정할 수밖에 없었다. 엄마가 해삼이 되어 버린 것이다. 우리 집에도, 기어코 이런 일이 일어난 것이다.

*

나는 자꾸만 발을 끌며 교문 앞을 서성거렸다. 아직 등교 시간까지 한 시간이나 남은 터라 주위가 고요했다. 이런 나를 엄마가 봤다면, 그녀는 이렇게 소리쳤을 것이다. 뭘 꾸물거려! 어서 들어가. 교실에서 자습이라도 하고 있어. 네 경쟁자들은 지금도 책장을 넘기고 있을 거라고! 나는 그 말을 끝으로 곧 호탕하게 웃는 엄마를 떠올린다. 엄마는 온 힘을 다해 얼굴을 구겨 가며 웃는다. 지치고 쉰 목소리로.

나는 내 왼뺨을 철썩 때렸다. 어느새 고여 있던 눈물이 매서운 손길과 함께 바닥으로 후두둑 떨어졌다. 다행히 뺨을 타고 흐르지 않았다. 엄마는 죽은 게 아니야. 그저 해삼이 되었을 뿐이라고. 나는 주말 내내 되뇌었던 말을 입안에서 작게 읊조렸다. 나는 천천히 심호흡했다. 가족 중에 해삼이 된 사람은 엄마뿐이 아니다. 외할아버지도 작년 여름, 해삼이 되었다. 하지만 그는 할머니의 정성스러운 손길 아래에서 무탈하게 잘 지내고 있지 않은가? 그러니 우리 엄마도 잘 지낼 것이다. 전부 괜찮을 것이다.

나는 거리에 널려 있는 해삼을 천천히 바라보았다. 해삼은 학교 앞 횡단보도 신호등 옆에, 교문 창살 사이에, 그리고 내 발치에 나뒹굴고 있다. 사람들의 발과 따가운 시선에 치여 어디선가 굴러 온 해삼들. 나는 아랫입술을 꾹 짓이겼다. 뉴스에서는 공공장소에서 해삼이 되어 버린 사람들이 쓰레기통에 처박히거나, 산책 중인 강아지 혹은 길고양이에게 물리거나, 지하철 문 틈새에 끼이는 사고를 자주 겪는다고 했다. 물이 없어 바싹 쪼그라드는 건 다반사였다. 우리 엄마는 그나마 운이 좋은 걸지도. 터무니없는 생각에 헛웃음이 나왔다.

나는 고개 숙여 내 발치에 있는 해삼을 툭 건드렸다. 해삼은 바싹 말라 비틀진 채 죽은 듯이 누워 있었다. 돌기가 유난히 작고 검었다. 내 손목보다도 한참 얇아 꽉 쥐면 바스러질 것처럼 보였다. 문득 집에 있을 엄마가 떠올랐다. 엄마는 처음 마주했을 땐 조금 꿈틀거리는 듯했으나 어느 순간부터 미동도 하지 않았다. 엄마를 아무리 불러 보아도 조용할 뿐이었다. 나는 눈을 질끈 감았다. 그리고 발치에 있던 해삼을 조심스럽게 들어 올려 그늘진 화단에 옮겨 주었다. 이 해삼들은 곧 생활안전부 직원들이 와서 전부 수거해 갈 터였다.

정부는 해삼이 수산물 시장 바닥이 아닌, 길거리에 등장하기 시작하자 각종 공공기관에 정기적으로 해삼을 수거할 것을 공표했다. 정해진 시간에 맞춰 주위를 순찰하면서 해삼을 커다란 자루

안에 넣는 것이다. 한동안 이 지침에 대해 많은 사람들이 반발했다. '수거한다'라는 표현과 그 방식이 무척 비인간적이라는 것이다. 하지만 동시에 누군가는 말했다. 비인간적인 게 맞아요. 어쨌든 해삼이잖아요. 더 이상 인간이 아닌걸요.

교실 안에는 반 아이들이 두세 명 정도 앉아 있었다. 일찍부터 학교에 와서 자습하는 것 같았다. 엄마의 말이 맞았다. 내 적들은 지금도 책장을 넘기며 열심히 공부하고 있었다. 엄마가 그 말을 할 때 난 언제나 인상을 찌푸렸는데, 귀를 틀어막았는데. 나는 조용히 맨 뒤에 있는 내 자리에 앉았다. 누군가 말을 걸기 전에 재빨리 이어폰을 꽂고 엎드리듯 몸을 웅크렸다. 핸드폰으로 유튜브를 튼 다음, 제일 먼저 화면에 뜬 동영상의 재생 버튼을 눌렀다. "해삼이 된 사람을 보면 어떻게 해야 할까? 전문가가 알려 주는 해삼에 관한 모든 것." 진부한 제목이 눈에 들어왔다. 보통 때라면 코웃음치며 스크롤을 내렸겠지만 이젠 넘어갈 수 없었다. 엄마가 왜 해삼이 됐는지 알려면, 어떤 정보든 긁어모아야만 했다. 아직까지 해삼이 사람으로 돌아왔다는 사례는 없지만 자꾸만 우리 엄마는 좀 다를지도 모른다는 생각이 들었다.

동영상 속 하얀 가운을 입은 여자가 조금은 경쾌하고 단조로운 목소리로 말했다.

─해삼은 생존력이 무척 뛰어난 생물 중 하나입니다. 신체의 일부가 잘려도 쉽게 재생하며, 햇빛 때문에 몸이 쪼그라들어도 물을 주면 다시 원만하게 살 수 있죠. 그러니 극한 환경에서도 쉽게 적응하고 살아남을 수 있는 겁니다. 길거리에서 해삼을 발견하면 꼭 근처 파출소나 공공기관이 수거할 수 있도록 신고하셔야 합니

다. 잔뜩 쪼그라든 해삼이라도 아직 죽은 게 아니니까요. 그들을 애타게 기다리는 가족들의 품으로 보내 주세요.

이미 다 아는 내용이다. 나는 낮게 한숨을 내쉬었다. 어젯밤부터 유튜브로 해삼과 관련된 영상을 뒤적이면서 비슷한 얘기를 많이 들었다. '해삼은 반으로 갈라져도, 스스로 내장을 배출해도 죽지 않는다.' 이런 말들 말이다. 나는 천천히 댓글창을 열었다. 그곳에는 나처럼 지푸라기라도 잡는 심정으로 찾아온 사람들도 있었지만, 아닌 사람들도 많았다.

해삼이 된 모든 사람들이 가족들의 품으로 잘 돌아가길 기도하겠습니다.
해삼이 되는 건 큰 죄를 지었기 때문입니다. 흑충교(黑蟲敎)를 믿으면서 해삼이 된 가족의 죄를 대신 속죄하세요. 열심히 기도하면 다시 사람으로 돌아올 것입니다.
└ 얘네는 여기서도 포교를 하네. 사이비는 꺼지세요.
신고는 무슨. 나는 해삼 보이면 무조건 밟고 간다.
└ 님 가족이 해삼 돼도 그럴 거임? 진짜 생각 없네.
└ 미안한데, 내 가족은 해삼 될 일 없음. 해삼이 되는 건 자기 선택인 거 모름? 살 생각이 없는 애들만 해삼 되는 거임ㅋㅋ 그리고 해삼은 공공시설 망치는 쓰레기야.

나는 댓글창을 껐다. 그리고 엎드렸다. 아무도 내 얼굴을 보지 못하도록. 나 역시 아무것도 보지 못하도록. 그래서 더 이상 아무 상처도 받지 않도록. 교실 전등에서 흘러나오는 빛을 막으려고 팔에 더욱 깊이 고개를 파묻었다.

해삼이 된 엄마를 발견한 다음 날, 나와 아빠는 온 집 안을 뒤지며 엄마가 남긴 쪽지나 메모가 있는지 찾아다녔다. 몇 년 전에 방송한 해삼 다큐멘터리 시리즈를 전부 보기도 했다. 하지만 전문가의 말을 들어도 엄마가 왜 해삼이 되었는지 알 수 없었다. 다큐멘터리 속 전문가는 항상 삶을 포기한 이들이 해삼으로 변한다고 했다. 하지만 엄마의 달력은 빼곡한 일정으로 가득 차 있었고, 심지어 다음 날 입을 옷까지 드레스룸에 준비되어 있었다. 엄마는 해삼이 되기 전날에도 내일을 살아가기 위해 애썼다. 그런 엄마가 삶을 포기해 해삼이 되기를 선택했다니. 살 생각이 없다니. 쓰레기라니.

좁고 갑갑한 팔짱 사이, 짙은 어둠 속에서 어째선지 엄마가 떠올랐다. 조금 창백하고 질린 낯을 한 엄마가. 엄마는 지친 와중에도 활짝 웃고 있다.

차라리 웃지 않으면 좋을 텐데. 나는 아랫입술을 꾹 짓이기며 생각했다. 그렇게 힘들고 피곤하면 애써 웃지 않아도 되는데. 엄마는 왜 자꾸 웃어? 그녀는 대답하지 않는다. 그저 웃음이 만발한 얼굴에 더욱 힘을 줄 뿐이다. 학부모와 가식적인 목소리로 상담을 할 때도, 그들에게 무리한 요구와 부당한 항의를 받을 때도, 해삼이 되어 버린 다른 동료들의 수업을 대신하게 되었을 때도. 엄마는 늘 그랬다.

엄마는 가정방문 학습 수업을 했기 때문에 늘 정신없이 바빠 보였다. 알록달록한 숫자 블록 교구와 버튼을 누르면 영어로 된 동요가 흘러나오는 플라스틱 장난감 펜. 전부 곧 초등학교에 입학할 어린아이들을 위한 학습 도구였다. 나는 엄마가 떨 때마다 그녀의 묵직한 천 가방에서 기계음 섞인 동요가 나오는 모습을 상상한다. 앳된 여자아이가 박자에 맞춰 발랄하게 부르는 노래. 왓츠 유어 네임. 왓츠 유어 네임. 엄마는 그 물음에 대답하지 않는다. 그저 가방끈을 더욱 꼭 붙잡고 다음 집을 향해 마구 뛸 뿐이다.

어쩐지 식은땀이 잔뜩 흐른 것처럼 온몸이 축축했다. 하지만 조금도 불편하지 않았다. 포갠 팔뚝 위로 더욱 고개를 파묻는데, 문득 팔꿈치에 볼록한 무언가가 느껴졌다. 순간적으로 해삼의 돌기가 떠올랐다. 나는 고개를 번쩍 들었다. 다급하게 양팔의 팔꿈치를 확인했다. 해삼의 돌기 같은 것은, 뭔가 볼록하게 튀어나온 건 없었다.

더운 숨을 고르며 천천히 팔뚝을 쓸어 넘기는데, 교실 문이 열리며 한 아이가 들어왔다. 입이 가볍고 허풍을 잘 떨기로 유명한 애였다. 그 애는 누군가와 전화하며 말했다.

나 봤어, 정말이야. 나 토요일에 서울에 갔는데, 홍대입구역 2번 출구 앞에서 김이 자기 부모님이랑 흑충교 전단지를 나눠 주더라니까? 흑충교 신자들은 사람이 해삼이 되는 이유를 안다고, 해삼이 되어도 다시 사람으로 돌아올 수 있다고, 아주 광고를 하고 다니던데.

*

며칠 뒤, 나는 김을 찾아갔다. 김을 찾는 것은 어렵지 않았다. 워낙 소문이 자자했던 터라 발이 넓은 친구한테 물어보자 금방 몇 반인지 알 수 있었다. 며칠이나 미뤄진 이유는, 단지 내가 망설였기 때문이다. 나는 김이 있다는 교실 문 앞에서 또다시 망설였다. 사이비 종교에 기대려고 하다니. 모든 사이비 종교는 이런 식으로 포교하는 게 아닐까. 나는 이 흑충교의 포교 방식에 걸려든 게 아닐까. 하지만 그렇다고 가만히 있을 수는 없었다. 뭐든 좋으니, 엄마를 되돌리고 싶었다. 하다못해 엄마가 왜 해삼이 되었는지라도 알고 싶었다. 나는 교실 문을 벌컥 열었다.

김은 교실 구석에 있다. 까만 머리카락을 하나로 질끈 묶고, 교복을 갑갑하리만치 단정하게 입고 있다. 김은 세 명쯤 되는 여자아이들 사이를 맴돌며 밝게 웃었다. 피곤한 기색이 역력한데도, 자꾸만 제 친구들에게 말을 걸며 애써 웃고 있다. 하지만 친구들은 그런 김을 신경 쓰지 않는 듯, 김의 말에 대꾸도 하지 않고 저들끼리 어떤 동아리에 가입할지 떠들었다.

여기 김이라는 애 있니?

내 말에 반 아이들의 시선이 나에게로 쏟아졌다. 김이 엉거주춤 자리에서 일어났다.

난데, 왜?

창백한 김의 얼굴이 나를 향했다. 나는 입을 열길 주저했다. 하지만 그것도 잠시였다.

너만 알아야 해. 다른 애들한테는 말하지 말고.

자전거 거치대가 있는 건물 뒤편은 조금 습했다. 나는 김을 벽 앞에 세워 두고 단호한 목소리로 말했다. 김이 고개를 끄덕였다. 그 애는 조금 당황스러워 보였고, 그보다 더 지쳐 보였다. 방금 전까지 제 친구들 옆에 꼭 붙어 있을 때와는 완전히 다른 모습이었다. 애써 웃는 기색도, 밝은 목소리도 전부 사라졌다. 나는 짙은 그림자가 진 김의 얼굴을 바라보며 입안에 고인 침을 삼켰다. 그래서 무슨 일인데? 빨리 말해 줘. 나 수행평가 준비해야 해. 김이 질렸다는 투로 말했다. 김의 따가운 눈빛 때문에 괜스레 기가 죽었다. 나는 잠깐 숨을 고르고 천천히 입을 뗐다. 우리 엄마가 해삼이 되었어. 애들 말로는 네가 흑충교를 믿는다고 하던데, 해삼이 되는 원인 같은 걸 아니?

한참이 지났는데도 대답이 들려오지 않았다. 나는 김을 힐긋 바라보았다. 김은 입을 꾹 다문 채 허공을 바라보고 있었다. 손등에 실핏줄이 드러날 만큼 주먹을 꼭 쥐고, 바들바들 떨고 있었다. 그 애의 코끝이 조금 붉게 상기된 것 같았다. 나는 그 순간, 김이 간신히 울음을 참고 있다는 걸 알았다. 문득 어렴풋이 들었던 김에 대한 소문이 떠올랐다. 온 집안 식구가 전부 흑충교 신자래. 완전 사이비 집안인 거지, 뭐. 킥킥거리며 아무렇지 않게 내뱉던 말과 날카로운 시선들. 나는 그런 공격적인 소문을 너무 쉽게 믿었구나. 그 소문 때문에 괴로워했을 김을 떠올리자 얼굴이 뜨겁게 달아올랐다.

미안해. 나도 모르게 말했다. 더운 공기와 함께 무거운 침묵이 우리 사이를 맴돌았다. 곧 김이 고개를 주억거리며 손등으로 얼굴을 쓸었다. 열이 오른 얼굴을 진정시키려는 듯했다. 김의 눈가는 운 것처럼 빨갛게 상기되어 있었다. 됐어, 뭐가 미안해. 김이 조그만 목소리로 말했다. 학교 건물 너머로 아이들의 웃음소리와 함께 다음 수업 시간 종소리가 들렸다. 나는 김에게 짧게 인사를 하고 서둘러 돌아섰다. 고개가 점점 수그러지다가 어느 순간 푹 꺼졌다. 따귀를 맞은 것처럼 뺨이 붉어졌다. 어서 교실로 돌아가려는데 그 순간, 김이 다급한 목소리로 나를 불렀다.

잠깐만!

나는 간신히 뒤를 돌아 김을 바라보았다. 김은 눈시울이 붉어진 채 일그러진 얼굴로 말했다.

너희 엄마가 해삼이 되기 전에 어떤 증상 같은 게 있었니? 잠을 많이 잤다든가, 해삼을 많이 먹었다든가.

나는 당황스러운 얼굴로 빠르게 고개를 저었다. 머릿속을 거치지 않은, 반사적인 행동이었다. 사실 엄마가 해삼이 되기 전의 증상은 잘 모른다. 엄마는 평소와 같이 지쳐 보였고, 그럼에도 전부 다 괜찮다는 듯이 웃고 있었다. 아니, 그즈음에는 더 자주 웃었던 것 같다. 잔뜩 일그러진 얼굴로 말이다. 나는 더위 때문에 현기증을 느끼면서도 김을 똑바로 바라보았다. 혹시 정말로 김이 해삼이 되는 원인을 아는 건가, 하는 희망찬 생각이 고개를 치켜들었다. 나도 모르게 입을 뗐다.

그걸 왜 물어?

내 말에 김은 조금 주저하다가 울먹이는 듯 떨리는 목소리로 말했다.

해삼이 되고 싶어서.

김이 말끝을 흐렸다. 그리고 변명하듯이 덧붙였다.

나는 흑충교 같은 거 안 믿어. 엄마 아빠가 너무 보채니까, 어쩔 수 없이 가는 거야. 재작년에 동생이 해삼이 되고 난 후로 많이 힘들어하셨거든. 나는 그냥, 내가 해삼이 되면 엄마 아빠도 정신을 차리지 않을까 싶어서그래.

김의 목소리는 안쓰러울 만큼 떨리고 있었다. 나는 아무 말도 하지 않았다. 그저 김을 가만히 바라볼 뿐이었다. 머리가 멍해졌다. 김은 해서는 안 될 말을 했다는 듯이 고개를 푹 숙였다. 그리고 내게 짧은 작별 인사를 한 뒤 곧장 뒤돌아 달리기 시작했다. 나는 달리는 김의 뒷모습을 보다가 아랫입술을 꽉 깨문 채 천천히 걸음을 옮겼다. 그쪽에 학교로 들어가는 입구는 없는데, 더럽고 냄새나는 분리수거장만 있을 텐데. 절박하게 달리는 김에게 말해 주고 싶었다. 하지만 목구멍이 꽉 막혀 말이 나오지 않았다.

*

하교하자마자 집으로 뛰어왔다. 숨을 몰아쉬며 현관에 발을 들였다. 거실 바닥에 옅은 그림자가 고여 있었다. 나는 전등을 켰다. 거실과 부엌, 안방, 작은 방, 심지어 발코니 등까지. 집 안의 모든 불을 다 켰다. 어두워선 안 된다. 나는 내가 어둠에 의지해 그만 울어 버리지 않도록 아랫입술을 꾹 깨물었다. 그런데도 콧잔등이 시큰해서 찻장에 있는 촛불도 켤까, 잠깐 고민했다.

나는 옅게 숨을 몰아쉬며 천천히 부엌 식탁 앞에 앉았다. 그리고 투명한 믹싱볼 안에 있는 엄마를 바라보았다. 엄마는 어느새 탁해진 물 안에 가만히 가라앉아 있다. 믹싱볼 바닥에는 얇은 모래가 가득 채워져 있다. 해삼이 모래 속 유기물을 먹는다고 해서 일부러 사람이 적은 해수욕장까지 가서 챙겨 온 것이었다.

너희 엄마가 해삼이 되기 전에 어떤 증상 같은 게 있었니?

나는 엄마를 물끄러미 바라보며 김이 했던 말을 떠올렸다. 해삼이 되기 직전에, 엄마는 어땠더라. 나는 조용히 생각했다. 그즈음, 엄마는 늦은 밤이 되어서야 집에 돌아왔다. 엄마는 오전 수업, 오후 수업이 끝나면 회사에 가서 홍보 마케팅 회의를 하고 신규생 명단을 정리해야 한다고 말했다. 마케팅 회의나 자료 정리는 원래 엄마가 하던 일이 아니었지만, 그 일을 하던 동료들이 해삼이 되어 버리는 바람에 어쩔 수 없다고도 말했다.

지금쯤 다들 어디에 있을까. 한두 명 빼고는 아직도 가족들이 찾지 못했다던데, 길거리에서 사람들한테 치여 사는 건 아닌가 몰라.

엄마는 쓴웃음을 머금고 말했다. 그러고는 곧 늦은 저녁 식사와 함께 쓸쓸함을 목구멍으로 꿀꺽 삼키며 내게 물었다. 오늘 학교는 어땠어? 누가 너한테 눈치 주거나 그러진 않지?

그리고 그날 저녁, 새벽까지 수행평가를 준비하고 안방 화장실에 갔을 때였다. 엄마는 킹사이즈 침대 구석에 누워 있었다. 눈을 지그시 감고 얼굴을 조금 찌푸린 채였다. 가벼운 숨소리도, 코골이 소리도 나지 않았다. 이를 가는 법도 없었다. 다만 이따금 날카로운 손길로 하루 종일 웃느라 굳은 입가를 문지를 뿐이었다. 엄마는 몸을 웅크린 채 두 팔로 허리를 감싸고 있었다. 나는 짙은 어둠 속 비로소 더 이상 웃지 않는 엄마를 바라보았다. 그때 엄마의 잇새로 신음 같은 목소리가 새어 나왔다. 발로 차지 마세요.

나는 머리를 감싸고 천천히 책상 위로 엎드렸다. 언젠가 읽었던 기사가 떠올랐다. 해삼이 되는 것은 일종의 자기방어라는 기사였다. 역설적이게도, 해삼이 되는 것은 자신을 보호하기 위해 선택한 가장 조용하면서도 파괴적인 방법이지요. 그동안 해삼이 되는 것은 자살이나 마찬가지라던 세간의 의견과 사뭇 다른 주장이었다. 지금 그 기사가 왜 떠올랐는지 모르겠다.

나는 조그맣게 엄마를 불렀다. 엄마. 오랜만에 부르는 엄마는 내가 듣기에도 어색하고 낯설었다. 나는 다시 한번 엄마를 불렀다. 엄마. 또다시. 엄마. 엄마. 익숙해질 때까지 부를 작정이었다. 하지만 아무리 엄마를 불러도 내 눈앞에는 여전히 커다란 믹싱볼이, 해삼에서 나왔을 게 분명한 잔여물이 둥둥 떠다니는 물과 믹싱볼의 둥근 벽면에 꽉 들어찬 해삼만이 보일 뿐이었다. 엄마는 깊은 잠에 빠진 듯이 조용했다.

*

 나는 엄마가 든 믹싱볼을 더욱 힘주어 안았다. 자동차가 빠르게 달릴수록 믹싱볼 안에 있는 물이 거센 파도처럼 출렁거렸다. 비스듬히 열린 창문 밖으로 매서운 바람이 불었다. 아빠는 창틀에 팔을 기대고 아무 말 없이 운전을 했다. 곧 할머니네 집에 도착할 터였다.
 할머니한테는 엄마가 침대에서 발견되었다고 하자.
 아빠는 차에서 내리기 전, 시동을 끄고 내게 나지막이 말했다. 그게 무척 중대한 사실이라는 듯이. 나는 고개를 끄덕였다. 아빠는 쓸쓸한 얼굴로 옅게 한숨을 내뱉었다. 괜찮을 거야. 할머니네 집에는 할아버지도 있으니까, 엄마가 좀 덜 외롭겠지. 아빠는 그렇게 말하면서 잠시 동안 창밖을 바라보았다. 창문 너머로 할머니가 보였다. 할머니는 집 앞에 서서 우리를 기다리고 있다. 어쩐지 오늘따라 더 마르고 허리가 굽은 것 같았다. 나는 품 안에 있는 믹싱볼을 힘껏 껴안았다. 오늘 아침까지도 엄마를 할머니네로 보내는 게 맞는 것인지 고민했다. 하지만 하루 종일 엄마 혼자 집에 있는 것보단, 같은 해삼인 할아버지와 함께 지내는 게 나을 것 같았다. 해삼끼리 무언가 통하는 게 있지 않을까, 하는 생각이었다. 무엇보다도 할머니는 1년 넘게 할아버지를 돌봤다. 우리보다 엄마를 돌보는 데 능숙할 것이다.

할머니가 할아버지를 들고 왔을까. 나는 잠깐 동안 할머니의 빈손을 뚫어져라 바라보았다.

내가 믹싱볼을 들고 차에서 내리는 순간, 할머니의 얼굴이 도화지에 불을 붙인 것처럼 붉어지기 시작했다. 그리고 그녀는 곧 울음을 터뜨렸다. 얼굴을 가리지 않은 채로 숨김없이 흐느꼈다. 주위를 지나가던 주민들이 우리를 힐끔거렸다. 나는 차마 할머니에게 가까이 다가가지 못하고 가만히 서 있었다. 아빠가 달려가 할머니를 겨우 부축했다. 뜨거운 태양빛이 할머니의 어깨 위로 녹아내렸다. 그림자조차도 발을 디디지 못할 만큼 온 세상이 너무 밝고 뜨거웠다.

나는 조금 울먹이며 할머니에게 말했다. 그녀를 달래기 위해 마지못해 꺼낸 말이었다. 할머니 그만 우세요. 엄마는 죽은 게 아니에요. 단지 해삼이 되었을 뿐이에요. 그러자 할머니가 숨을 헐떡거리며 말했다. 그러면 죽은 게 아니냐? 해삼이 되면 죽은 게 아니야? 불효도 이런 불효가 없지, 어떻게 제 어미보다 먼저 갈 수가 있냐.

그 말에 아빠가 울었다. 아빠는 울음을 참으려는 듯 흡, 하고 숨을 들이마셨지만 바로 그 순간에 눈물이 떨어졌다.

온 가족이 울면서 집에 들어왔다. 엄마도 울고 있을까? 나는 고개를 비스듬히 숙여 엄마를 바라보았다. 하지만 역시 표정을 읽을 수 없었다. 믹싱볼 속 작은 모래 알갱이들이 휘날렸다. 엄마의 모습조차도 탁한 물색 때문에 흐릿하게 보였다. 나는 아랫입술을 약하게 깨물었다. 엄마는 울고 있지 않을 것이다. 얼굴을 조금 찌푸린 채 편히 자고 있을 것이다.

　나는 부엌 식탁 위에 있는 커다란 어항을 바라봤다. 그 안에 검은 해삼이 누워 있다. 해삼이 된 할아버지는 세간에 즐비한 다른 해삼들과 사뭇 달랐다. 그는 눈에 띄게 혈색이 좋았고, 피부도 전과 다르게 촉촉해 보였다. 물도 깨끗하고 맑았다. 할아버지는 정년퇴직 후 암 진단을 받자마자 해삼이 되었다. 엄마와 다르게, 우리 가족은 그가 왜 해삼이 되기를 선택했는지 확실하게 알 수 있었다. 할아버지가 담긴 쪽지가 있었기 때문이다.

　—지금껏 내가 모은 돈이면 당신 혼자 먹고살기 충분할 거야. 40년을 넘게 대학교 도서관 경비원으로 열심히 일했는데, 그 피 같은 돈을 병원비로 다 날리고 싶진 않아. 이제는 나도 좀 편하게 쉬고 싶네.

　나는 엄마를 건져 천천히 그 어항 속에 넣었다. 아빠와 할머니가 한 발자국 뒤에서 그 모습을 지켜보았다. 자꾸만 어깨너머로 흐느끼는 소리가 들려왔다. 그 순간, 언젠가 해삼이 된 할아버지를 바라보던 엄마가 떠올랐다. 온 가족이 훌쩍거리던 그때 엄마는 사뭇 긴장한 얼굴로 어항에 뺨을 바싹 갖다 대고 속삭였다. 어떻게 하면 그렇게 편안한 표정을 지을 수 있어요? 엄마는 해삼이 된 할아버지의 표정을 읽을 수 있었던 것일까. 나는 식탁 위에 힘없이 믹싱볼을 내려놓는다.

*

 집으로 돌아가는 길, 나는 멍하니 창밖을 바라보았다. 아빠는 퉁퉁 부은 얼굴로 핸들을 붙잡고 있었다. 그때 핸드폰 알림이 울렸다. 반 아이들만 있는 단체 채팅방이었다. 3반 사이비 걔, 해삼이 됐대. 정말 죽고 싶었나 봐. 하긴 온 집안 식구가 사이비 광신도인데, 나였어도 해삼이 됐겠다. 나는 연달아 오는 친구들의 메시지를 읽으며 지그시 눈을 감았다. 그리고 아빠에게 말했다.

 엄마는 그저 살고 싶었던 게 아닐까. 다만 인간으로 사는 건 너무 힘들어서, 인간으로서는 도저히 살 수가 없을 것 같아서, 그래서 해삼이 되어 버린 건 아닐까.

 아빠는 아무 말도 하지 않았다. 다만 멈추지 않고 계속 훌쩍거릴 뿐이었다. 나는 통통한 암녹색 해삼이 평화롭게 잠들어 있는 모습을 떠올렸다. 빈 믹싱볼이 자꾸만 손아귀에서 미끄러졌다.

고등부 소설 부문 동상

Linked

안양예술고등학교 2
최아원

"라온 464, 오늘 여기까지 풀고 자야 해."

나는 일부러 문제집 귀퉁이를 채점 펜으로 두어 번 쳤다. 슬쩍 살핀 라온의 얼굴엔 아무런 표정이 없었다. 하지만 툭 치면 금방이라도 눈물을 흘릴 것처럼 보였다. 말없이 주먹만 말아 쥐는 라온을 보자 심장이 내려앉는 것 같았다. 책상 구석엔 스마트 워치와 함께 성적표가 놓여 있었다. 얼마 전에 치른 링크 대비 모의고사. 나는 라온의 스마트 워치를 집어 들어 링크 앱에 접속했다. 99.96. 전국의 수많은 라온이들 중 2등이라는 팝업이 경쾌하게 떠올랐다.

나는 한숨을 내쉬며 수학 문제를 푸는 라온의 등을 토닥였다. 오늘은 이만하고 좋아하는 그림 그리자. 내 말에 라온의 표정이 미세하게 밝아졌다. 라온은 문제집을 덮더니 이내 사인펜을 가져와 좋아하던 용 캐릭터를 그리기 시작했다. 해맑게 웃고 있는 용을 바라보자 한숨이 절로 나왔다.

"라온 464는 전국 수석도 노려 볼 수 있는 아이예요. 어머님이 더 엄하게 대하셔야 아이가 잘되는 겁니다."

어제 학원에서 들은 핀잔이 귓가에서 맴돌았다. 이게 맞는 걸까. 종이 속에 빨려 들어갈 듯 집중하는 라온을 그저 바라만 보았다. 나는 오늘도 좋은 엄마가 되지 못했다.

링크가 시행된 건 한 일가족 자살 사건 때문이었다. 생활고에 시달리던 젊은 부부가 아이 하나와 함께 목숨을 끊었다. 그 아이가 TV 프로그램에 나왔던 영재 소년이었다는 게 알려진 후, 사건은 한동안 전국을 떠들썩하게 만들었다. 똑똑한 아이가 무능한 부모 밑에서 태어났기 때문에 이와 같은 비극이 벌어진 거라는 의견이 분분했다. 정부는 아이들의 희생을 막겠다며 'Child and parents link program', 즉 링크를 내놓았다. 매년 11월 30일마다 링크에 지원한 7세 아이들을 대상으로 국어와 영어, 수학 시험과 인성 평가가 치러졌다. 그해 마지막 날에 순위가 발표되었다. 아이를 데려가겠다고 신청한 부모들은, 부모 시험으로 매겨진 등수와 같은 순위의 아이에게 매칭되었다. 신년이 찾아오면 아이들은 정부에서 준 가짜 이름과 번호를 버리고 진짜 가족을 가질 수 있었다. 반대 여론이 있었지만, 세간에서 링크는 로또처럼 인생 역전의 기회라고 불렸다. 부모 시험을 볼 수 있는 사람들은 극소수였고, 링크에 지원하는 아이들은 날이 갈수록 늘어났다. 1차 서류 심사 때, 집안이 부유하지 않으면 서류가 반려된다는 사실은 암암리에 알려져 있었다. 링크에 떨어지지 않기 위해 아이들이 퀭한 얼굴로 학원가 일대를 돌아다니는 건 어느새 일상이 되었다.

나는 시계를 바라봤다. 벌써 밤 11시가 훌쩍 넘어 있었지만, 학원 수업은 도통 끝날 생각을 하지 않았다. 학원 복도엔 나 말고도 스무 명이 넘는 부모들이 있었다. 창문 너머로 맨 앞에서 수업을 듣는 라온이 보였다. 강사는 각기둥의 평면도를 그린 후 부피를 구하고 있었다. 판서를 받아쓰는 아이들의 팔목에는 모두 밋밋한 스마트 워치가 매여 있었다. 모의고사 점수와 전국 순위를 알려 주는 링크 앱만 깔려 있는, 링크를 보는 아이들에게 보급되는 기종. 그 순간 누군가 내 어깨를 두드렸다. 고개를 돌리자 긴 생머리 여자가 서 있었다.

"라온 464 어머님, 아들이 모의고사를 아주 잘 봤던데요?"

익숙한 목소리였다. 나는 눈앞의 여자가 누구였는지 떠올리기 위해 미간을 살짝 좁혔다. 여자를 미소를 짓더니 입을 열었다. 라온 2391 엄마예요. 나는 그제야 유치원에서 항상 양갈래를 하고 꾸벅꾸벅 졸던 아이를 떠올렸다. 여자는 교실 안을 바라보더니 혀를 찼다.

"우리 라온 2391은 또 졸고 있네요. 라온 464는 특별 과외라도 시키는 거예요? 어떻게 하면 성적이 전국 5등 밑으로 내려가질 않아요?"

나는 그제야 복도에 서 있는 부모들이 나와 여자를 힐끔거리고 있다는 걸 눈치챘다. 마치 그들도 라온이 어떤 수업을 듣는지 궁금하다는 듯. 설마요, 그럴 돈이 어딨다고. 나는 억지로 입꼬리를 끌어당겨 답한 후 고개를 돌렸다. 그사이 수업이 끝난 건지 창문 너머 아이들이 짐을 싸고 있는 게 보였다. 내가 말없이 창문만 쳐다보자 여자는 끊임없이 말을 이어 갔다.

"그럼 학원 수업만 들어요? 링크 보는 엄마들끼리 정보 공유 좀 해 봐요, 저희 애는 아무리 선생님을 붙여도 뭐가 문제인지 점수가 안 오르네요."

여자의 미소를 보고 있자니 피로감이 몰려왔다. 그 순간 교실 문이 열리고 아이들이 쏟아져 나왔다. 라온은 나를 보더니 천천히 걸어 나와 손을 잡았다. 너 이 수업이 얼마짜린지 알아? 뒤를 돌아보니 그 여자는 라온 2391의 어깨를 잡고 눈을 부라리고 있었다. 여자의 얼굴을 보자 특별 과외라도 시키는 거냐고 묻는 태연한 목소리가 맴돌았다. 라온의 손을 끌고 서둘러 차로 향했다. 시간당 5만 원이 넘게 드는 특별 과외라도 시킬 수 있었으면 좋겠다, 같은 생각이 드는 건 어쩔 수 없었다.

링크가 끝난 후 아이들의 원래 부모에겐 연금과 함께 각종 혜택이 주어졌다. 아이를 잘 길러 높은 순위의 부모에게 보낼수록 받을 수 있는 혜택은 늘어났다. 그 혜택만 보고 링크에 지원한 중위층들도 적지 않았다. 나는 안전벨트를 매는 라온에게 김밥을 내밀었다. 배가 고팠던 듯 허겁지겁 김밥을 먹는 라온을 뒤로하고 통장 잔액을 확인했다. 학원비가 빠져나간 뒤 남은 금액을 보니 속이 쓰렸다. 남편은 이혼 후 양육비를 몇 번 보내다 말았다. 고등학교 동창 유진과 함께 차린 김밥집 수익만으로는 학원비를 내는 것조차 벅찼다. 부모 시험의 등수를 결정짓는 중요한 변수가 재력이라는 건 암암리에 알려진 사실이었다. 학원비를 낼 때마다 금액을 계산하는 엄마가 아니라, 특별 과외 몇 개쯤은 아무것도 아니라는 듯 붙여 줄 수 있는 부모가 라온에겐 필요했다. 좋은 부모를 만난 라온은 분명 더 나은 삶을 살 수 있을 테니까. 나는 복잡한 마음을 뒤로하고 액셀을 밟았다.

"링크를 코앞에 두고 시위에 나서는 사람들이 늘어나고 있습니다. 정부는 내일 있을 링크 파이널 모의고사와, 2주 후 예정된 링크에 경찰 병력을 배치하겠다고 밝히며……"

텔레비전 화면이 순식간에 어두워졌다. 뒤를 돌아보자 유진이 재료 통을 가리키고 있었다.

"단무지는 빼먹게?"

유진의 중얼거림에 나는 멋쩍게 웃으며 김밥에 단무지를 집어넣었다. 김밥을 은박지로 포장하는데 유진이 물었다. 라온이 주려고? 나는 가볍게 고개를 끄덕거리며 유진을 쳐다봤다. 유진은 평소와 다름없이 부스스한 머리와 정돈되지 않은 옷차림으로 의자에 걸터앉아 있었다. 하지만 유진의 팔뚝에는 어제까지 없던 상처가 나 있었다. 나의 미간이 구겨졌지만 유진은 그저 어깨를 으쓱했다.

"너 또 링크 반대 시위 나간 거야?"

유진은 슬슬 손님이 오는 시간이 되었다며 자리에서 일어섰다. 그런 유진의 팔뚝엔 상처가 가득했다. 목엔 파스가 덕지덕지 붙어 있었다. 나는 얼마 전 라온과 학원가에서 마주쳤던 시위대를 떠올렸다. 유진은 시위대의 가장 앞줄에서 붉은 피켓을 들고 서 있었다. 비윤리적인 링크를 폐지하라! 나는 유진의 피켓에 쓰인 문구를 보고 걸음을 재촉했다. 그 순간 어디선가 나타난 경찰들이 시위대를 향해 달려왔다. 피켓을 들고 있던 유진은 어느샌가 우왕좌왕하는 사람들 틈 사이로 사라져 버렸다. 이곳저곳에서 비명과 앓는 소리가 들렸다. 나는 라온의 귀를 막고 근처 건물로 몸을 피했다. 라온은 자그마한 목소리로 중얼거렸다.

"엄마, 저 사람들은 뭘 잘못한 거야?"

나는 그 물음에 차마 대답할 수 없었다. 그날 유진은 만신창이가 된 채 김밥집으로 돌아왔다. 내가 해 줄 수 있는 건 간단한 치료와 시위에 나가지 말아 달라는 당부가 전부였다. 애도 있는데, 이러다 큰일이라도 나면 어떡해. 내가 아무리 말해도 유진은 자주 시위에 나가 크고 작은 상처를 달고 왔다. 나는 그런 유진을 이해할 수 없었다. 유진도 몇 달 전까지는 누구보다 링크에 열정적이던 엄마들 중 하나였으니까. 그 순간 문이 열리더니 라온과 같은 유치원 원복을 입은 아이가 들어왔다. 유진의 아들인 선우였다. 유진은 테이블을 닦다 말고 선우를 안아 들어 의자에 앉혔다. 경쾌한 웃음소리가 울려 퍼졌다.

"우리 선우 왔어? 얼른 김밥 싸서 줄 테니까 앉아 있어."

나는 허공에 발을 휘적거리는 선우를 그저 바라봤다. 링크에 지원한 아이들은 정부에서 지정한 이름을 써야 했다. 올해 일곱 살이 되는 아이들은 라온이었다. 이듬해에 태어난 아이들은 다온, 다음 해엔 나루…… . 아이들은 모두 같은 이름 뒤 링크를 위한 수험번호를 단 채로 7년 동안 생활했다. 선우에겐 진짜 이름이 있었다. 유진이 몇 달 전 선우의 링크 응시를 포기했기 때문이었다. 가끔 자녀의 링크 응시를 포기한 부모들이 있다는 이야기가 들려오곤 했지만, 그게 유진이 될 거라곤 생각도 하지 않았다. 유진은 항상 선우에게 좋은 부모를 만들어 주려고 기를 쓰던 사람이었으니까. 나는 김밥을 싸는 유진에게 다가가 속삭였다.

"아직도 이해가 안 돼, 링크는 왜 포기한 거야? 선우는 너 닮아서 머리도 좋으니까 잘할 수 있었을 텐데."

말이 끝나자마자 유진이 나를 빤히 바라봤다. 또 시작이라는 듯 매서워진 눈빛에 어깨가 저절로 움츠러들었다.

"말했잖아. 나는 선우가 제일 행복할 수 있는 선택을 한 거라고."

제일 행복할 수 있는 선택을 했다는 말이 낯설었다. 선우가 행복해지려면 시험에서 높은 등수를 받은 부모와 매칭되어야 하는 거 아닌가. 유치원 셔틀 승강장에서 엄마들은 한데 모여 유진을 욕하곤 했다. 돈이 없는 부모는 죄인이 돼, 자식한테 항상 미안해해야 하는 거야. 유진은 바쁜 와중에도 선우가 먹기 편하도록 김밥을 잘게 잘라 주는 사람이었다. 그걸 아는 나는 유진을 욕할 수 없었지만, 유진이 링크를 포기한 이유가 문득 궁금해지곤 했다. 나는 스마트 워치 없이 깔끔한 선우의 손목을 바라봤다. 그 순간 주머니 안에서 진동이 울렸다. 라온의 학원 선생님으로부터 온 전화였다. 전화를 받자 무미건조한 목소리가 흘러나왔다.

"어머님, 라온 464가 학원에서 다투다가 좀 다쳐서요. 지금 학원에 오셔야 할 것 같아요."

"라온이가요?"

나는 귀를 의심하며 스마트폰을 고쳐 잡았다. 내 표정을 본 유진이 얼른 가 보라는 듯 손을 휘휘 저었다. 서둘러 차에 타 시동을 걸었다. 지금껏 라온은 싸움 한 번 일으킨 적 없었다. 단지 라온이 또래보다 조숙하기 때문만은 아니었다. 인성 평가는 아이의 평소 행실을 바탕으로 이루어졌다. 그래서 링크 앱엔 아이들의 말과 행동을 수집해 통계를 내는 기능도 있었다. 욕하거나 말썽을 일으키면 곧바로 점수가 차감되었다. 이걸 누구보다 잘 아는 라온이 싸운 이유가 뭘까. 나는 핸들을 꽉 쥐었다.

라온은 학원 의자에 앉아 손등을 깨물고 있었다. 라온의 발목에는 얼음주머니가 얹혀 있었고, 하얀 뺨은 벌겋게 부어오르다 못해 푸르딩딩했다. 그 옆엔 눈이 퉁퉁 부은 라온 2391이 앉아 있었다. 나는 다급히 라온에게 다가가 손을 잡아 내렸다. 그 순간 학원 문이 벌컥 열리더니 긴 생머리 여자가 뛰어 들어왔다. 여자는 라온 2391의 얼굴을 살피더니 내 쪽으로 몸을 돌렸다.

"애가 말하길 라온 464가 먼저 때렸다는데요. 이거 인성 평가에 반영되는 거 아시죠?"

여자는 빨개진 얼굴로 나와 라온을 번갈아 쳐다봤다. 속에서부터 뜨거운 게 울컥 올라왔다. 라온 2391은 얼굴을 조금 긁힌 게 전부였다. 누가 봐도 라온이 훨씬 더 피해자 같아 보였다. 저기요. 내가 운을 떼자마자 라온이 내 손목을 붙잡았다. 라온은 나를 바라보며 고개를 젓더니 절뚝거리며 학원 밖으로 빠져나갔다. 다급히 라온을 따라갔다. 라온은 복도 기둥에 기대어 숨을 크게 몰아쉬더니 입을 열었다.

"집에 가자, 엄마."

나는 라온의 눈높이에 맞춰 무릎을 꿇고 앉았다. 라온의 얼굴은 새파랗게 질려 있었다. 티셔츠 아랫단을 꽉 붙잡고 있는 손은 안쓰러울 정도로 떨렸다. 항상 차분하던 라온이 이렇게 동요하는 걸 보면 겁을 먹은 게 분명했다. 나는 라온을 끌어안고 속삭였다. 괜찮아, 네가 잘못한 게 아니잖아. 그 순간 내 어깨가 바깥쪽으로 밀려났다. 내 어깨를 밀친 라온의 얼굴엔 당황한 기색이 역력했다. 심장이 쿵쾅거리며 뛰었다. 이게 무슨 짓이냐고 꾸중해야 했지만, 놀란 탓인지 입이 열리지 않았다. 라온은 고개를 푹 수그렸다.

"내가 먼저 때린 거 맞아."

뭐라고? 내가 반문하자 작은 어깨가 더욱 움츠러들었다. 라온 2391이 무슨 잘못을 했냐는 물음에도 라온은 입을 꾹 다물고 있을 뿐이었다. 손목에 걸려 있는 스마트 워치가 형광등 불빛을 받아 빛났다. 0.1점으로도 순위가 갈리는 게 링크였다. 라온이 먼저 주먹을 휘둘렀다면, 분명 인성 평가에 악영향이 있을 터였다. 나는 목을 가다듬고 다시 말했다.

"라온아, 너 그런 애 아니잖아. 지금까지 말썽 한 번 피운 적 없었고, 싸우면 인성 평가 점수 깎이는 것도 알면서. 당장 2주일 뒤가 링크인데……."

"엄마는 고작 링크가 그렇게 중요해?!"

라온의 목소리가 복도에 쩌렁쩌렁 울렸다. 고작 링크라니. 좋은 부모에게 가면 넌 행복해질 수 있어. 뱉지 못한 말이 입속에서 맴돌았다. 라온은 금방이라도 울 것 같은 표정을 짓더니 절뚝거리며 엘리베이터로 다가갔다. 반쯤 열린 라온의 가방에서 종이 하나가 떨어졌다. 영어 단어가 가득한 종이엔 용이 한 마리 그려져 있었다. 활짝 웃고 있는 용의 가슴팍엔 반창고가 가득했다. 고개를 들자 작은 주먹을 말아 쥔 라온이 보였다. 눈물을 참으려는 듯 엘리베이터 문을 노려보고 있는 라온이 오늘따라 낯설었다.

창문 밖으로 비가 쏟아졌다. 조수석에 탄 라온은 말없이 공책에 그림을 그리고 있었다. 여전히 멍이 빠지지 않은 뺨이 눈에 밟혔다. 그날 이후 라온은 부쩍 말수가 줄었다. 다음 날엔 멀쩡한 얼굴로 11월 모의고사를 치르러 가고, 학원과 집을 바쁘게 오갔지만, 얼굴에선 핏기가 사라졌다. 링크가 고작 이틀 남았는데, 병원이라도 가 봐야 하나. 내가 고민하는 사이 라온의 스마트 워치에서 알림이 울렸다. 링크 파이널 모의고사 성적이 도착한 모양이었다. 라온은 펜을 멈추더니 점수를 확인하곤 스마트 워치의 전원을 꺼 버렸다. 왜 그래? 나는 건널목 앞에서 차를 멈춰 세웠다. 책가방을 멘 아이들이 단어장을 들고 도로 위를 걸어갔다. 라온은 잠시 망설이더니 눈을 질끈 감았다.

"99.86. 전국 3등이래."

"잘했네. 링크도 그렇게만 보면 되겠다. 엄마는 우리 라온이가 잘할 거라고 믿어."

"……싫어."

어? 입에서 얼빠진 소리가 새어 나왔다. 그사이에 신호가 바뀐 건지 경적이 연거푸 울렸다. 비상등을 켜고 갓길에 차를 댔다. 나는 눈을 동그랗게 뜨고 라온을 바라봤다. 그러자 며칠 전 여자와 했던 전화 통화가 떠올랐다. 여자는 라온이 먼저 싸움을 시작한 거라는 말만 반복했다. 내가 전화를 끊으려던 찰나, 여자는 흐릿한 목소리로 중얼거렸다. 우리 애가 틀린 말 한 것도 아닌데, 라온464가 너무 과민 반응 하는 거 아니에요? 그날 라온은 무슨 말을 들었던 걸까. 라온은 나와 스마트 워치를 번갈아 바라보더니 고개를 들었다. 긴 속눈썹이 파르르 떨렸다.

"엄마도 내가 링크를 망치면 싫어할 거야?"

라온의 표정은 엘리베이터를 노려보던 그날과 닮아 있었다. 가슴에 무거운 돌이 떨어지는 것 같았다. 나는 다급히 라온을 끌어안았다. 엄마가 너를 왜 싫어해. 내 대답에 라온이 웅얼거렸다. 금방이라도 울음을 터트릴 것처럼 가늘게 떨리는 목소리였다.

"아빠가 그랬잖아. 나는 특별한 애라고, 엄마랑 아빠가 나를 똑똑하게 낳아 줬으니까 결과로 보답을 해야 한다고."

티셔츠가 축축하게 젖어 드는 게 느껴졌다. 라온은 품 안에 쏙 들어오고 남을 정도로 작았다. 나는 나보다 한참 작은 아이의 종아리에 새겨진 흉터들을 떠올렸다. 그러자 그 상처를 만든 남편의 얼굴이 생생하게 떠올랐다.

나와 남편은 링크가 법제화되기 전에 일곱 살을 넘겼다. 우리

최아원 Linked 241

둘은 머리가 좋았지만, 일찍 취업 전선에 뛰어들어야 했다는 공통점이 있었다. 하루 벌어 하루 먹고사는 우리에게 대학은 사치였기 때문이다. 남편은 라온이 똑똑하다는 걸 깨달은 순간부터 개천에서 용이 났다며 라온에게 공부를 시키기 시작했다. 공부를 다 끝내지 못한 날이면 남편은 회초리를 들고 와 남은 문제 수만큼 라온의 종아리를 때렸다. 당시 김밥집을 개업해 온종일 일만 했던 나는, 라온이 여섯 살이 되던 해에야 그 장면을 목격했다. 울음을 터트리는 라온을 감싸 안은 내게 남편은 혀를 차더니 딱 한마디를 뱉었다.

"개천에서 용 나는 줄 알았는데, 네가 다 망쳤어."

라온을 더 세게 끌어안았다. 라온이 무언가를 보답해야 한다는 생각은 해 본 적 없었다. 나는 라온만큼은 나처럼 살지 않기를 바랐으니까. 라온의 납작한 뒤통수를 쓰다듬자 흐릿한 중얼거림이 들려왔다.

"라온 2391이 그때 그랬어. 우리처럼 없는 집에서 링크를 시키는 건 아이를 팔아먹는 거고, 엄마한텐 내가 아들도 아닐 거래. 정말이야?"

라온은 그렇게 말하며 나를 쳐다봤다. 커다란 눈엔 눈물이 가득 고여 있었다. 속이 부글부글 끓었지만, 손을 뻗어 라온의 눈가를 문질러 닦았다. 라온이 내 앞에서 우는 건 오랜만이었다. 일곱 살이면 울고 보채는 게 당연한 나이인데도. 나는 고개를 저으며 답했다.

"엄마는 라온이가 누구보다 행복했으면 좋겠어. 그게 다야."

큰 눈을 두어 번 깜박거리는 라온이 보였다. 그날 밤 라온의 얼굴이 겹쳐 보였다. 남편을 피해 도망쳐 나온 공원에서 숨죽여 울던 라온이. 그때나 지금이나 내가 할 수 있는 건 라온이 울 수 있도록 앞을 막아 주는 것뿐이었지만. 시계를 확인한 라온은 학원에 늦겠다고 웅얼거렸다. 나는 천천히 도로로 돌아갔다. 라온은 공책을 펼쳐 둔 채 창밖을 응시하고 있었다. 펼쳐진 공책엔 두 용이 서로를 끌어안고 있는 그림이 그려져 있었다. 한 용이 상처투성이인 다른 용을 끌어안고 있는 그림. 용들은 나와 라온을 닮아 있었다. 문득 라온이 내년부터 나와 가족이 아니라는 사실이 실감 났다. 그러자 별안간 코끝이 뜨거워져, 나는 브레이크를 눌러 밟았다.

링크가 하루 앞으로 불쑥 다가왔다. 날이 부쩍 추워진 탓에 김밥집을 찾는 발걸음도 줄어들었다. 텔레비전에선 연일 링크에 관한 뉴스가 흘러나왔다. 올해 링크에 응시하는 학생 수부터, 시험의 방향성까지. 작년까지 남의 이야기였던 것이 앞으로 불쑥 다가오니까 도무지 가만히 있을 수가 없었다. 유진도 잠시 자리를 비운 터라, 오늘따라 김밥집이 고요했다. 라온의 도시락을 싸려 일어서는 순간 스마트폰이 울렸다. 라온의 학원 선생님이었다. 전화를 받자 무미건조한 목소리가 들려왔다.
"어머니, 라온 464가 오늘 학원에 안 왔어요. 마지막으로 짐도 챙기고, 최종 정리 좀 해 주려고 했는데 안내 못 받으셨을까요?"
네? 나는 되물으며 시계를 쳐다봤다. 6시 10분. 분명 라온이 학원에 있어야 할 시간이었다. 온몸의 피가 얼어붙는 것 같았다. 다급히 유치원에 전화를 걸었지만, 라온이 예정대로 하원했다는 대답만이 돌아올 뿐이었다. 나는 차에 올라타 시동을 걸었다. 유진에게 라온이 사라졌다고 문자를 남기는데 자꾸만 오타가 났다.
몇 시간 동안 라온을 찾아 헤맸지만 라온은 어디에서도 보이지 않았다. 유치원, 집 근처, 자주 가던 식당……. 나는 마지막이라는 생각으로 학원 건물로 향했다. 쉬는 시간인지 몇몇 아이들이 복도에 나와 있었다. 학원 복도를 둘러보고 있는데 누군가의 시선이 느껴졌다. 고개를 돌리니 라온 2391이 나를 빤히 바라보고 있었다. 이 중 라온과 같은 유치원을 다니는 건 라온 2391뿐이었다. 나는 다급히 라온 2391에게 다가갔다. 라온 464 못 봤니? 라온 2391은 어깨를 으쓱하더니 태연하게 입을 열었다.

"셔틀은 저랑 같이 탔는데, 이상한 곳에서 내리던데요."
"어디에서 내렸는데?"
"자기 집 앞이요. 오늘 엄마가 집에 일찍 오라고 했다면서."

집 근처? 나는 학원을 빠져나가려다 말고 라온 2391을 바라봤다. 나에겐 라온이 아들도 아닐 거라 말했던 그 아이를. 문득 분노가 치밀었다. 그때 학원으로 돌아가 따져 묻지 않은 것이 후회됐다.

"그땐 왜 그랬어?"

내 물음에 교실로 돌아가려다 멈춰 선 라온 2391이 입을 열었다.

"엄마가 이기기 위해선 나쁜 말도 좀 해야 하는 거라고 했어요."

우리 라온이는 너 때문에 많이 상처받았어. 나는 그렇게 답하려다 말고 입을 다물었다. 라온 2391의 눈엔 짙은 피로감이 묻어 있었다. 툭 치면 눈물을 터트릴 것처럼 위태로운 표정이 라온과 너무나 닮아 있어서, 차마 입을 열 수 없었다. 그 순간 유진에게서 문자가 도착했다. 라온이 찾았어. 집 앞 공원으로 와. 나는 서둘러 학원을 나서며 문 쪽을 곁눈질했다. 라온 2391은 그새 교실로 돌아간 듯 온데간데없었다.

　공원에 도착하자 입구 쪽 벤치에 유진과 라온이 앉아 있는 게 보였다. 다리에 힘이 풀렸다. 비틀거리는 내게 유진이 다가왔다. 라온에게 달려가려 하자 유진이 나를 꽉 붙잡았다. 이거 놔 봐. 내가 낮게 중얼거리자 유진이 단단한 목소리로 말했다.

　"소은아."

　오랜만에 듣는 내 이름에 우뚝 멈춰 섰다. 유진이 천천히 내 어깨를 토닥였다.

　"소은아, 라온이가 정말 링크를 원할까?"

　라온이가 너한테 뭐라고 했어? 유진은 격앙된 내 목소리는 개의치 않고 말을 이었다.

　"반년 전에 선우가, 아니, 다온 12가 갑자기 표정이 사라져 갔어. 어디 아픈가 싶어서 병원에 데려가 봤는데 소아 우울증이라더라. 내가 선우한테 원하는 게 뭐냐고 물었더니, 자긴 다온 12 대신 진짜 이름이 가지고 싶대. 그 말을 들으니까 정신이 번쩍 들더라."

　천천히 유진을 바라봤다. 유진은 시간이 늦었다며 내 등을 살짝 밀어 주었다. 나는 천천히 라온의 곁에 다가가 앉았다. 라온의 공책엔 용 그림이 가득히 그려져 있었다. 문득 라온이 항상 용을 그리고 있었다는 사실이 떠올랐다. 나는 공책 위에 올려진 라온의 손을 잡으며 물었다.

　"너는 왜 항상 용을 그리고 있어?"

　라온은 공책에 가득한 용들을 바라보다가 입술을 꾹 깨물었다.

　"내가 용이 되면, 엄마랑 같이 살 수 있으니까."

　어? 내 입에서 얼빠진 소리가 튀어나왔다. 개천에서 용이 났다고 즐거워하던 남편의 얼굴이 떠올랐다. 라온이 주먹을 말아 쥐는 게 느껴졌다.

"링크로 맺어진 가족은 진짜 가족이 아니잖아. 나한테 가족은 엄마밖에 없단 말이야. 그리고 난 진짜 가족이랑 사는 게 더 행복할 거 같아."

라온은 그렇게 말하더니 공책을 내 쪽으로 내밀었다. 나는 공책 위에 그려진 용들을 멍하니 바라봤다. 문득 라온이 그림을 그리며 지었던 표정이 떠올랐다. 학원을 바쁘게 오가는 라온에게선 볼 수 없었던, 일곱 살 아이다운 미소가. 링크가 시행되지 않았다면 라온은 화가가 되고 싶다고 했을지도 모른다. 온종일 창문 없는 교실에 갇혀 있는 게 아니라, 평생토록 하고 싶은 걸 찾았을지도 몰랐다. 내년부터 나와 떨어져 지낼 라온은 어떤 이름을 가지고, 무슨 표정을 지으며 살아갈까. 가로등이 머리 위에서 깜박거렸다. 라온이가 정말 링크를 원할까? 유진의 목소리가 귓가에 맴돌았다. 나는 천천히 고개를 돌려 라온을 쳐다봤다. 라온의 손목을 조이고 있는 스마트 워치가 수갑처럼 차갑게 빛났다.

라온이 갓 태어났을 무렵이 떠올랐다. 쪼글쪼글한 얼굴은 꼭 못생긴 건포도 같았지만, 나는 연신 예쁘다고 중얼거리며 손을 뻗었다. 부르튼 검지를 말아 쥐는 자그마한 손을 바라보며, 나는 내 아들을 누구보다 행복하게 해 주겠다고 다짐했다. 그 생각은 지금도 변함이 없었다. 라온은 내 아들이었으니까. 나는 라온의 머리를 쓰다듬으며 말했다.

"라온아, 넌 이미 나한테 용이야. 그것도 아주 멋진 용."

라온은 빨개진 눈으로 밤하늘을 올려봤다. 나도 라온을 따라 고개를 들었다. 남편을 피해 도망쳐 나온 그날처럼 별이 드문드문 떠 있었다. 우리의 어깨 위로 가로등 불빛이 쏟아져 내렸다. 나는 라온의 어깨를 부드럽게 쓸어내렸다. 주홍색 불빛이 우리 사이에 일렁거렸다. 그것을 잠시 바라보다가 양팔을 벌렸다. 그러자 라온이 곧장 내 품속으로 파고들었다. 오늘 밤엔 해야 할 말들이 많을 것 같았다.

수험장에서 아이들이 하나둘 걸어 나왔다. 같은 건물에서 시험을 본 라온 2391은 엄마의 품에 안겨 울음을 터트렸다. 여자는 그런 라온 2391을 한참 동안 미동 없이 안고 있었다.

링크가 끝났다. 그러니 정부가 링크를 위해 지어 준 라온이라는 이름도, 늘 따라붙던 464라는 수험 번호도 이젠 끝이었다. 아이들은 제각각 다른 표정으로 수험장에서 빠져나오고 있었다. 이 중에서 극소수의 아이들만 새로운 삶을 시작하게 될 것이었다. 그렇게 생각하니 이상한 기분이 들어, 나는 핸드백을 꾹 쥐었다. 그 순간 수험장에서 나오는 라온이 보였다. 라온은 내게 다가오더니 작게 속삭였다.

"엄마, 나 시험 망쳤어."

그렇게 말하는 라온의 목소리는 오랜 짐을 덜어 낸 듯 홀가분했다. 나는 소리 내어 웃곤 라온의 손목을 쳐다봤다. 여전히 수갑 같은 스마트 워치가 걸려 있었다. 나는 핸드백을 뒤적거려 아침에 사 온 캐릭터 시계를 꺼냈다. 스마트 워치를 풀고, 대신 캐릭터 시계를 채워 줬다. 라온은 용이 그려진 시계를 바라보다가 그제야 배시시 웃었다.

나는 라온의 둥그런 정수리를 쳐다봤다. 라온이 내 손을 잡아 줬을 때, 투명한 눈망울과 마주할 때, 라온의 그림을 마주 볼 때마다 불러 주고 싶었던 이름이 있었다. 세상에는 수많은 라온이들이 있었지만 내 아들은 한 명뿐이니까. 나는 천천히 입을 열었다.

"넌 더 이상 라온 464가 아니라, 미르야. 그냥 내 아들 미르인 거야."

라온 464, 아니, 미르는 밝게 웃었다. 우리는 서로의 손을 단단히 맞잡았다. 그러자 따스한 온기가 손바닥을 타고 고스란히 느껴졌다.

중등부 소설 부문 금상

미치광이들의 나라

충남여자중학교 3
신은수

오늘 1940년 6월 1일, 우리 사토 일가의 아침은 늘 그랬듯 바쁘게 흘러갑니다. 하녀들은 아침밥 준비를 위해 분주히 움직여요. 저희 아버지인 사토 렌 씨는 본토에서 온 서류와 편지들을 정리하죠. 어머니인 사토 스미레 씨는 방을 돌며 삼남매를 손수 깨웁니다. 하녀들이 깨우면 안 일어나거든요. 그렇게 저와 메이사 언니, 귀여운 여덟 살 남동생 아사히의 하루가 시작되는 거죠!

사토 일가는 아랫사람들에게 존경받고, 윗사람들에게 신뢰받고 있어요. 저만 빼면요. 제 소개를 해 볼까요? 제 이름은 사토 루리. 아버지께서 지어 주셨는데, 청금석을 의미하는 예쁜 이름이에요. 그 이름대로 파란색을 좋아하는 소녀로 자랐고요. 열일곱 살도 소녀라고 친다면 말이죠. 저는 종종 어머니께서 깨운 후에도 아침밥이 다 준비되기 전까지 계속 누워 천장을 바라보고 있어요. 때로는 아침밥도 거릅니다. 왜냐하면 저는 뛰어난 공상가거든요. 아침부터 제 안에서는 끊임없는 질문이 쏟아져요. '만약에', '왜' 등으로 시작되는 질문이요. 그리고 그 의문들을 제 공상으로 채워 넣어요. '왜 국가는 존재할까? 아! 국가 없는 개인으로 살기엔 자연은 무질서하고 어지러우니 뭉쳐서라도 자연을 극복하는 걸 수도 있겠다! 그럼 인간은 자연을 모방한 무기나 인재를 만들어선 안 되는데, 어째서 산사태와 닮은 폭탄을 만든 걸까?' 이런 식으로요. 그런데 남들 눈에는 제가 아무 생각도 없이 멍하게 있는 걸로 보이나 봐요. 공상하다가 궁금한 것이 생기면 일어나서 아버지의 서고로 달려가는 것이, 그들에겐 갑자기 하는 돌발 행동으로 보이는 거죠. 그래서 하녀들은 종종 저에 대해 '미치광이 루리 양'이라고 수군댑니다. 그래도 상관없어요. 저는 이런 일상을 사랑하거든요. 언니의 말대로, 굳이 하녀들 하나하나에게 신경 쓸 필요는 없겠죠. 그렇지만, 친해지고 싶은 하녀는 있답니다.

구하라 아카네. 본토식 이름을 쓰지만 반도인이에요. 몇 개월 전에 창씨개명 정책이 시행되면서 반도인들이 일본의 성씨와 이름을 쓰기 시작했거든요. 창씨개명 전 이름이 궁금하시겠지만, 저도 모르니까 이건 그냥 넘어가죠. 본론은 저와 같은 나이인 그녀가 아주 똑똑하다는 것과 더불어, 저와 비슷한 부류의 인간이란 사실이니까요! 뭐, 사실 어린 미치광이 여자애의 공상 따위야, 현실에선 소용없긴 합니다. 실체 불분명한 것을 추구하기엔 현실은 실체하는 것을 위주로 돌아가거든요. 가령 돈이라든가, 외모라든가 하는 것들 말이죠. 요즘 제 또래의 여자애들이 조혼을 많이 하는 것도 이러한 이유에서겠지요. 하지만, 제가 하고 있는 것이 실체 불분명한 것이 아니라면요? 가장 현실과 맞닿아 있는 것이라면요? 제가 이렇게 생각하게 된 계기는, 창고 근처에서 우연히 아카네의 되뇌임을 듣게 된 것이었습니다.

"오라비께 들은바, 철학은 곧 생각하는 것. 공상 같지만 공상이 아닌 것. 진리와 본질을 탐구하고, 옳고 그름을 판별하는 것, 국가와 법의 본질을 생각하는 것, 그 모든 것이 철학. 스스로 철학하는 자가 자유와 행복을 얻으리."

철학. 그 단어에 제 심장이 두근거리기 시작했습니다. 실체 없다고 믿어 왔던 것이, 사실은 실체하는 단어로 표현할 수 있는 것이었습니다. 제가 하는 게 미치광이의 공상이 아니라 철학이란 학문에 해당했습니다. 철학이라는 꿈이 봄꽃이 피듯 마음을 간지럽히며 움트기 시작했습니다. 그래서 전, 미치광이가 아니라 철학가가 되고 싶어졌습니다. 철학가가 되어, 세상 온갖 진리를 탐구해서 사람들과 나누고 싶어졌습니다. 저는 그때부터 아카네가 마음에 들었어요. 아카네는 제가 보기에 가장 저와 동류였거든요. 아카네가 그런 사람이란 걸 안 이상 반도인이라는 건 저에게 더 이상 중요하지 않아요. 함께 공상할 사람이란 게 중요하죠. 그래서 친해지고 싶은데…… 통 기회가 오질 않습니다.

"아카네! 내 치장 좀 도와줄 수 있을까?"

기껏 힘을 내서 아카네를 부르면,

"……루리. 꼭 아카네에게 맡겨야겠어? 아카네. 이리로 오지 말고, 네 할 일이나 하러 가렴. 요코! 네가 와서 내 동생 치장 좀 도와주련?"

이런 식으로 가족들이 아카네를 돌려보냅니다. 때로는 메이사 언니가, 때로는 아사히가, 가끔은 어머니가, 또 어떤 때는 아버지가요.

"언니. 난 이해가 안 가. 왜 아카네는 안 된다는 거야?"

"이 집 하녀들은 대체로 조센징이야. 그 종자들은 태생적으로 더럽고, 감사함을 모른단다. 뭐, 그건 별수 없지. 태생적으로 그렇게 타고났는데 어쩌겠니? 그런데, 특히 아카네는 심각해. 예전에 어떤 본토인 남자가 그녀를 요보라고 불렀다가 뺨을 맞았다는 소문도 못 들었니? 어떻게 조센징이 본토인을 때릴 수가 있어!"

"······'요보'가 뭔데?"

"아······ 멸칭이란다. 물론 조센징들은 멸칭으로 불려도 상관없긴 하지만, 웬만해선 쓰지 마. 무식한 조센징들 중에서도 그 정도가 심해서 난폭하게 구는 자들이 있으니 위험해. 아카네처럼 말야."

음, 그럼에도 전 이해할 수가 없네요. '요보'라는 말은 처음 알았지만, 정말 멸칭이라면 아카네가 화났을 만도 하지 않나요? 아카네가 때리기 전에 누군가가 그 본토인 남자를 비판했어야 하지 않나요? 더군다나 제가 본 아카네는 무식하지 않았어요. 정말로 그 사건은 아카네가, 반도인이, 무식해서 일어난 일인가요? 제 속엔 이런 생각들이 뭉게뭉게 피어올랐지만, 입 밖으로 꺼낼 순 없습니다. 이런 말을 하면 사상범 취급을 받을 거예요. 그런데도, 저는 제가 미치광이 공상가가 아닐지도 모르겠다고 생각했어요. 어쩌면, 진짜 미치광이는······

저를 둘러싼 세상일지도요?

그렇게 아카네와 친해지기로 한 결심이 무색하게도, 아무 일 없이 시간이 흘러 7월 5일이 되었어요. 더운 공기가 사토 일가의 저택 안을 맴돌고, 매미 우는 소리가 들려오죠. 저는 지금 하녀들이 빨래 너는 터에 숨어 있습니다. 6월 중순에 갑자기 혼담이 덜컥 잡혔는데, 오늘 그 혼담이 오간 남자가 오거든요. 그런데 세상에, 나이가 저와 스무 살이나 차이 난다는 거 있죠? 웬만해선 이런 말 안 하지만, 아버지께서 단단히 미치신 게 분명합니다. 저는 돌발 행동 좀 한다고 미치광이 소리를 듣는데, 아버지는 왜 미치광이 소리를 듣지 않으시는 걸까요? 뭐, 이번 일을 계기로 하녀들 사이에서 그 비슷한 말이 돌고 있긴 하지만! 아무튼 이건 좀 아닙니다. 무슨 수를 써서라도 이 혼담을 파토 낼 생각이에요. 우선 수풀 속에 숨어 있긴 한데, 과연 안 들킬지는 모르겠어요. 그래도 이대로 버티고 있으면…….

"루리 아가씨? 왜 여기에……?"

"……하하. 안녕, 아카네."

운도 나쁘지! 아카네에게 들켰습니다.

"곧 아가씨의 혼담 상대분이 오십니다. 그런데 기껏 치장해 놓은 것들이 다 망가졌잖습니까?"

"아카네. 너도 알잖아. 이건 완전히 정신 나간 혼담이야. 나보다 스무 살 연상이라니! 좀 도와줘, 응?"

"……일단 여기서 이야기하기엔 하녀들이 많이 드나드는 곳입니다. 다른 곳으로 가서 이야기하시죠."

아카네는 앞장서서 담을 훌쩍 넘습니다. 저도 따라서 담을 오르려고 했지만 담도 넘어 본 적이 있어야 넘죠! 제가 담을 넘지 못하자 결국 아카네가 다시 와서 손을 내밉니다.

"아가씨, 올라오세요."

아카네는 제 팔을 붙잡고, 저는 아카네의 팔을 붙잡아 낑낑대며 담을 올랐습니다. 마침내 담 위에 올라서자 저는 한 번도 경험해 보지 못한 신비로운 일을 겪었습니다. 광활한 하늘에 펼쳐진 새털구름이 바로 제 눈앞에 있어요! 7월의 아침을 물들인 드높은 녹음의 나무들이 하늘에 구불구불한 길을 만들고 있는 모습이, 이토록 아름답다니!

"와아……!"

"아가씨, 이리로 따라오세요."

아카네의 재촉에 어쩔 수 없이 담 위에서 내려와야 했습니다. 아카네를 따라서 간 곳 나무 밑동엔 굴이 있었습니다. 이 굴이라면 확실히 몰래 대화를 나누기엔 좋을 것 같아요. 굴 안은 축축하기도, 아늑하기도 합니다.

"그래서, 아가씨께서는 어떻게 혼담을 물리실 계획입니까?"

"오늘 하루 동안 아버지께 안 들키고 숨어 있어야지. 그 정도면 상대분도 화가 나서 결혼하지 않겠다고 하실지도 몰라."

"조언해 드리자면, 숨어서 결혼을 피하는 게 능사가 아닙니다. 혼담 상대분인 '히가시 마코토' 씨는 대부호세요. 사교계는 겪어 본 적이 없어 잘 모르겠으나, 그 정도 대부호면 사교계에서도 대우를 받는 분이시겠죠. 이 혼담이 자칫 잘못되었다간 사교계에 아가씨에 대한 안 좋은 소문이 퍼지기 쉽다는 얘깁니다. 그러면 아가씨께서는 앞으로 평생 결혼을 이루어 내기 어려워지실 테고요. 혼담을 물리긴 어렵지 않겠습니까?"

너무 실망스러웠습니다. 아카네에겐 뭔가 뾰족한 수가 있으리라 생각했지만, 역시 혼담을 파토 내긴 어렵겠군요. 아쉬워도, 이게 제 운명일까요? 그렇지만 전 하고 싶은 게 아직 있는걸! 스무 살 차이 나는 남편의 집에 들어가서 아이를 키우며 살기엔, 전 아직 탐구하고 생각하고 싶은 것들이 많은걸요. 정말…… 이 결혼은 어쩔 수 없는 걸까요? 이루고 싶은 꿈이 있는데, 시집을 가서 아내의 도리를 다해야 하나요? 아무 생각도 의문도 없이 그와 살아야 하나요? 정말로? 아뇨, 전 역시 그럴 수 없습니다.

"……아카네. 정말로 방법이 없을까? 평생 결혼하지 못해도 괜찮으니까……."

 "정말로 원하십니까?"

 "방법이 있는 거야?"

 "어렵다고 했지, 불가능하다 하진 않았습니다. 하지만 평생 결혼하지 못하고 미치광이라고 불려야 할 것쯤은 각오하셔야겠지요."

 "어차피 지금껏 평생 결혼하지 않은 채, 미치광이로 불리며 살았는걸. 부탁할게. 방법을 알려 줘."

 아카네는 잠시 미묘한 표정으로 저를 쳐다봅니다. 그러다, 마침내 입을 엽니다.

 "……마침 시기적절하게…… 잘됐네요. 제게 맡기시죠. 대신, 이후의 일에 대해 책임질 생각은 없습니다. 책임질 수 없는 것에 가깝겠지만요."

 아카네는 의미심장한 말을 툭툭 뱉고는 곧 굴을 빠져나갑니다. 아카네는 대체 무슨 생각일까요? 알 순 없지만, 지금은 믿는 수밖에요. 저도, 굴을 빠져나갑니다. 집에 가 봐야지요.

 집으로 돌아가자 보기 드물게 아버지께서 헐레벌떡 달려오십니다.

 "루리! 어딜 갔다 이제 오니? 옷은 왜 다 더러워져 있고?"

 "죄송해요. 히가시 씨는 언제 오시나요?"

 "이미 와 계시지! 히가시 씨보다 늦다니, 이게 무슨 실례니?"

 아버지의 뒤로 한 남자가 다가옵니다. 아마 히가시 씨겠죠.

 "허허. 전 괜찮습니다. 나카무라 씨와 첫째 사토 양과 대화를 하며 기다리는 것도 즐거웠습니다."

역시 히가시 씨네요. 나카무라 씨는 메이사 언니의 혼담 상대예요. 셋이서 대화하고 있었나 봐요.

"그나저나, 옷매무새를 가다듬고 오셔야겠군요. 기다리겠습니다."

"아니요. 그럴 필요가 없을 듯합니다."

"예?"

"저는 아직 결혼할 준비가……."

제가 말을 채 다 하기도 전에, 아버지께선 저를 가로막으십니다.

"루리. 어서 옷을 갈아입고 와라, 어서."

저는 말대답을 하기 위해 입을 뻥긋거렸습니다. 그런데, 비명 소리가 먼저 들리다뇨?

"아아아아악!"

비명의 주인은 히가시 씨였습니다. 귀를 찢는 비명 소리에, 함께 차를 음미하던 나카무라 씨와 메이사 언니도 놀라 히가시 씨를 바라봅니다. 그 직후, 무언가 깨지는 소리와 함께 다시 한번 비명 소리가 들려옵니다.

"꺄아악! 아카네! 뭐하는 짓이니!"

모두의 시선이 히가시 씨와 아카네에게 닿았습니다. 히가시 씨의 옷은 축축하게 젖어 있었고, 옷 밖으로 나온 맨살은 붉어져 있었습니다. 발밑엔 깨진 도자기 조각이 있었고요. 게다가, 아카네가 옮기던 트레이 위에 있어야 했던 찻주전자는 사라져 있어요. 아카네는 최대한 커다랗게 눈을 뜨고 겁에 질린 표정을 짓습니다. 그 속에 숨어 있는 미묘한 희열과 승리감을 발견한 사람은, 아무래도 저뿐인 듯하네요. 히가시 씨가 아카네의 뺨을 치십니다.

"어디서 조센징이! 어서 빌지도 않고 멍청하게 가만히 서서 뭐 하는 거야!"

"아아아아악!"

아카네의 비명은 아까와 달리 순수한 공포로만 가득했습니다. 그래서일까요? 저는 반사적으로 아카네의 뺨을 치던 히가시 씨의 손목을 붙잡아 버렸습니다.

"그만두세요! 우리 집안 하녀에 대한 처벌은 우리가 정해요."

"이런, 기분이 상하셨다면 제가 무례했던 거겠지요. 하지만, 제게 무례를 저지른 괘씸한 조센징 하녀를, 저더러 가만히 두란 겁니까?"

"사죄를 안 한 게 화가 나시는 거라면 제가 대신 사죄할 테니……."

"당신이 얼굴만 아름다운 순진하고 멍청한 여자라는 건 들었으나, 이 정도일 줄은! 사죄가 중요한 게 아니지요. 조센징이 일본인에게 실례를 저질렀단 게 가장 중요하지요."

저는 두 부분에서 충격을 받아 말문이 막혔습니다. 제가 순진하고 멍청하다고요? 진짜로 순진했으면 스무 살 연상의 남편을 두는 것에 저항이나 했을까요? 사죄보다 어느 나라 사람인지가 중요하다고요? 사람의 정신과 행동보다 태생이 먼저이면, 어느 누가 사회를 위해 봉사하고 노력해 주겠어요? 손이 파르르 떨립니다. 그런데, 어떤 목소리에 저는 정신을 차릴 수 있었습니다.

"누나한테 멍청하다고 하지 마요!"

아사히! 어느새 아사히가 와서 나를 변호해 주고 있었습니다. 아버지께서는 땀을 삐질삐질 흘리시며 아사히를 타이르십니다.

"아사히. 책 읽고 있으랬잖니. 어서 들어가. 루리, 넌 어서 히가시 씨께 주제넘었다고 사과드리고."

하지만 아사히는 듣는 척도 하지 않고 히가시 씨께 계속 따지고 듭니다.

"당신 옷이 젖은 건 우리 누나 잘못이 아니잖아요. 우리 누나한테 뭐라고 하지 마세요!"

"아사히! 웃어른께 대드는 버릇 좀 고치랬지!"

아버지께선 곤란해하시며 히가시 씨의 눈치를 봅니다. 히가시 씨는 온 얼굴이 붉게 물든 채 씩씩대십니다. 금방이라도 혼담을 없던 일로 할 것처럼요. 그렇다면, 전 도울 수밖에요.

"아사히. 난 괜찮아. 그만둬."

"누나……!"

"세상이 그렇단다. 착한 사람은 모두가 자신과 같으리라 생각하고, 천재는 자신이 범재라 생각해. 멍청한 사람 역시, 자신이 멍청하니 남도 멍청하리라 생각한단다. 멍청하면 타인에게서 멍청한 모습밖엔 찾을 수가 없단 거야. 그러니 받아들여야지, 어쩌겠니?"

아, 물론 혼담을 빨리 포기할 수 있도록 돕는단 뜻이었답니다.

"사토 양? 지금 제가 멍청하단 소립니까?"

"히가시 씨를 놓고 한 얘기는 아니었습니다만, 그렇게 받아들이셨나요?"

저의 뻔뻔한 태도에 그는 분이 차는지 얼굴이 더 붉어진 채 성을 냅니다.

"그래! 미치광이라는 소문 역시 사실이었구먼! 내가 얼굴에 홀려 미치광이와 결혼할 뻔했어. 요망한 여우 같으니!"

저는 아사히가 히가시 씨께 한 번 더 덤비려 드는 걸 간신히 막았습니다. 히가시 씨는 제 뒤에 있는 아카네를 향해 외칩니다.

"게다가! 저런 조센징 하녀를 둔 집안과 결혼할 뻔했고! 역시 더러운 조센징들을 오냐오냐 해 주면 안 되는데! 저런 녀석들도 일본인으로 받아준답시고 창씨개명 정책까지 나오다니. 이 나라가 대체 어디로 가려는 건지!"

히가시 씨의 언성은 점점 높아지고, 분위기도 점점 험악해집니다. 메이사 언니를 보자 하니, 언니는 거의 쓰러지기 직전입니다. 아카네의 얼굴에서 일순 공포가 사라지더니, 이젠 차갑게 끓는 분노로 채워집니다.

"그래요? 잘됐네! 저도 일본인 하기 싫거든요. 저도 창씨개명하기 싫었고요."

아카네는 다소 투박한 발걸음으로 히가시 씨 앞으로 나아갑니다.

"절 일본인이라 인정하기 싫으신가요? 그럼, 저를 구홍이라 불러 주시죠. 저도 일본인 구하라 아카네가 아니라, 조선인 구씨 집안 막내 홍이라고 기억되고 싶으니까요."

어느새 그녀는 히가시 씨 바로 앞에 서 있었습니다. 창씨개명 전 이름이 구홍이라는 것을 밝힌 홍이는, 속이 시원해진 듯 입가에 미소를 그립니다.

"제 이름, 기억해 두시는 게 좋을 겁니다."

히가시 씨는 불쾌함을 더 이상 버틸 수 없었는지, 그대로 등을 돌려 나가십니다. 아버지께서는 급히 히가시 씨를 따라 나가시고요. 휴. 드디어 끝난 걸까요?

"아카네! 너 때문에 내 동생 혼삿길이 다 막혔어! 어떻게 책임질 거니?"

이런. 아직 안 끝났나 봅니다. 메이사 언니가 홍이를 꾸짖기 시작합니다.

"언니! 진정해. 이 일이 아니었더라도, 난 이 결혼을 하고 싶지 않았어."

"하아. 루리. 너 생각해서 그래. 히가시 씨가 사교계에 소문 하나 잘못 퍼트리면 너에게 구혼하는 남자는 평생 없을 수도 있다고! 아버지께서도 그걸 아니까 어쩔 수 없이 혼사를 진행하려 하신 거야."

"알아, 알아! 일단 진정하고, 쉬러 가. 언니 지금 너무 놀랐다. 나카무라 씨, 언니 좀 데리고 정원 산책 다녀와 주시겠어요?"

"아, 예. 그래야지요."

나카무라 씨는 비척대는 메이사 언니를 데리고 정원으로 나갑니다. 하지만 나카무라 씨도 많이 당황한 기색이었습니다. 예, 당연히 그렇겠죠! 혼담 상대를 보러 왔다가 싸움 구경이나 하게 된 셈이니, 말 그대로 봉변이죠. 나카무라 씨껜 안타깝게 됐습니다. 그런데, 평소에 반도인을 싫어하던 아사히가 어째선지 홍이에게 아무 말도 하지 않습니다. 유일한 아들로서 아버지께 더 많은 일본식 교육을 받았으니, 메이사 언니보다 반도인들을 더 깔볼 텐데도요. 정말 의외 아닌가요? 아사히는 되레 담담한 표정으로 저를 올려다봅니다. 주변을 두리번거리더니, 저에게 속삭입니다.

"잘됐다. 나, 그 아저씨는 마음에 안 들었어."

"응? 진짜로? 왜?"

"못생겼어."

아하! 그래서 홍이를 탓하지 않았던 것 같습니다. 히가시 씨가 영 얼굴이 반반하진 않죠. 교육을 많이 받았다고 한들 역시 어린

아이의 눈은 솔직한가 봅니다.

"……누나는 그 아저씨가 마음에 들었어?"

"아니. 나도 실은 마음에 안 들었어."

"그치?"

아사히는 자신의 생각과 저의 생각이 같다는 게 확인되자 기뻐했습니다. 귀여워서 더 함께 있고 싶었지만, 언제까지고 아사히를 붙잡아 둘 순 없어요. 아버지께서 아마 곧 돌아오실 거예요. 그럼 저와 홍이를 혼낼 겁니다. 홍이에겐 혼만 내면 차라리 다행이겠네요. 그리고, 아사히에게도 혼을 내겠죠. 책을 읽으라고 했는데, 어느 순간 갑자기 나와서는 히가시 씨께 대들었으니까요. 아버지께서 돌아오시기 전까지 아사히에게 책을 읽으러 가라고 해야겠습니다.

"아사히. 근데, 이제 방에 들어가 봐도 괜찮을 것 같아. 얼른 가서 책 읽어야지."

"누나. 아카네가……."

"신경 쓰지마. 알아서 대화해 보고 해결할게."

"아니, 그게 아니라! 아카네가 사라졌어."

"응? 방금까지 바로 근처에 있던 사람이 어떻게 사라진다고……."

저는 말을 끝맺지 못했습니다. 진짜로, 홍이는 사라져 있었습니다! 대체 어디로 가 버린 걸까요? 저희 아버지께 벌을 받을 것이 두려워 도망친 걸까요? 뭐가 됐든, 찾아야겠어요. 아버지께서는 홍이가 도망쳤다는 사실에 더 화를 내실 거예요. 나중에 들키기라도 하면 후폭풍이 더 커질 테죠.

"너는 어서 들어가, 아사히! 그 애는 내가 잘 찾아볼 테니까!"

아사히는 제 말에 별다른 반항 없이 조용히 방에 들어갑니다. 이제, 홍이를 찾으러 가야지요.

"아카네! 아카네?…… 홍이야?"

저는 그녀를 찾아 집안을 돌아다닙니다. 다른 하녀들에게 물어봐도, 본 사람이 없네요. 그런데, 아는 하녀 하나가 있는 것 같습니다.

"저, 루리 아가씨! 아카네를 찾으시나요?"

"아, 응. 혹시 어디로 갔는지 봤니?"

"빨래할 때도 아닌데, 빨래터 쪽으로 가더라고요."

"빨래터? 일단 알겠어. 고마워!"

저는 서둘러 빨래터 쪽으로 향했습니다. 빨래터에 다다르니, 그곳에 홍이가 있었습니다. 홍이는, 담을 넘으려 하고 있습니다.

"아카네…… 홍이야! 어디 가는 거니?"

"절 잡지 마요! 지금 가야 한다고요! 오지 마요!"

홍이는 언제 챙겼을지 모를 단검 하나를 빼 들었습니다. 그 모습은 간절해 보였습니다. 저는…….

"…… 홍이야."

제 목의 목걸이를 풀었습니다. 쓸모도 없이 그저 화려하기만 한 목걸이를요.

"너에겐 쓸모 있겠지."

제 목걸이를, 슬쩍 그녀의 단검에 걸어 주었습니다.

"멀리 가. 멀리."

홍이는 잠시 단검에 걸린 목걸이를 보더니, 이내 단검을 거두었습니다.

"……감사합니다. 감사합니다. 안녕히 계세요."

홍이는 그렇게 말하고선, 담을 능숙하게, 훌쩍 넘었습니다. 옆얼굴로 슬쩍 보인 그녀의 표정은, 전에 없이 생기 있었습니다. 그녀의 눈에는 하늘을 가로지르는 새털구름이 비춰졌습니다. 그것은 분명히, 어린 소녀의 환희였습니다. 그리고 그 얼굴이, 제 선택에서 얻을 수 있는 가장 좋은 것이라는 확신이 들었습니다.

홍이가 집을 떠난 지 1년 뒤인 1941년. 저는 이제 어엿한 열여덟 살입니다. 저에게 구혼하는 남자는 없지만, 덕분에 저에겐 좀 더 저에게 집중할 시간이 주어졌고요. 그런데 오늘, 아버지께서 교육 명목으로 저희 남매를 법정에 데려오셨습니다. "일본제국을 거부한 조센징들이 심판받는 모습을 잘 지켜봐라!"라고 하시면서요. 저는 그 말에서 묘한 불쾌감을 느꼈습니다. 그래서 따라 들어가지 않으려 했지만, 결국 등 떠밀려 들어와 버렸네요. 그런데, 익숙한 얼굴이 어렴풋이 보입니다. 그 얼굴은…… 홍이?

'홍이가 왜 여기에?'

그리고 그것은 곧 밝혀졌습니다. 대한 독립운동에 가담한, 사상범이라는 이유였습니다. 법정의 분위기는 점점 험악해졌습니다. 저를 제외한 사람들은 모두, 그녀를 '미치광이'라고 말했어요. 그렇게 재판이 끝나 갈 즈음이었습니다.

"피고인. 마지막으로 할 말이 있습니까?"

"……예. 있습니다. 많습니다. 너무 많습니다."

그리고, 그녀는 용맹히 쏟아붓기 시작했습니다.

"저는 구홍이입니다! 나이 열여덟 살. 이름은 어머니께서 지어 주셨으며, 동백꽃 같은 붉은색을 의미하는 예쁜 이름입니다! 그 이름대로 전 붉은색을 좋아하는 소녀로 자랐습니다. 당신들은 열여덟 살을 소녀가 아니라 사상범이라 칭하고 있지만요. 저는 오라비가 제 잠을 깨웠음에도 잠자리에서 일어나지 않는 것이 일상이었습니다. 그 이유인즉, 저는 뛰어난 철학가였기 때문입니다. 아침부터 제 안에서는 끊임없는 질문이 쏟아져요. '만약에', '왜' 등으로 시작되는 질문이요. 그리고 그 의문들을 제 철학으로 채워 넣어요. '인간의 기술과 문화는 발전해 왔으며, 그 발전의 이유는 순전히 거리낄 것 없이 자유롭게 행복하기 위해서인데, 어째서 우리 민족만 자유롭게 행복할 수 없을까? 왜 일본은 발전을 핑계로 우리 민족의 자유와 행복을 앗아 가는 걸까? 그래, 역시 이건 부당해.' 이런 식으로요. 그런데, 당신들 눈에는 제가 아무 생각도 없이 침묵하는 걸로 보였나 보죠? 철학을 하다가 깨달음을 얻으면 곧바로 행동하는 것이, 당신들에겐 갑자기 하는 돌발 행동으로 보이는 거겠죠. 저에 대해 '미치광이 구홍이'라고 부르셔도 상관없어요. 저는 그럼에도 철학하는 것을 사랑하거든요. 이미 이승을 떠나신 부모님과 오라비의 말대로, 굳이 당신네 일본인들 하나하나에게 신경 쓸 필요는 없겠죠. 그렇지만, 이것 하나만 약속해 주시죠."

홍이는 숨통이 방금에서야 트인 듯, 시원한 미소를 지었습니다.

"저는 구하라 아카네가 아니라, 구홍이입니다. 저희 부모님께서 다정히 불러 주셨던 그 이름, 홍이. 부디 잘 기억해 주시길 바랍니다."

숨통이 방금 트인 사람에겐 곧 벌이 내려졌습니다.

"⋯⋯이러한 모든 점들을 고려하여, 피고인에게 징역 10년형을 선고한다."

징역 10년. 모두 살고 나오면 홍이는 스물여덟 살이 됩니다. 가장 아름다울 나이가 감옥에서 흘러갑니다. 단지 철학을 했다고, 그 철학을 실천했다고, 자유를 원했다고. 몇 년 후, 돈을 내서라도 풀어주려 했지만 돌아온 간수의 대답은 이러했습니다.

"그녀는 형량을 다 채우지 못하고, 병에 걸려 죽었습니다."

홍이야. 너는, 네 철학은 널 죽음으로 몰아갔어. 그게 무척 안타까워. 하지만, 아무래도 넌 실패하지 않은 것 같아. 사람들은 담을 넘던 너처럼 환희에 차 있어. 일본에 커다란 무언가가 떨어져서, 전쟁을 할 여력이 사라졌거든. 나는, 일본은 앞으로 어떻게 될까. 미치광이들이 군림했던 세상은 어디로 흘러갈까. 언젠가는…… 언젠가는. 철학이, 다정함이, 모든 아름다운 나이가 군림할 세상이 올까? 1945년, 내 나이 스물두 살, 대한은 독립했다.

중등부 소설 부문 금상(백일장)

청춘 강요

충남여자중학교 3
신은수

　인생네컷. 요즘에 엄청나게 유행하는 중이며, 대한민국의 청소년 중 인생네컷을 안 찍어 본 사람은 없을 것이다. 그러나, 나는 예외다. 솔직히 유행이고 뭐고 따라가기 버겁고 귀찮을 뿐이다. 한 달에 한 번꼴로 바뀌는 유행에는 돈이 너무 많이 든다. 그래서 난 그자리에 가만히 있으면 유행이 돌고돌아 다시 온다는 법칙을 일찍 깨우쳤다. 어차피 이 유행도 슬슬 수명을 다해 가니, 굳이 해야 할 이유가 없지. 내 청춘에 유행 따윈 없다. 근데, 지금 난 인생네컷을 찍지 않으면 인생이 네 컷 나게 생겼다.

　시작은 버스 안이었다. 버스 안은 아주 한산했고, 아주 평화로웠다. '음악이나 좀 들어 볼까……?'라고 생각한 나는 귓구멍에 이어폰을 꽂으려고 했다. 이어폰이 귀에 꽂히기도 전에, 누군가가 나를 강한 힘으로 끌어당겨 버스 밖으로 강제로 나와 버렸지만. 당연히 나는 화를 냈다.
　"아, 뭐야! 그쪽은 뭔데 절 끌고 내리시는데요!"
　"아이, 화내지 말고! 나랑 같은 학교 교복을 입고 있길래 반가워서 그랬지! 네 이름이……."

그 애는 뻔뻔하게 웃으며 말을 이었다.

"김우현? 명찰에 그렇게 쓰여 있는 거 맞지? 좀 흔한 이름 아닌가? 김우현, 김우현⋯⋯."

"아, 그만 불러! 너는 몇 학년 몇 반 누군데?"

"나는, 음, 3학년 4박 박승우야."

"청현중 3학년 4반, 박승우⋯⋯."

나는 기억을 더듬었다. 그리고⋯⋯ 어라?

"3학년 4반에는 박승우라는 애 없어. 그럼, 넌 누구야?"

이 말을 하자마자, 그 애는 입이 찢어지게 웃었다. 그리고 소름 끼치는 목소리로 말했다.

"들켰다. 하하하하. 친구도 없는 애가 어떻게 다른 반 애들은 알고 있는 거야? 가장 보고 싶은 게 상상의 친구일 정도로 외톨이인 네가!"

그리고, 모습이 바뀌었다. 그 애는 이제 교복이 아니라 검은 한복을 입고 있었으며, 커다란 갓을 쓰고 있었다.

"김우현. 뭐, 짐작은 가겠지만 난 저승사자야. 내가 제일 막내이긴 하지만. 아무튼, 저승사자는 데려갈 사람이 가장 보고 싶어 하는 사람의 모습으로 변할 수 있다는 이야기 들어 봤어? 이야, 어떻게 가장 보고 싶은 게 박승우라는 상상 친구지? 많이 외로운가 보다?"

나는 침을 꿀꺽 삼켰다. 저승사자? 내가 꿈을 꾸나? 아니, 감각은 선명했다. 이건 현실이다. 그럼⋯⋯.

"나, 오늘 죽는 거야?"

"글쎄, 네 선택에 따라?"

이건 대체 무슨 소리지. 내 속마음이라도 읽은 듯, 그 저승사자는 말했다.
"나랑 인생네컷을 찍으러 가자. 그럼 죽이지 않을게."
인생네컷? 저승사자가 그걸 어떻게 알지? 왜 찍자고 하는 거지? 하지만 저승사자가 뿜어내는 한기에 고민이 날아가 버렸다. "그러자." 죽이 되든 밥이 되든 살고 보자.

그렇게 된 고로, 나는 저승사자와 인생네컷을 찍으러 왔다. 약간 후회할 뻔했다. 그 저승사자는 굉장히 정신 사납게 굴었다. 이것저것 만져 대고, 온갖 것을 다 질문했다. 참자. 참아. 사진만 빨리 찍고 끝내 버리자. 그런 생각으로 촬영 부스 안에 들어가 재빨리 돈을 넣었다. 저승사자는 태연하고 뻔뻔하게 카메라 렌즈를 향해 미소를 짓고, 포즈를 취했다. 진짜 고민이 없어 보였다. 얼굴도 내 또래 같아서 이런 생각이 들었다. 고민도, 고통도 없는 청춘은 얼마나 좋을까? 그때, 저승사자가 말을 걸어왔다.
"부러워?"
"뭐?"
"부럽냐고."
여전히 저승사자는 미소 짓고 있었고, 그는 나에게 찍힌 사진을 내밀고 있었다.
"사람들이 흔히 말하는 게 있지. '아프니까 청춘이다.' 청춘에는 고민과 아픔이 동반된다는 거야. 그리고, 글쓰기 대회나 그림 대회에선 이렇게 말해. '청소년 여러분의 아픔과 고민을 드러내세요. 그와 동시에 여러분 나이에만 가질 수 있는 순수함도 보여 주세요.' 근데, 세상 어느 고민이 순수할 수 있지? 사실, 아프니까 청춘이라는 말은 틀렸지. 안 아픈 청춘? 널렸어! 부모를 잘 타고나서, 부잣집에서 태어나서, 재능 있게 태어나서, 운 좋게 왕따당하지 않아서 전혀 아프지 않은 청춘."

저승사자는 서늘한 목소리로 말을 이었다.

"김우현. 가난한 집에서 태어나, 밝은 성격도 아니라 친구도 없고, 인생네컷 같은 단순한 유행도 못 따라가는 고민 많고 아픔 많은 청춘. 억울하지 않아? 네가 아프고 싶어서 아픈 거야? 이건…… 말하자면 청춘 강요지."

"……뭘 말하고 싶은 거야?"

"너도 저승사자가 되지 않을래? 그럼 고통도, 아픔도, 고민도 없는 청춘을 줄게. 어때?"

순간 솔깃했다. 고민도 아픔도 없고, 청춘을 강요당하지 않고 즐긴다는 건, 나한텐 아주 먼 이야기였으니까. 그러나, 저승사자에게 물어봐야 하는 것이 있다.

"박승우는 내 상상 친구가 맞아. 그런데, 아주 오래전 친구고, 잊은 지 오래되었어. 어떻게 내가 가장 보고 싶어 하는 사람이 박승우일 수가 있지?"

"잊었, 다고? 하지만 분명 네가 가장 보고 싶어 하는 게……."

저승사자의 미소가 깨지며, 그는 명부로 보이는 종이를 꺼내 들어 정신없이 확인했다. 그때, 나는 말했다.

"너, 애초에 뭘 잘못 짚은 것 같아? 아픔 없는 청춘과 친구는 사실, 네가 갖고 싶었던 거지?"

그는 말없이 고개를 숙였다. 약간 기가 죽은 듯 보였다. 그리고, 그와 동시에 난 잊어버린 박승우가 왜 가장 보고 싶은 존재인지를 깨달았다. 어린 나이에 마주한 고민과 아픔을 이겨 내기 위한, 정신 승리의 결정체. 내 청춘엔 박승우가 필요했다. 저 저승사자에게도 승우가 필요했던 걸까?

"아프니까 청춘이라는 말은 거짓말이지. 하지만, 선의의 거짓말이라는 게 있어. 그 말은, 아픔을 받아들이고, 수용할 수 있게 하는 선의 거짓말 아닐까?"

그는 계속 고개를 떨군 채로 있었다. 무슨 표정인지 알 수 없으나, 내가, 이 저승사자에게 승우가 되어 주고 싶다.

"……야! 누가 나한테 청춘을 강요하든 하지 않든, 나는 내 방식대로 청춘을 누리고 갈게. 그때까지 네 자리에서 기다려. 돌고 돌아 결국 네 옆자리에 가게 될 테니까. 이 인생네컷 유행처럼 말이야."

나는 그 애가 내민 사진을 툭, 쳤다. 다른 사람 눈에는 어떨지 모르겠지만, 내 눈에 비친 사진 속에는 그 애의 모습이 선명히 인쇄되어 있었다. 그 저승사자는 점점 허공으로 떠오르고 있었다. 여전히 고개를 숙인 상태였기에, 어느 정도 높이 떠올랐을 때즈음에 저승사자의 표정을 볼 수 있었다. 그는 화사하게 웃고 있었다. 환하게 웃으며, 자신이 있을 자리로 돌아갔다. 나에게 강요 없는 청춘을 남기고.

중등부 소설 부문 은상

해상도를 기부합니다

목운중학교 2
김효은

 네모난 조각들이 형체를 드리운다. 사람들은 비웃고 희롱하며 마치 벌레라도 지나간다는 듯 혐오했다. 흐릿하고 불분명한 형체. 해상도가 낮았다. 그때, 수군거리는 사람들 사이로 한 아이가 걸어 나왔다. 그 아이는 열쇠고리를 건넸다. 동그랗고 투명한 플라스틱 케이스 안에 파란 액체가 출렁거렸다. 고리를 흔들자 방울 소리와 함께 파도 소리가 겹쳐 들렸다. 마치 모래사장을 걷는 기분이었다.
 "우리 길 가다가 우연히 만나더라도 이걸로 서로를 알아보는 거야!"
 "응!"
 우린 열쇠고리를 흔들며 우리만의 바다가 생겼다고 좋아했고, 서로의 가방에 고리를 달아 주었다. 그때 눈앞이 점점 흐려지더니, 눈을 떴을 땐 따가운 햇살이 나를 비추고 있었다.
 "또 이 꿈이야……."
 나는 침대에서 일어나 밖으로 나갔다.
 "이제 일어났니? 얼른 아침밥 먹어. 다 식겠다."
 우리 엄마는 해상도가 낮다.

"아빠 회사 갔다 온다. 엄마 말 잘 듣고 있어."

우리 아빠도 해상도가 낮다. 나는…… 나는 해상도가 높다.

모든 것이 해상도로 결정되는 사회다. 선천적인 해상도에 의해 해상도가 높은 사람은 사회적 지위도 높고, 해상도가 낮은 사람은 사회적 지위도 바닥이다. 두 사람의 합의에 의해서 해상도를 바꿀 수는 있다만, 해상도가 높은 사람이 해상도가 낮은 사람에게 자신의 해상도를 물려준다는 건 사실상 없는 일에 가깝다. 한 번 해상도가 낮은 사람으로 태어나면, 그저 그렇게 짓밟히며 살아가야 한다는 얘기다. 그런데 나는…….

아침밥은 대충 먹고 방으로 들어왔다. 오늘 아침 꾼 꿈 때문에 아침밥이 잘 넘어가지 않았다. 같은 꿈을 꾸는 날마다 그래 왔듯이, 난 오늘도 홀린 듯이 책상 서랍을 열었다. 이쯤 되면 기억도 잘 안 날 것 같았는데 그때의 기억은 원망스럽게도 나의 머릿속 가장 깊은 곳에서 가장 생생하게 떠오른다.

"야! 픽셀 덩어리!"

못 들은 척했다.

"해상도 낮으면 귓구멍도 막히냐? 내 말 안 들리냐고!"

이것도 못 들은 척했다. 그게 내가 할 수 있는 최고의 방안이었다.

"화질도 안 좋은 게 어디서 사람 말을 무시하고 난리야."

그때 누군가 뒤에서 나를 떠밀었고, 나는 그 자리에서 보란 듯이 넘어졌다.

"그러니까 한 번 불렀을 때 대답을 할 것이지. 입은 달려 있냐? 하도 저화질이라 보이지도 않네."

"무슨 말이 하고 싶은 건데."
"너 어떻게 한 거야?"
"뭐를."
"대회 우승, 어떻게 한 거냐고."
"왜, 내가 우승하면 안 되는 이유라도 있어?"
"당연하지. 넌 해상도가 낮잖아."
"그게 무슨 상관인데."
"여태까지 해상도 낮은 애들 중에는 대회 우승자가 나온 적이 없는데 어떻게 네가 상을 받냐고."
"······."

하고 싶은 말이 너무 많았다. 여태까지 너희가 받았던 상들이 다 잘못된 거라고, 내가 그것 때문에 놓친 상들이 얼마나 많은 줄 아냐고, 말하고 싶었다. 하지만 그럴 수 없었다. 난 해상도가 낮으니까.

그렇다. 난 해상도가 낮았었다. 다른 사람들에게 무시당하고, 멸시받고, 버림받았었다. 그게 진짜 나였다. 그게 나에게 맞는 모습이었다.

"그냥······ 운이 좋았나 보지."

나는 도망치듯 뒤를 돌아 뛰었다. 아무도 보이지 않는 곳까지, 아무도 쫓아올 수 없는 곳까지 달렸다. 목적지 없이 달리다 정신을 차려 보니 돌아갈 길이 막막했다. 처음 보는 건물에 처음 보는 도로. 길을 잃어버렸다.

그냥 이대로 사라질까 생각도 해 봤다. 어차피 나 같은 저화질 픽셀 덩어리는 사라져도 괜찮으니까. 나 같은 건 사라져도 눈물 한 방울 흘릴 사람 없으니까.

이제 와 생각해 보면 차라리 그때 사라질걸, 도움도 안 되는 거 그때 조용히 없어져 버릴 걸 후회스럽기도 하다. 그때 그 아이만 만나지 않았어도 이런 일은 없었을 텐데.

정신없이 마구 뛰어왔던 길을 되돌아 걸었다. 이렇게 걷다 보면 집이 나오리라 믿었다. 해는 이미 진 지 오래였고 볼 수 있는 불빛이라곤 오로지 달빛과 가로등불뿐이었다. 그렇게 몇 시간을 헤매듯이 걷다 보니 마침내 익숙한 동네가 나왔다. 길을 잃었을 땐 이 동네 이 거리가 그렇게 그리웠는데 막상 다시 돌아오니 두려움과 우울함뿐이었다.

집 앞을 한참 동안 서성였다. 집으로 들어가면 언젠가 내일이 올 거라는 사실이 실감될까 봐 들어가기 싫었다.

거리에 아무도 없이 고요한 밤은 꽤 아늑했다. 잔잔히 흐르는 밤공기는 부드럽게 나의 살에 스쳐 지나가고 이 세상엔 나와 달, 그리고 별뿐이었다. 오랜만에 느끼는 평온함이었다.

그때 저 멀리서 누군가 나를 향해 걸어옴과 동시에 그 평온함은 깨져 버렸다. 멀리서도 잘 보이는 것을 보니 해상도가 높은 아이인 듯했다. 나는 나도 모르게 등을 돌려 제발 그냥 지나가기를 빌었다. 그러나 누군가 나의 어깨를 톡톡 건드렸고 나는 아무렇지 않은 듯 뒤를 돌아봤다. 아까 그 아이다. 멀리서 걸어오던 높은 해상도의 아이.

"너 맞지? 우리 학교 대회 우승자."

"아, 맞아."

또 이 얘기다. 이번엔 뭐라고 시비를 걸까.

"너 진짜 대단하다. 난 이번 대회 접수도 못 했는데."

칭찬부터 하다니 생각보다 똑똑한 아이다. 이제 해상도 얘기를 꺼내겠지. 해상도가 낮은데도 상을 받다니 대단하. 누군가의 도움 없이는 힘들었을 텐데 어떻게 했냐는 둥 미묘하게 나를 비꼬는 말들이 시작되겠지.

하지만 그건 나의 착각이었다.

"이름이 뭐야?"

"유민아."

"예쁜 이름이네. 친하게 지내자!"

친절한 말투다. 왜?

그때의 나는 그 누구도 믿을 수 없었다. 착한 척, 편견 없는 척. 온갖 좋은 척은 다 하고 나중에 가서 배신하고. 한두 번 당한 일이 아니었다. 혼자가 편했다. 상처를 줄 일도, 받을 일도 없는 혼자가 편했다. 그런데 그 아이는 아주 천천히, 그리고 아주 깊게 나의 영역으로 살며시 스며들었다.

"민아야!"

그 아이다. 어제 만난 그 아이.

"잘 잤어? 오늘 날씨 완전 좋다, 그치?"

"어, 그러게."

"너 어디 안 좋아? 되게 피곤해 보이는데."

"아니야, 그냥 잠을 좀 못 자서 그래."

"으이그…… 오늘은 일찍 자. 건강해야 다음 대회에서도 우승하지."

"응."

이 모습은 언제까지 유지할까. 일주일? 한 달? 그쯤 되면 본모습을 드러내겠지. 나에게 다가온 이유가 뭔지 슬슬 티를 내기 시작하겠지. 나는 언제든지 떠나보낼 수 있을 정도로만 놀아 주면 되는 거겠지. 그동안만 그 아이에게 장난감이 되어 주면 되는 거겠지.

하굣길에도 그 아이는 끈질기게 나의 옆에 붙어 다녔다.

"민아야, 넌 어제 그 아파트에 살아?"

"응."

"우아, 집에서 학교 되게 가깝구나. 부럽다."

나의 단답에도 불구하고 그 아이는 끊임없이 쓸데없는 이야기들로 정적을 없앴다. 다행히도 집이 가까워서 그렇게 긴 시간 동안 붙들려 있진 않을 수 있었다.

"어머, 벌써 도착했네. 아쉽다."

"나 들어갈게."

"잠시만!"

그 아이가 나에게 불쑥 핸드폰을 내밀었다.

"나, 네 전화번호 좀."

그 아이가 해맑게 웃으며 내가 전화번호를 주기만을 기다렸다. 할 수 없이 나는 나의 전화번호를 그 아이에게 알려 주었다.

"너한테도 내 전화번호 알려 줄게, 폰 줘 봐."

내키지 않았지만 폰을 내밀었고 그 아이는 잠시 무언가를 빠르게 입력하더니 나에게 폰을 돌려주었다.

"얼른 들어가. 내일 학교에서 보자! 오늘은 일찍 자고!"

그 아이는 다시 한번 해맑게 웃으며 손을 흔들고 자신의 집으로 향했다. 아직 해도 지지 않았는데 벌써부터 피곤했다. 어차피 며칠 가지고 놀다 괴롭힐 거면 최대한 빨리 본모습을 드러냈으면 좋겠다.

핸드폰을 확인했다. 그 아이의 전화번호가 적혀 있었다. 삭제할까 생각했지만 나중에 왜 자신의 번호가 없냐고 물어볼 게 뻔했기에 저장 버튼을 눌렀다. 이름을 입력하라는 표시가 떴다. 이름…… 그 아이의 이름을 몰랐다. 나는 저장을 포기하고 폰을 껐다.

집으로 들어가 드디어 침대에 누웠는데 그 아이한테서 문자가 왔다.

―민아야, 나 희연이야, 백희연. 이름을 안 알려 준 것 같아서. 저장해!

라는 내용의 문자와 함께 토끼가 하트를 발사하고 있는 이모티콘이 와 있었다.

백희연…… 나는 연락처 목록에 들어가서 아까 그 아이의 전화번호에 이름 정보를 추가했다.

다음 날 학교였다. 오늘도 어김없이 그 아이는 나를 발견하자마자 달려왔다.

"민아야, 좋은 아침! 오늘은 잘 잤어?"

"응."

"어쩐지. 오늘은 왠지 상쾌해 보였어."

보이긴 뭐가 보여. 해상도가 바닥이라 보이는 거라곤 그마저도 희미한 형태일 뿐인데. 상쾌해 보이기는 개뿔.

그 아이는 나의 반 앞까지 따라왔다. 학교도 철저하게 해상도가 높은 아이들과 해상도가 낮은 아이들의 반을 분리해 놓은지라 반 앞에 해상도가 높은 아이가 찾아오는 건 정말 특별한 경우였다. 그래서인지 나와 그 아이가 복도에 들어서자 아이들의 시선이 집중되었다. 아이들의 뜨거운 시선은 처음엔 그 아이를 향하다가 이내 나에게 몰려들었다.

"민아야, 수업 열심히 듣고 이따 학교 끝나고 봐!"

"응."

그 아이가 복도를 나서자마자 나에게 이목이 집중되었다.

"너 쟤랑 친해?"

"아니."

"안 친한데 왜 같이 등교해?"

"그러니까."

"너 쟤 누군지는 알아?"

"이름이…… 백희연이었나."

"너 쟤가 누군지 진짜 모르는 건 아니지?"

"쟤가 누군지 어떻게 알아. 이름도 겨우 기억나는데."

"그 유명한 백희연을 모른다고?"

"쟤가 유명해?"

"응, 완전. 우리 학교에서 해상도 제일 높아. 쌤들까지 다 통틀어서. 웬만해선 말도 섞기 어려운 앤데 완전 계 탔네."

"무슨 상관이야. 우린 해상도가 낮은데."

순식간에 교실의 분위기가 무거워졌다. 그치만 사실이었다. 우리 곁에 누가 있든, 어떤 의도로 있든, 우리의 해상도가 낮다는 건 변하지 않을 사실이었다.

하교 시간이었다. 아까 한 말 때문인지 오늘은 그 아이를 마주치고 싶지 않았다. 그런데 그런 희망 같은 건 꿈도 꾸지 말라는 듯, 교실 밖으로 나서자마자 그 아이와 눈이 마주쳤다.

"교실 앞에서 기다리고 있었지~!"

그 아이는 혼자 있고 싶어 한 내가 비참해질 정도로 해맑은 목소리로 말했고, 나는 애써 고맙다고 말했다. 이 아이가 해상도가 가장 높은 아이라는 걸 몰랐더라면 굳이 이렇게까지 할 필요 없었을 텐데. 결국 또 해상도 앞에 무릎을 꿇어 버렸다.

오늘도 그 아이는 어김없이 계속 말을 이어 갔고 나는 귀를 닫아 버리고 싶었지만 그럴 수 없었다.

"어라, 벌써 또 다 왔네. 너랑 있으면 시간이 왜 이렇게 빨리 갈까?"

이쯤 되니 궁금해졌다. 이 아이가 이렇게까지 노력해서 나를 이용하려는 이유.

"나 궁금한 게 있는데, 넌 나랑 왜 놀아?"

나한테 이러는 목적이 뭐냐는 질문이 턱끝까지 차올라왔지만 참아야 했다.

"그야, 너랑 있으면 재밌으니까?"

"나는 아무 말도 안 하고, 그냥 네 얘기에 대답만 하는데 재밌다고?"

"응, 그냥 너랑 있으면 재밌어. 혼자 떠들고 혼자 난리 쳐도 너랑 있으면 재밌어."

"왜?"

"글쎄? 너 처음 만났을 때부터 그랬어. 뭔가 너랑 있으면 재밌을 거 같다는 생각이 들었어. 지금은 내 예상이 맞은 거 같고."

아니, 그건 진짜 이유가 아니야. 넌 해상도가 높고, 난 해상도가 낮으니까, 그러니까 재밌는 거야. 네가 우월하다는 증거가 네 눈앞에 있어서, 그 사실이 증명되어서 재밌는 거야.

눈물이 나올 것 같았지만 참았다. 어차피 입 밖으로는 절대 꺼내지도 못할 말 때문에 혼자 끙끙 앓다 눈물을 흘리긴 싫었다.

김효은　　해상도를 기부합니다

다음 날 등굣길이었다. 평소와 같은 등굣길이었지만 어딘가 불편했다. 꺼내고 싶은 말이 있었다. 꺼내도 되는 걸까.

"너는 내가 해상도가 낮은데도 괜찮아?"

최대한 용기 내었지만, 돌려 말할 수밖에 없었다.

"네 해상도가 낮은 게 무슨 상관이야?"

예상치 못한 대답이었다.

"안 창피해? 나랑 다니는 거."

"뭐가 창피해? 전혀. 해상도 때문에 이렇게 좋은 친구를 놓치는 애들이 멍청한 거지."

듣고 싶었던 말이었을까. 왠지 모를 안정감 때문에 마음이 놓였다.

하굣길엔 오히려 그 아이가 보고 싶어졌다. 교실 문을 열고 복도를 둘러보았지만 그 아이를 찾을 수 없었다. 먼저 집에 간 걸까? 원래는 나의 해상도에 대한 편견이 없었는데 오늘 아침에 내가 괜히 얘길 꺼내서 반감이 든 걸까? 그 아이의 교실로 찾아가 보고 싶었다. 그런데 무작정 찾아갔다간 그곳에 있는 높은 해상도의 아이들에게 놀림을 당할 게 뻔했다. 하지만 방법이 없었다. 나는 고개를 푹 숙이고 옆 건물로 들어갔다.

내가 건물에 들어서자마자 아이들의 시선은 나로 향했고 쟤가 여기 왜 오냐는 경멸의 눈빛을 보냈다.

"어? 픽셀 덩어리다!"

누군가 소리쳤다. 아이들은 그 말에 웃기 시작했고 몇 명은 핸드폰을 들고 나를 찍었다.

"쟤 고화질 되고 싶나 봐! 얘야, 고화질 사이에서 알짱거린다고 너도 화질이 높아지는 게 아니에요. 빌어 봐, 그럼 내가 화질 교환

할지 생각해 볼게."

예상 못 한 일은 아니었지만 마음속 어딘가가 깊게 파인 느낌이었다. 그래, 이게 유민아 너의 진짜 모습이야. 해상도 높은 친구 한 명 있다고 잘났다고 생각하지 마.

그때 그 아이가 교실 문을 열고 나왔다. 아이들은 여전히 나를 비웃는 중이었고, 그 아이는 그걸 눈치채지 못한 듯했다.

"민아야!"

그 아이가 웃으며 나에게 달려왔다.

"미안해, 내가 오늘 청소 당번이어서…… 많이 기다렸어?"

"아, 아니야."

"교실 앞까지 와 주고 진짜 고마워."

그 아이가 나의 손을 잡으며 말했다.

교문 밖을 나서며 그 아이가 나에게 말했다.

"민아야, 우리 놀러 갈래?"

"응? 어디로?"

"내가 아는 곳이 있어."

나는 영문도 모르는 채 그 아이가 가는 곳으로 따라갔고 몇 시간 후 우리는 바닷가에 도착해 있었다.

"짜잔!"

"바다 보러 오자고 한 거야?"

"응!"

그 아이가 모래사장 위에 앉으며 말했다.

"왠지 네가 좋아할 것 같았어."

"맞아. 나 바다 진짜 좋아해."

나는 살며시 미소 지으며 그 아이를 바라보았다.

"어? 웃었다. 나 너 웃는 거 처음 봐."

그 아이는 나를 웃게 해서 행복하다는 듯 크게 웃더니 가방에서 무언가를 찾기 시작했다.

"짠!"

동그란 모양의 열쇠고리였다. 안엔 파란 물이 찰랑거렸고 방울 소리와 파도 소리가 겹쳐 들렸다. 그 순간만큼은 정말 행복했다. 정말 반짝였고 정말 눈부셨다.

"너는 뭐 보고 싶은 거 있어?"

"응?"

"네가 나한테 바다 보여 줬잖아. 나도 너한테 뭐라도 보여 주고 싶어서. 너는 진짜로, 정말로 보고 싶은 거 없어?"

"음…… 나는……."

그 아이가 잠시 망설이더니 말했다.

"나는 선명한 너의 얼굴이 보고 싶어."

그 순간 파도 소리는 그저 바위에 깨지는 바닷소리였고 스치는 공기는 파도에 맞고 온 차가운 바람이었다.

"난 아직도 네가 너무 궁금해. 네가 어떻게 생겼는지, 나와 대화할 때 어떤 표정인지, 오늘은 기분이 좋은지, 나쁜지."

그날 이후로 그 아이를 보지 않았다. 아니, 보지 못했다. 나는 책상 서랍 속 열쇠고리를 만지작거리다가 이내 서랍을 닫았다.

거울을 보았다. 지금의 나는 해상도가 높다. 그 당시 아이들이 본다면 이상하리만치 많이 높았다.

그 아이가 그 말을 한 이후로 난 며칠간 학교에 나가지 않았다.

나쁜 의도로 한 말은 아니었겠지만 그 아이를 볼 수 없을 것 같았다. 그 아이를 다시 보면, 그때의 감정이 올라올까 봐. 다시는 마음의 문을 열 수 없을까 봐. 시간이 필요했다.

학교에 가지 않은 그 며칠 동안 핸드폰만 쳐다보았다. 그 아이에게서 문자는 여러 차례 와 있었지만 확인하지 않았다. 그러던 어느 날 눈에 띄는 문구가 하나 보였다.

─ 해상도를 기부합니다.

홀린 듯이 문구를 클릭했다.

─ 해상도를 기부합니다. 웬만한 사람들보다 해상도 많이 높고요, 후회하실 일 절대 없으실 거예요. 사기, 피싱 그런 거 아니고, 높은 해상도로 사는 게 의미가 없어져서, 그래서 기부하는 겁니다.

해상도 교환하실 분들은 밑에 링크로 연락 주세요. 선착순으로 기부할 예정입니다.

해상도를 기부한다고? 어떤 정신 나간 사람이 이런 짓을 할까. 있는 놈들이 더하다는 게 이런 걸까? 높은 해상도로 사는 게 의미가 없어졌다는 건 또 무슨 말일까. 낮은 해상도로 살면 삶의 의미가 있을 줄 아나? 여러모로 이해가 안 되는 게시물이었지만 링크에서 눈을 뗄 수 없었다. 어차피 난 잃을 것도 없었다. 이미 해상도도 낮을 대로 낮고, 여기서 더 낮아져 봤자 받는 취급은 똑같다. 그렇게 링크를 클릭했다.

프로필에 바다 사진이 있는 사람이었다. '문자를 입력하세요.'라고 적힌 곳에 '해상도 교환을 희망합니다. 해상도 많이 낮은데 괜찮으세요?'라고 적은 뒤 전송 버튼을 눌렀다.

이제 답을 기다리기만 하면 됐다.

몇 시간 후 점심시간이 되자 답장이 왔다.

─네, 그럼요. 교환하시죠.

그런데 어딘가 찝찝한 기분이 들었다.

─죄송한데, 실례가 안 된다면 왜 해상도를 교환하시고 싶으신지 여쭤 봐도 될까요? 해상도 높은 게 사는 데 편하잖아요.

─꼭 그런 건 아니더라고요. 어려서부터 해상도가 높은 게 무조건 좋은 거라고 교육 받아왔는데 제가 사랑하는 사람들한테 필요한 건 제 높은 해상도가 아니었어요. 저만 다른 세상에 있는 느낌이라서……

내가 사랑하는 사람들에게 필요한 것…… 그 아이의 말이 떠올랐다. 지금 내가 사랑하는 사람들에게 필요한 건 높은 해상도였다.

─같은 처지네요. 교환합시다.

그날 그렇게 높아진 해상도로 학교에 등교했지만 그 아이는 찾을 수 없었고, 그렇게 자주 마주치던 동네, 심지어 등하굣길에서조차 한 번을 마주치지 못했다. 그렇게 나와 그 아이의 인연은 끝이 났다.

사실 그때, 해상도를 바꾸자마자 들었던 생각을 그 아이를 만나고 싶다는 게 아니었다. 오히려 그 아이 앞에 서기가 겁났다. 선명한 나의 모습을 보고 어떻게 생각할까? 나의 얼굴을 볼 수 있어서 좋아할까? 달라진 나의 모습에 실망할까? 그래서 더 적극적으로 그 아이를 찾아보지 못했다. 그 아이의 소문도 귀 기울여 듣지 못했고, 그 아이에게 문자 한 번도 보내지 못했다.

그때의 그 짧은 기억은 금방 사라질 줄 알았지만 사라지지 않았고, 죄책감과 후회로 변질되어 나의 가슴속 가장 깊은 곳에서 살아 숨 쉬었다. 꿈틀거리다 한 번씩 나의 꿈에 나와 나를 괴롭혔고, 절대로 잊지 못할 기억으로 자리 잡았다.

지금 내가 바라보고 있는 거울에 있어야 할 건 선명한 내가 아니다. 지금 내 거울 안에 있어야 할 건 픽셀 덩어리, 저화질의 괴물이었다.

더 이상 집에 있기 싫었다. 계속 집 안에 있다간 더 깊은 우울의 구멍으로 빠져 버릴 것 같았다. 나는 밖으로 나와 그 아이를 만난 그날처럼 무작정 걷기 시작했다.

이미 10년도 더 된 일이지만 여전히 거리엔 다양한 해상도의 사람들이 걸어 다닌다. 해상도가 낮은 사람들은 움츠리고, 해상도가 높은 사람들은 우쭐거린다. 진짜 중요한 건 해상도가 아니라는 사실을 조금만 더 일찍 깨달았다면 아직도 그 아이와 같이 있을 수 있었을 텐데. 해상도…… 그놈의 해상도…….

이제 이 동네에서도 지겹도록 오래 살아서인지 아무리 걸어도 모르는 거리가 나오지 않았다. 모르는 거리가 나와야 그때처럼 간절하게 집으로 다시 돌아갈 수도 있을 것 같은데, 시간이 지나서 좀처럼 마음대로 되는 게 없었다. 나는 할 수 없이 다 아는 거리를 늘 걷던 속도로 걸어서 되돌아갔다.

집 앞에 거의 다다랐을 때다. 해는 다 졌지만 밤공기가 예전만큼 부드럽게 느껴지진 않았고, 세상엔 복잡하리만치 많은 것들이 공존하는 기분이었다. 평온하지 않았다.

한숨을 내쉬고 집으로 들어가려던 그때, 어디선가 희미하게 방울 소리가 들려왔다. 오늘 아침 꿈에서 들은 그 소리였다. 눈을 감고 소리가 나는 쪽으로 걸어갔다. 방울 소리는 점점 커졌고 파도 소리도 들려오는 듯했다. 조금 더 걸어 보았다. 겹친 소리가 점점 더 크게 들렸다. 마침내 눈을 떴을 때 주위를 둘러보았지만 그 아이는 보이지 않았다. 그 아이를 닮은 사람은커녕, 온통 해상도가 낮은 사람들뿐이었다.

그때 어딘가 익숙한 뒷모습이 보였다. 가방엔 동그란 케이스 안에 파란 물이 찰랑거리는 열쇠고리를 달고 있는, 끊임없이 방울 소리와 파도 소리를 외치고 있는, 익숙한 뒷모습이 보였다. 하지만 그 익숙한 뒷모습의 해상도는 깨져 있었다.

중등부 소설 부문 동상

살인 예고편을 본 소감이 어떠십니까

새론중학교 3
성민진

1 예고편

나는 분명 쨍쨍한 시간에 들어갔는데, 이미 하늘은 흑색이었다. 겉옷 지퍼를 끝까지 올리고 신발의 끈을 다시 묶었다. 아직은 여름의 초입이라 덥지만은 않았다. 차분하게 불어오는 바람에는 분명 온기가 실려 있지만 나는 몸을 움츠렸다.

평소 같지 않은 날이었다. 몸살이라도 난 건지, 몸이 마음대로 움직이지 않았다. 결국 한바탕 혼이 난 뒤에야 어기적거리던 내 몸은 평소처럼 돌아왔다. 그런데도 집으로 가는 발걸음은 이렇게 가볍기 그지없다.

밤 11시를 넘겼다. 저녁을 걸렀으나 집에 들어가 요란하게 챙겨 먹기에도 민망한 시간이었기에, 편의점으로 들어갔다.

"정…… 유현이죠?"

낯선 손이 내 어깨를 톡톡 쳤다. 나보다 머리 하나는 더 큰 남자가 후드를 쓰고 내 쪽을 보고 있었다. 그는 나와 눈을 마주치지 않은 채, 말했다.

"나랑 이야기 좀 하실 수 있겠습니까?"

그의 목소리가 사뭇 진지했다. 상대는 성인 남자였고, 나보다 한참 컸지만 나는 그를 지나쳐 삼각김밥 하나를 집어 계산대로 갔다. 그는 나를 따라오지 않고 문 쪽으로 갔다.

내가 하나뿐인 출입구로 나가려고 하자, 그가 앞을 가로막았다. 이번에는 단호했다.

"저랑 이야기 좀 하시죠."

"여기서 하세요."

"적당한 장소가 아닌 것 같습니다."

슬슬 짜증이 났다. 안 그래도 딱히 좋을 이유 없는 기분이 여름 바람에 괜찮아졌다가, 남자 때문에 다시 짜증스러워졌다. 나는 그를 지나칠 요량으로 편의점 문을 열고 나갔다. 남자가 쫓아왔고, 나는 집 반대편으로 걸었다. 그러나 남자는 나보다 다리가 길었고, 걸음이 빨랐다.

그가 내 손목을 잡았다. 그의 손을 뿌리치려 했지만, 그의 악력 때문에 실패하고 말았다. 젠장, 배드민턴 선수만큼이나 악력이 강했다.

"안 놓으면 신고할 겁니다."

"제가 당신을 죽였습니다."

그 말에 나는 굳었다. 내 뇌가 받은 충격을 스스로 갈무리하기도 전에 그는 다시 한번 일격을 날렸다.

"제가, 5년 뒤의 당신을 죽였습니다."

"……뭐라고요?"

정신병원에서 탈출한 사람인가, 의심했지만 그러기엔 평범한 옷을 입고 있었다. 무슨 꿈을 꿨나 싶기도 했지만 그렇다고 처음 보는 사람의 이름까지 알고 있지는 않을 것 같았다.
"미친 사람처럼 보이는 거 압니다. 하지만, 당신은 나를 믿어야 합니다."
"'미래'에서 날 '죽였다'는 사람을 믿지 않을 이유는 적어도 두 가지는 있는 것 같은데요."
그는 내 말에 바로 반박하지 않고 생각하다가 입을 열었다.
"저는, 저는 당신과 가장 가까운 사람이었습니다."
"증거는요?"
"……오른쪽 옆구리 흉터. 열세 살 때 어머니의 맥주병에 맞아서 생긴 그 상처."
그건 아무에게도, 심지어 가해자에게도 말하지 않은 상처였다. 그 누구도 알지 못하는 상처였는데…….
"그런 비밀까지 안다면, 나를 왜 죽였죠?"
내 질문은 그의 입을 다물게 했다. 정곡을 잘 찌른 모양이었다.
그 상처까지 안다면, 적어도 나에게 가장 소중한 사람이었을 텐데.
"그래서, 나한테 용서받고 싶어요? 그래서 그 먼 미래에서 왔나요?"
"그렇지 않습니다."
"그럼 원하는 게 뭔데요. 왜 과거까지 와서 살인 예고를 하는 건데요?"
이제는 귀찮았다. 이 사람이 5년 뒤의 나를 죽이든, 일주일 뒤의 나를 죽이든 현재의 나에게는 중요하지 않았다.
"당신이 죽지 않았으면 좋겠습니다."
남자는 고개를 들고 나를 제대로 쳐다보았다. 나는 그제야 우리가 이렇게 긴 대화를 하는 동안 처음으로 눈을 마주쳤다는 생각이 들었다.

"제가 왜 과거로, 하필 이 시점으로 왔는지는 모르겠지만 지금으로부터 5년 후의 당신은 죽지 않길 바랍니다."

"……날 죽였다고 하지 않았나요? 당신이 날 죽이지 않으면 되는 거잖아요."

나는 또 한 번, 남자의 정곡을 찌른 모양이었다. 그는 다시 가만히 생각했다. 밤 12시가 다 되어 가는데, 내가 왜 이런 헛소리를 듣고 있어야 하지, 라는 생각이 들면서도 난 집으로 갈 수 없었다. 날 죽였다는 말도, 내가 죽지 않았으면 한다는 말도, 둘 다 진심인 것 같아서. 그리고, 그의 얼굴이 아빠와 똑같이 생겨서.

이번에 그는 다시 입을 열지 못했다. 가만히 내 손목을 잡은 채, 나직하게 말할 뿐이었다. 자신과 함께 가 달라고. 신종 납치 수법인가, 생각하다가도 어쩌면 그의 말이 진짜일까 싶기도 했다. 그냥 그에게 끌렸다. 이상하게 그가 괜찮았다. 마치 사랑하는 이를 찾듯이. 논리를 찾으려 하는 나의 이성을 이상한 본능이 막아섰다.

"우리 집으로 가요."

"……네?"

"우리 집으로 가자고요. 나를 죽인 당신이 왜 나를 살리고 싶어 하는지, 정말로 미래에서 온 건 맞는지, 확인하고 싶으니까."

나는 역으로 그의 손목을 잡고 집 쪽으로 걸어왔다. 남자는 같이 걷다시피 끌려왔고, 우리는 말 없이 어두운 밤길을 걸어 집으로 향했다.

2 홈 스윗 홈

가장 오래된 건물, 그 아래 반지하. 알코올중독이 있는 엄마와 학생인 내가 기초생활수급비로 살 수 있는 유일한 곳이었다. 아침부터 밤까지 엄마는 집에 없었고, 새벽에만 들어와 잠을 잤다.

"앉아 봐요."

그는 내 말을 잘 들었다. 내가 주로 자는 곳에 털썩 주저앉아 나를 올려다보았다.

"미래에서 왔다고요?"

"네, 그렇습니다."

"그리고 날 죽였고요."

"⋯⋯네."

"어떻게 과거로 왔는지는 모르고요?"

"⋯⋯네."

그는 계속 나에게 존댓말을 하고 있었으나 나는 그것을 딱히 정정하지 않았다. 아마 그 전, 그러니까 미래에서도 그랬으니 나에게 존댓말을 하는 것이 아닌가, 하는 지레짐작이었다.

"미래의 나를 왜 죽인 거죠?"

"별로 듣고 싶지 않을 겁니다."

"당신과 나는 친했다고 했죠? 내 상처에 대해서 알 정도로."

"그렇습니다."

"그럼 미래의 나는 어떻게 됐나요?"

"그게 무슨⋯⋯?"

그는 의아한 얼굴로 물었다. 내가 한 말의 뜻을 모르는 건지, 모르는 척하는 건지는 알 길이 없지만, 순진한 얼굴이었다. 이런 사람이 날 죽였다니, 믿을 수 없는 일이었다.

"배드민턴 선수가 되어서, 온갖 대회의 상금을 휩쓸고 있나요? 프로 연봉을 받나요? 미래의 나는 이 집에서 벗어나나요?"

내가 물었다. 내 물음이 벅차긴 하지만 대답이 어렵지는 않은지, 그는 아까보다는 편하게 대답했다.

"꽤…… 괜찮은 선수가 되었습니다. 이 집보다는 더 큰 집에서 살고, 연봉도 적지 않게 벌고 있었습니다. 당신이 지금 꿈꾸고 있는 사람들만큼…… 잘살고 있었습니다."

들던 중 다행인 소리였다. 내가 이 작은 방 같은 집에서 나왔고, 선수가 되어서 돈도 벌고 있고. 지금으로부터 5년 안에 일어날 일이라니, 조금은 희망적이었다. 물론 단 1퍼센트의 기쁨이었다. 나머지 99퍼센트는 그 성공을 다 즐기지 못하고 죽었을 미래의 나에 대한 애도였다.

"저는 제가 당신을 죽이지 않도록 하고 싶습니다."

"내가 제일 이해 안 되는 부분이 거긴데요."

"저도 미친 소리라는 거 압니다."

스스로 잘 알고 있는 사람이 왜 이럴까. 나라면 내가 죽인 사람의 과거로 돌아왔을 때, 절대 아무 말도 하지 않을 것이다. 물론 내가 사람을 죽일 일도, 과거로 타임 슬립할 가능성도 제로에 수렴하겠지만.

"그런데 왜 꼭 저를 붙잡고 그렇게 양심 고백을 했죠?"

"제가 과거로 온 이유가 있을 거라고 생각했습니다. 굳이 열다섯 살의 당신을 만나도록 한 이유가."

"열다섯 살의 내가 뭔데요?"

"당신이 열여섯 살 때, 어머니가 돌아가십니다."

엄마가 죽는다, 라. 생각보다 큰 사건을 알아 버렸다. 그러나 중요한 사건은 아니었다.

"그게 당신의 살해 동기와 관련이 있나요? 왜 중요한 건데요?"

그가 눈을 느릿하게 깜빡이다가 나를 응시했다. 그래, 넌 이런 아이지, 하고 말하는 것 같았다.

"그다지 큰 관련은 없습니다."

"그럼 됐고. 다른 건요?"

"잘 모르겠습니다."

정말 말도 안 되는 이야기지만, 미래의 내가 죽는 순간 나를 죽인 사람을 과거로 보낸 거라면, 꼭 열다섯 살을 선택한 거라면, 분명 생각이 있었을 것이다. 나를 죽인 사람이 바뀌거나, 내가 바뀌어야만 내가 살 수 있을 거라고 생각한 게 분명했다.

"이름이 뭐예요?"

"⋯⋯류경수."

자신의 이름을 말하는 게 뭐가 그리 힘든지 그는 뜸을 들이고 나서야 말했다.

"경수 형, 이라고 불러도 되죠? 오늘은 여기서 자요. 내 미래에 대한 건 내일 생각해 볼게요."

미소를 지었던 것 같다. 선선한 여름 공기를 닮은 미소를 지으려 했는데, 그에게 잘 보였을지는 모르겠다. 어쨌든 지금의 나는, 그에게 죽고 싶지 않았다.

사는 것에 별 미련은 없었다. 배드민턴을 계속 치는 것도 내가 남들처럼 어른이 되면 삶을 유지하기 위한 수단일 뿐이었다. 죽으면 아쉽게 된 거고, 살면 계속 살아야 하니까. 열다섯인 나에게 닥친 고난은 남들과 비교했을 때 조금 굴곡이 심했지만, 그런대로 나는 버텨 왔다. 앞으로도 그럴 터였다. 남들에게는 터널이 있는 산이라면, 나에게는 계단이 있는 산이랄까. 넘을 방법이 없는 건 아니다. 다만 오래 걸리고, 힘들 뿐.

그런 것들을 내가 지금껏 버텨 왔는데, 죽기엔 아까웠다. 그래, 미련보다는 아쉬움이다. 내가 이만큼 삶을 견뎌 낸 것에 대한 보상이 없다는 아쉬움. 나는 절대 살고 싶어서 그를 나의 살인자로 인정한 것이 아니라, 죽기에 아까워서 받아들인 것이었다. 그래, 그런 것이었다.

나는 자리를 깔고, 그와 나란히 누워 곰팡이가 핀 천장을 가만히 바라보았다. 그는 잠든 것처럼 눈을 감았으나, 그가 자지 않는다는 것쯤은 알 수 있었다.

"형과 저는 언제 친해졌어요?"

대답은 없었다. 사실, 답을 바라고 한 질문은 아니었기에 괜찮았다.

"형은 어떤 사람이에요?"

다시, 돌아오는 답은 없었다.

"당신은, 나를 죽여서 나를 행복하게 할 수 있을 거라고 생각했나요?"

"……네."

예상치 못한 곳에 답변이 달렸다. 그는 내 말에 긍정했다. 피식, 실소가 새어나왔고, 그는 그 소리를 듣고는 눈을 떴다.

"형이 나를 죽여서 내가 행복할 수 있었다면, 왜 나를 살리고 싶어 하나요? 미친 사람 취급까지 받으면서?"

"죽을 때 느꼈던 감정이 고통스러워서."

그가 말했다. 나는 미소를 멈추고, 소리를 내지 않았다. 나도 모르게 이불을 꽉 쥐었다. 헛숨을 들이킨 탓에 사레가 들렸다.

"별 상관없을 거라고 생각했던 것들이 아파 와서. 그렇게 버티는 것보다 포기하는 것이 더 답답해서. 그 모든 것이, 너무 고통스러워서."

그도 멍하니 천장을 바라보았다. 그의 눈에는 아무것도 비치지 않았다.

"그 죽는 순간에 그렇게도 살고 싶어질 거라고는 생각지도 못해서."

그가 천천히 나를 향해 고개를 돌렸다. 아주 가까운 거리에서, 나는 그의 눈동자를 바라볼 수 있었다. 나에게는 강렬한 잔상을 남기지만, 정작 자신의 눈에는 아무것도 남지 않는, 그 눈동자를.

"너무 내 얘기처럼 했나요?"

그의 눈꼬리가 예쁘게 접힌다. 예쁜 눈이다.

"죽는 순간의 당신이 그래 보였어요. 세상에 연결되어 있던 유일한 이유이자 증거가 끊어졌을 때의 해방감과 동시에 몰려드는 고통이 생생했죠."

미래의 나를 죽였던 그 손이, 천천히 나에게로 다가온다. 그러나 숨통을 움켜쥐고 나의 생명을 꺼트릴 것 같지 않았다. 굳은살 박인 손이 옆으로 누운 나를 토닥이는 것이 기꺼웠다.

밤이어서 그럴까, 센티해졌다. 그러고 싶지 않은데, 그렇게 됐다. 암전된 곳은 바깥이고, 나는 혼자가 아니어서. 간만에 곁에 온 기가 돌아서.

"그러니까, 죽지 말아 주세요."

그의 눈이 깊어졌다. 남의 집에서 자는 살인자치고 지나치게 부드러웠다. 그렇게 간지러운 기분은 오랜만이었다. 그 상황에서 탈출하고 싶을 정도로. 그러나, 계속 존재하고 싶을 정도로 좋았다.

"그런데요, 형은 왜 바로 그렇게 말했어요? 형이 날 죽였다는 거요."

"그래야 믿을 거라고 생각했어요. 제가 아는 열다섯 살의 정유현은 생각이 깊은 사람이니까요. 무턱대고 다가가는 게 돌려돌려 말하는 것보다 나을 거라고 생각했어요."

"저에 대해서 정말 잘 알고 있네요, 형은."

"우리는 정말 다른 사람들이지만, 무척 친했으니까요."

편안한 공기에 곰팡이 냄새가 실려 있지 않아서 그런 걸까, 그의 목소리도 조금 촉촉해졌다.

"형이 점점 좋아져요. 나를 죽일 거라는 걸 알면서도. 내가 살아 있기를 바라고, 내가 행복하길 바란 타인은 처음이어서요."

토닥이는 손짓이 약해지고, 고롱고롱 아기 고양이의 숨소리 같은 것이 들려왔다. 그는, 경수 형은 자고 있었다. 하긴, 살해 당사자에게 고해성사했으니 피곤할 법도 했다.

나도 형을 가만히 보다가, 내일을 위해 눈을 감았다.

3 살인자와의 동거

이상하게도 엄마가 들어오지 않았다. 가끔 외박할 때는 있었으나 아무리 술에 취해 있어도 아빠 폰으로 연락이라도 했는데, 아무런 연락이 없었다.

"무슨 일이라도 있으신가 봐요. 신경 쓰지 말고, 학교 다녀와요."

경수 형이 말했다. 그가 그렇게 말하지 않아도 그럴 참이었는데, 고마운 말이었다. 그 말에 대답 대신 미소를 보여 주었고, 책가방 대신 배드민턴 가방을 챙기자 형이 말했다.
"저녁 같이 먹을까요? 어머니 안 오실 거 같은데."
떨떠름한 말이었다. 우리는 만난 지 하루도 채 되지 않았고, 엄연히 미래의 피의자와 피해자인데. 그러나 그런 관계를 따지기엔 그는 사람이 꽤 호감형이었다. 나는 생각하던 것을 멈추고 그러자고 했다.
나는 항상 생각이 많았다. 말하기 전에 생각이 길어 사람들에게 욕을 먹은 게 한두 번이 아닐 정도로 생각이 많았다. 모든 걸 참기 힘들어하는 엄마가 유일하게 참아 주는 게 생각하는 행위라 덜 자제하는 편이기도 했다. 엄마가 술을 조금 먹은 날이면 가끔, 아빠 이야기를 하곤 했다. 아빠가 딱 나 같았다고. 신중하고, 논리적이고, 생각 깊은 사람이었다고.
엄마는 날 그럴 때만 좋아했다. 본인이 원하는 대로, 내가 아빠의 분신처럼 행동할 때. 나는 엄마가 나한테 잘해 줬으면 하는 때에, 그렇게 행동했다. 엄마와 나는 그런 거래 관계였다.
"아마 경수 형도 엄마랑 내 관계를 아는 거겠지."
보통 아이들이 이렇지 않다는 건 안다. 열다섯, 아직은 부모를 미워할 동기가 크게 없는 나이였다. 그러나 나는 내년에 엄마가 죽는다는 말에도 놀라지 않았고, 엄마가 말도 없이 외박해도 아무렇지 않게 등교 준비나 했다. 내게 엄마라는 존재는 내 목숨처럼 있어도 되고, 없으면 아쉬울 뿐이었다. 엄마는 아빠가 아니었으니까.
엄마는 내가 아빠를 닮은 것을 좋아했다. 감정이 없다시피 하는 것도 그저 논리적이라는 말로 치부하며 좋아했다. 엄마는 나를 통해 아빠를 봤다. 엄마에게 나는 아들이 아니라 남편의 대용품이었다. 원래도 없는 존재이니 엄마에게 나는, 있어도 그만 없어도 그만인 존재였다. 나와 엄마는 서로를 대하는 방식이 같았다.

경수 형이 엄마까지 만나게 되면 아마 기겁할지도 모른다. 그 형은 괴로워 보이는 날 죽여서라도 행복하게 해 주고 싶어 했던 사람이니까. 물론 그 말이 진실일지, 잘 꾸며낸 거짓일지는 아무도 모르는 거지만.

생각하다 보니 어느새 학교였다. 하늘이 흐렸다. 밤인데도 맑았던 어제와는 달랐다. 상관없었다. 학교는 스쳐 가는 공간이었으니까.

마치기 한 시간 전부터 비가 왔다. 우산이 없었고, 친구도 없었다. 그냥 걸어 나가니, 우산을 든 우산을 쓴 남자가 보였다. 경수 형이었다.

"아침에 우산을 안 들고 간 것 같아서요. 이르긴 하지만 저녁 먹으러 가요."

나는 그가 내민 우산을 받는 대신 그가 쓴 우산 안으로 쏙 들어갔다. 엄마가 왔냐는 질문 따위는 하지 않았다. 그도 그 주제로 말을 꺼내지 않았다. 그저 슬며시 내 쪽으로 우산을 기울여 주었다.

저녁 메뉴는 초밥이었다. 그것도, 회전 초밥집. 열다섯 먹은 나의 유치한 꿈이었던 회전 초밥. 꿈만 같았다.

"많이 먹어요. 처음 와 봤는데."

그가 말했다. 처음 온 건 어떻게 안 건지 물어보지도 않고, 나는 자리에 앉아 초밥을 빨아들였다. 경수 형도 내 맞은편에 앉아 초밥을 골라 먹었다. 그와 나는 취향이 비슷했다. 이래서 친해졌구나, 싶을 정도로 나와 먹는 방식이 비슷했다.

어느 정도 내 유치한 소망이 만족감을 느낄 때쯤, 그가 말을 걸었다.

"그래서, 생각해 봤나요?"

"뭘요?"

"미래에 대한 거요."

어젯밤 한 말을 기억하고 있었나 보다. 그는 마지막일 듯한 초밥을 입에 밀어 넣었다. 나는 잠시 생각했다. 오늘 학교에서 한 일이라곤 잔 것밖에 없었다.

"아, 생각해 봤는데요."

나는 거짓말로 포문을 열었다. 그 한마디에 경수 형은 몸을 살짝 기울이며 경청의 뜻을 밝혔다.

"형이 저한테 알려 준 것처럼, 형이 과거의 형을 찾아가서 말해 주면 되는 거 아닐까요?"

임기응변 하나는 인정해 줄 만한 솜씨였다. 만족스러운 고민의 침묵이 내려앉았다. 고작 몇 분의 시간이 흐르는 것에 개의치 않고 나는 가만히, 조용히 그를 기다렸다.

"저를 죽이지 말라고 말이죠."

내가 덧붙였다.

"음, 그건 좀 어려울 것 같네요. 과거의 저는, 그 아이는 참 예쁜 모습으로 잘살고 있거든요."

그는 처음 봤을 때의 모습이 떠오르지 않을 정도로 내 눈을 똑바로 바라보고 있었다. 다시 봐도 살인자로는 보이지 않았다. 그는 내가 아는 누구보다도 다정하게 웃었고, 말했다.

"저와는 전혀 다른 사람이라, 말 걸기가 두려울 정도로요."

"그래도, 나를 살리고 싶다면서요."

그가 살짝 웃었다. 입을 가린 채라서 자세히 미소를 뜯어보지는 못했지만 비웃음은 아니라는 것을 분명 알 수 있었다.

"당신을 살리고 싶다면 그 아이를 찾지 않는 것이 더 옳은 선택일 거예요. 제 실체를 알게 되면…… 놀라 버릴 테니까요."

그 말에 적절히 대꾸할 말을 찾고 있을 때, 문자가 왔다. 수신인은 엄마였고, 일주일 정도 집에 들어오지 않을 거라는 말이었다. 도대체가, 어디서 뭘 하고 있을지 상상도 하기 싫었다. 내 표정이 굳는 걸 보았는지 경수 형은 일어서자고 했고, 나는 다시 생각해도 만족스러운 저녁 식사에 그에게 감사를 표했다.

굳이 가격은 보지 않았다. 얼핏 봐도 남들보다 두 배는 더 나왔을 것이었다. 그에게 괜히 미안해하고 싶지 않았다.

식당 밖으로 나오니 비는 그쳐 있었다. 집으로 걷기에는 먼 길이었지만, 우리는 산책 겸 대화 시간으로 걷기를 택했다. 어제보다는 눅진한 공기가 땀방울처럼 살갗에 맺혔다. 해가 아직은 완전히 지지 않았고, 달은 애매한 빛으로 하늘에 걸려 있었다.

"제가 어떻게 했으면 좋겠나요?"

"그게 무슨 말이에요?"

"저는 당신이 훌륭한 배드민턴 선수가 되어서, 행복하게 사는 걸 보고 싶거든요."

그때 물을 것이 생각났다. 사실은 어젯밤부터 지니고 있었던 생각인데, 차마 말 꺼내지 못했던 이야기.

"그런데요, 미래의 저는 성공했다고 했잖아요. 그런데, 왜 행복하지 않았죠? 당신이 죽여 주고 싶을 만큼 괴로워한 이유가, 뭔데요?"

"음, 한 가지 정정하죠. 제가 죽여 주고 싶었던 건 아니에요. 미래의 당신이 죽여 달라고 했죠. 아무튼, 원하는 걸 얻을 때는 필요한 걸 잃을 때도 있는 법이에요."

"내가 원하는 게 뭐였고, 필요한 게 뭐였는데요?"

"원하는 건 돈이었고, 필요한 건…… 글쎄요, 뭐였을까요?"

그는 어느 순간부터 내 보폭에 맞춰 천천히 걸었다.

"그건 잘 모르겠네요. 뭐가 필요했을지. 필요하다고 느끼지 못했겠지만, 중요했던 것일 것 같아요."

산책이 끝나면서, 우리의 대화도 끝이 났다. 밤이 되고, 어젯밤 누웠던 그대로 누워 천장을 바라볼 때까지 우리는 아무 말도 하지 않았다. 내가 잠들 즈음에, 그가 말했다.

"아마 필요한 건, 살아갈 이유가 아니었을까요?"

가만히, 그가 듣기 좋은 중저음으로 말했다. 내 대꾸는 기다리지도 않았다.

"죽지 않을 이유가 아니라, 살아갈 이유. 그게 필요하지 않았을까요? 어쩌면 순서가 바뀌었을지도 모르겠어요. 돈이 많아지다 보면 살아가고 싶은 게 아니라, 살아가고 싶을 때 필요한 것이 돈이겠죠."

그의 말은 참 물질적이었다. 그러나 내가 평소에 가지고 있었던 생각이나 목표에 어긋나지 않았다. 나는 죽을 이유도, 살 이유도 찾지 못했고 돈이 많아지면 행복해지는 사례를 많이 봤기 때문에, 절로 살아갈 이유가 생길 줄 알았다. 내가 아무리 감정이 마른 사람이어도, 긍정적으로 생각하게 되니까.

"……그럼 그 살아갈 이유가 뭐라고 생각하는데요?"

그는 그것에는 대답하지 못했다. 내가 필요했던 건, 아니 필요하게 될 건 살아갈 이유. 그렇다면 그 살아갈 이유는 무엇일까. 그게 어떤 것이길래 이 땅에서 떨어지지 못하게 꼭 붙들고 있는 걸까.

내가 나를 죽여 달라고 말하지 않으려면, 그가 나를 죽이지 않으려면, 나는 어떤 살아갈 이유를 찾아야 하는 걸까.

4 꿈, 그리고

여름 기운에 살 내음이 스쳤다. 단단하고 앳된 얼굴이 나를 번쩍 안아 들었다. 내가 기억하는 아빠는 항상 스물 초반의 어린 나이였다. 나는 계속 자랐지만, 아빠는 자라지 않는다. 내가 아빠와 친구가 되고, 형이 되고, 더 큰 어른이 될 때까지 아빠는 항상 그 얼굴로 남아 있을 것이었다. 그러나 아빠는, 언제나 나를 번쩍 안아 올렸다. 내가 아직 네 살짜리 아이인 것처럼.

현실에 엄마가 없을 때면, 꿈에 아빠가 찾아왔다. 아빠와 딱히 특별한 일을 하지는 않는다. 다만 가만히 앉아 서로의 얼굴을 관찰하다가 서로 씩 미소 짓곤 했다.

오늘은 아빠의 얼굴에서 다른 것이 보였다. 내 얼굴, 그리고 경수 형의 얼굴. 내가 아빠를 닮은 것보다, 경수 형이 아빠를 더 닮은 것 같았다.

"우리 아들, 잘 있었어?"

"응, 아빠. 나 키 많이 컸지?"

"정말이네, 아들. 키가 많이 컸구나."

아빠는 자애롭게 웃었다. 다정한 말투가 현실을 다독여 주는 것만 같았다.

"아빠, 내가 잘할 수 있을까?"

목적어가 없다. 나는 무엇 하나를 특정해서 말하고 있는 게 아니었다. 살아가는 것, 그에 관련한 모든 것을 묻고 있었다. 내 마음속에서 들려오는 논리적이고 이성적인 비판과 피드백이 아니라, 무작정 달콤하기만 한 말들을 듣고 싶었다.

"그럼, 잘할 수 있지. 우리 아들은, 잘할 수 있어. 모든 게 다 너니까. 너니까 할 수 있을 거야."

그 말이 흐려지고, 사라진다. 꿈에서 깼다. 새벽 4시, 경수 형이 옆에서 자고 있다. 아빠 같다. 아니, 아빠다. 아니다, 경수 형이다. 아니, 둘 다 아니다. 나다. 그는, 나다. 모든 게 다 나다. 전부 나다. 아빠는 거짓말을 하지 않는다.

그를 흔들었다. 그가 눈을 뜨자 아무것도 담기지 않았던 눈에, 이제야 내가 담긴다. 그는 나였다. 그는 나다. 그가 나를 죽였다. 내가 나를 죽였다.

"내가…… 내가……."

그의 멱살을 붙잡았고, 흐르지 않는 눈물이 터져 나오는 울음과 뒤섞인다.

"형은 나야, 그렇지? 내가 형인 거지? 내가, 내가 날 죽여 버린 거지?"

형의 표정을 살필 겨를이 없다. 상관도 없다. 그가 지을 표정은 단 하나니까. 내게 그동안 전부 거짓말해 가며 숨긴 이유가 오직 하나일 테니까.

형의 옷을 들추니 나와 같은 상처가 있었다. 영원히 지워지지 않을 흉터. 그가 나라는 것을 증명하는 표식.

"나 이제 다 알겠어, 그래, 이 세상에 그 누구도 나를 이토록 사랑해 준 적이 없는데 왜 몰랐을까······. 나만이 내가 살길 바라는데, 그 누구도 나를 조건 없이 아껴 주지 않는데······."

왜 몰랐을까. 내가 나를 가장 살리고 싶어 하는데. 갖은 핑계를 대 가며 내가 죽지 않길 바라는 건, 오직 나뿐인데. 내가 사랑하는 건 나뿐인데, 그에게 끌린 이유를 고민하고 있던 나는 대체······.

미래에서 올 정도로 내가 죽지 않고 행복하길 바래 주는 사람은, 그다. 그리고 그는 나다, 이 생각이 머릿속을 빠져나가지 않는다. 그 생각들로 가득 차 머리가 터질 것 같다. 온몸이 심장이 된 것 같다.

그가 품에 안긴 나를 토닥인다. 내가 내 품에 안긴다.

"꼭 행복할게요. 살아갈 이유를 만들게요."

한참을 울다가, 나는 그렇게 맹세한다. 그에게 해 줄 수 있는 게, 나에게 해 줄 수 있는 게 그것밖에 없어서.

"나를 가장 사랑해 주는 내가 있으니까. 또 다른 시간이더라도, 내가 있으니까."

그렇게 다짐한다. 이미 일어난 미래를 바꾸겠다고. 어떻게 해서라도, 이제는 나에게 경수 형이 되어 버린 미래의 나를 위해서라도.

5 끝, 그리고 에필로그

차가운 도심 속, 혼자다. 알코올 때문인지, 정신이 멍해지지만 한 가지는 또렷하다. 내가 왜 이렇게 망가졌는지 모르겠지만 한 가지는 확실하다. 잊고 있었던 날이 떠오른다. 6년 전, 내가 살아갈 이유를 만들겠다고 다짐한 그날.

나는 그날의 어리석었던 나를 떠올린다. 가장 순수했고, 지금의 나와 가장 달랐던 그 아이. 이제는 나의 과거 같지도 않은 그때. 지금의 나보다 더 성숙하고, 더 아름답다. 스스로 살아갈 이유를 만들겠다며, 미래의 나를 살리겠다며 다짐했던 아이는 없다.

이제…… 정말 끝. 안녕, 나야.

어두운 밤공기가 진득하게 들러붙는다. 나는 살아 있다. 몸이 붕 뜨고, 살아 있지 않은 기분이지만, 살아 있다. 아직은. 눈앞에는 눈부신 편의점 불빛이 어른거린다. 그 빛을, 나보다 작은 아이가 지나가며 가린다. 직감적으로, 나는 느낀다. 내가 이제 또 다른 과거의 나에게 경수 형이 되어 줘야 하겠다는 것을. 이 비극적인 결말이 다시 없도록.

아이의 어깨를 톡톡 쳤다. 그리고 물었다.

"정…… 유현이죠?"

제33회 대산청소년문학상 수상 작품집

매머드와 얼음땡

1판 1쇄 찍음 2025년 11월 17일

1판 1쇄 펴냄 2025년 11월 24일

지은이　윤정현, 신솔비 외

발행인　박근섭, 박상준

펴낸곳　(주)민음사

출판등록　1966. 5. 19. 제16-490호

주소　　서울시 강남구 도산대로 1길 62(신사동)

　　　　강남출판문화센터 5층 (우편번호 06027)

대표전화　02-515-2000 ｜ 팩시밀리 02-515-2007

www.minumsa.com

www.daesan.or.kr

© 재단법인 대산문화재단, 2025. Printed in Seoul, Korea

ISBN 978-89-374-4860-7 (03810)

* 잘못 만들어진 책은 구입처에서 교환해 드립니다.